KAMPENWAND
VERLAG

ISBN: 978-3-947738-87-8

Raiffeisenstr. 4 · D-83377 Vachendorf
www.kampenwand-verlag.de

Versand & Vertrieb durch Nova MD GmbH
www.novamd.de · bestellung@novamd.de · +49 (0) 861 166 17 27

Text: Jane Hell
Lektorat & Korrektorat: Zeilenfeuerlektorat - Raphaela Schöttler-Potempa,
www.zeilenfeuerlektorat.com
Covergestaltung: Wolkenart - Marie-Katharina Wölk,
www.wolkenart.com
Druck: CUSTOM PRINTING
Wał Miedzeszyński 217, 04-987 Warszawa, Polen

Instagram: JaneHell_Autorin
Facebook: AutorinJaneHell

JANE HELL

Fisch BRÖTCHEN und Zucker STREUSEL

FÖRDELIEBE 1

Für Torben

Kapitel 1

DER ANRUF

»Nein, ich habe nicht frei. Ich muss in den Semesterferien meine Abschlussarbeit schreiben.« Ich gähnte und schaute auf die Uhr. Es war kurz vor neun. Mein Gehirn befand sich noch im Tiefschlaf. »Warum fragst du? Und warum rufst du mitten in der Nacht an?«

»Kindchen, es ist schon nach acht. Hab dich nicht so. Und Tante Rieke ist …«, meine Mutter atmete hörbar ein und wieder aus.

»Oh nein! Was ist mit Tante Rieke?«

»Keine Sorge, Kindchen. Ihr geht es gut. Sie hat sich den Oberschenkelhals gebrochen. Die OP ist rum, aber sie ist jetzt für zwei bis drei Wochen auf Reha. Das wird schon.«

»Puh. Erschrick mich nicht so, Mama!« Mir fiel ein Stein vom Herzen, doch mir kam ihre Ausgangsfrage wieder in den Sinn. »Du meinst, ob ich vielleicht aushelfen kann in ihrem Café?«

»Ja. Also …« Mama räusperte sich und druckste rum. »Nun, wo sie ausfällt, braucht sie jemanden, der sie im Café ersetzt. Jemanden, der ihr den Laden führt. Sie hat sich ja nie darum gekümmert, eine Notlösung zu finden. Ich habe es ihr schon tausend Mal gesagt!«

»Und ich soll jetzt die Notlösung sein?«, fragte ich, um das übliche Schimpfen über die Unzulänglichkeiten ihrer Schwägerin zu unterbrechen.

»Ja. Dein Vater und ich dachten, das könntest Du übernehmen. Du hast bis Oktober frei und kannst Tante Rieke vor dem Ruin bewahren. Wenn sie die Sommersaison schließen muss, wäre das vermutlich das finanzielle Aus vom Café Seestern.«

Ich verdrehte die Augen. Wie immer schob sie Papa vor.

Und was ist mit meiner Abschlussarbeit?

Ich dachte nach. Bei Tante Rieke hatte ich früher immer den Sommer verbracht. Ich liebte sie und ihr idyllisches Café direkt am Meer. *Verdammt!*

»Mama, da ruft noch jemand auf meinem Handy an. Ich melde mich gleich wieder!«, sagte ich, bevor ich auflegte. Die Notlüge hatte sie hoffentlich nicht bemerkt. Ich brauchte Zeit. Das wurde mir alles zu viel. *Was mache ich jetzt?*

Keine Frage. Bei Tante Rieke hatte ich mich als Kind immer wohlgefühlt. Ich naschte Eis und Sahne und tobte am Strand und im Meer. Ich fühlte mich dort frei.

Ein lauter Nachrichtenton riss mich aus meinen nostalgischen Gedanken. *Paul. Das darf doch nicht wahr sein!*

»Hi Anni, kann ich meine restlichen Sachen aus deiner Wohnung holen? Ich bin nur zwei Straßen weiter. Bin in fünf Minuten da«, nuschelte er aus der Sprachnachricht in meinem Handy. Ich beherrschte mich, das Telefon nicht an die Wand zu werfen, und schaute stattdessen erst an mir herunter und dann durch mein WG-Zimmer.

»Verdammt!«, dachte ich.

»Verdammt! Verdammt! Verdammt!«, rief ich durch die verlotterte Wohnung. Jule war seit einer Woche nicht in Berlin und schon sah die WG aus wie ein Saustall. Ich riss das Fenster auf, um den abgestandenen Geruch von alter Pizza und Frust loszuwerden. Auf dem Weg ins Badezimmer schob ich die herumliegenden Klamotten unter meinen Kleiderschrank. Ich hatte mich in den letzten Tagen gehen lassen. Der Blick in den Spiegel ließ mich zusammenzucken. Die Schatten unter den Augen feierten eine Party mit ungepflegter Haut. *Ist das etwa noch Tomatensauce von gestern an meinem Kinn?*

Was war wichtiger: die WG oder ich? Ich entschied mich für mein Äußeres, spritzte mir Wasser ins Gesicht, versprühte gefühlt eine halbe Deoflasche unter meinen Armen und tuschte mir die Wimpern. Die Haare zwirbelte ich flink zu einem lässigen Dutt hoch. Meine dunkelblonden Locken sahen trotzdem zerzaust aus. Daran hatte ich mich in den letzten Jahren gewöhnt. Dann ersetzte ich den kuscheligen Overall, in dem ich die letzten Tage gelebt hatte, durch eine würdevollere Alternative. Ich befand eine saubere, schwarze Leggins und ein gemütliches, graues Sweat-Kleid als ausreichend. Das passte perfekt für einen Montagmorgen in den eigenen vier Wänden. Nicht so lädiert wie der Overall mit den Pizzaflecken, aber auch nicht zu gewollt gestylt. Das Kleid stand mir und was wichtiger war: Ich fühlte mich darin wohl.

Ich erschrak, als die schrille Altbauklingel Pauls Auftritt ankündigte, obwohl ich ihn erwartete. Der fünfte Stock ohne Fahrstuhl gab mir noch einen Augenblick. Hastig schob ich die von mir mit Herzblut gestalteten Fotoalben unserer gemeinsamen Zeit unter den Schrank. Er sollte nicht sehen, wie sehr ich an uns hing. Uns. Das gab es nicht mehr.

Ich wischte mit meiner Hand sachte die nasse Spur unter meinen Lidern weg. Tränen konnte ich in diesem Moment nicht gebrauchen. Verlaufene Wimperntusche, die meinen emotionalen Zustand treffend unterstreichen würde, noch viel weniger.

Ich öffnete die Tür.

»Hi Anni, alles gut bei dir?« Paul schnaufte durch.

Nichts ist gut, seitdem du mich nach drei Jahren Beziehung für so ein blondiertes, aufgetakeltes Flittchen verlassen hast!

»Alles bestens. Mir geht es prima«, antwortete ich und versuchte, möglichst natürlich zu lächeln. Ich war mir sicher, es sah verkrampft aus, aber das war nicht zu ändern. Paul schob sich durch die Tür in die Wohnung – so selbstverständlich, als würde er hier weiter ein und aus gehen. Der Duft seines Eau de Toilettes stieg mir in die Nase und ließ Schmetterlinge in meinem Bauch tanzen bis die Bilder von Paul und seiner neuen Tussi vor meinem inneren Auge aufblitzten. Mir wurde schlecht.

»Meine Sporttasche und die dicke Winterjacke müssten noch hier sein. Und die Zahnbürste. Aber die kannst du wegschmeißen.« Er überprüfte den Sitz seiner zurückgegelten Haare im Spiegel.

Ich schob ihm die Sporttasche mit dem Fuß rüber. Die Jacke hatte ich bereits auf die Tasche gelegt. Dass ich die Zahnbürste vor Tagen entsorgt hatte, brauchte Paul nicht zu wissen. Auf keinen Fall wollte ich ihm zeigen, wie sehr er mich verletzt hatte.

»Ah. Danke. Lissy sitzt unten im Auto. Ich muss schnell wieder runter. Mach's gut!«, sagte Paul. Er richtete die

Sonnenbrille auf seinen Haaren und drückte mir einen freundschaftlichen Kuss auf die Wange. Ein Glück für ihn, dass er schon im Treppenhaus war, als ich die Unverfrorenheit seiner Aktion realisiert hatte.

Ich riss mich zusammen, schloss die Tür akribisch leise, anstatt sie hinter ihm zuzuknallen, schmiss mich aufs Sofa und brüllte »ARSCHLOCH« in mein Lieblingskissen. Mehrfach. *Was für ein borniertes, abgebrühtes Arschloch! Unsere Pläne!* Mein ganzes, verdammtes Leben hatte ich mit ihm verplant!

Das Telefon klingelte. Auf dem Display las ich »MamaPapa zu Hause«.

»Oh nein!«, ich ging ran.

»Hallo Mama!«

»Anni, Kindchen. Du wolltest Dich doch melden?«

»Ja, Mama. Ich weiß. Mir ist da was – ach egal. Weißt Du was, Mama? Ich mache mich gleich auf den Weg nach Eckernförde«, verkündete ich entschlossen.

»Ach, das ist ja prima, Kindchen! Tante Rieke hat mir am Telefon gesagt, dass Kjell den Schlüssel zu ihrer Wohnung über dem Café hat. Weißt du noch? Das ist der Koch, der Tante Rieke unterstützt. Er versucht momentan, mit Hellen den Betrieb am Laufen zu halten, und wird dir alles weitere berichten. Ich muss auflegen und packen, Kindchen. Danke noch mal. Dein Vater lässt dich grüßen. Wir melden uns, wenn wir von der Kreuzfahrt wieder zu Hause sind. Tschüsschen!«, und klick, war Mama aus dem Telefon verschwunden.

Habe ich gerade wirklich ...? Heute noch an die Ostsee fahren?

Ja, ich hatte dieser Harakiri-Nummer zugesagt. Nur weil Paul hier war und mir in diesem Moment mein Zimmer, die WG-Wohnung und ganz Berlin so winzig vorkamen, dass ich so zügig wie möglich aus dieser Stadt raus wollte? Ich fluchte in mich hinein, hörte aber die mahnende Stimme von Mama im Hinterkopf – *nicht fluchen, Anni, so bekommst du nie einen Mann* – und riss mich zusammen. ›Ruhe bewahren, Anni‹, dachte ich stattdessen. Immer ein Schritt nach dem Anderen.

Einatmen. Ausatmen.

Ich nahm mir einen herumliegenden Zettel und fing an, eine Liste zu schreiben.

Eine Packliste für Eckernförde.

Kapitel 2

DIE ANKUNFT

Hi«, schnaufte ich ins Telefon.

»Hi Anni! Hast du gerade etwa Sport gemacht?« Ich hörte Jule durchs Handy kichern.

»Nein! Spinnst du?« Wir prusteten los. »Ich musste gerade meine superschwere Tasche vom Bahnhof nach draußen schleppen, um zum Bus zu kommen. Schienenersatzverkehr! Dass es sowas noch gibt! Das ist die sarkastische Umschreibung für: Sorry, der Zug fährt leider nicht, aber du darfst deine schwere Tasche gerne die Treppen runter zur Bushaltestelle tragen, um dort in einen Bus aus dem letzten Jahrhundert zu steigen, der die doppelte Zeit benötigt, um sein Ziel zu erreichen, und den doppelten Genervtheitsgrad der Insassen zur Folge hat.« Ich redete mich in Rage.

»Am Südkreuz? Schienenersatzverkehr?«, fragte Jule.

»Nein. In Kiel.«

»Kiel?« Jules Stimme klang schriller als sonst. »Was zur Hölle machst du in Kiel?«

Ich erklärte ihr, was ich vorhatte.

»… und deshalb habe ich meine Tasche geschultert und zur Bushaltestelle geschleppt. Mann, tut mir der Rücken weh! Warum fährt der verdammte Zug nicht?«

»Du spinnst doch. Was ist mit deiner Abschlussarbeit? Und alles nur, um Paul zu vergessen?«

»Ja, äh, nein. Ich weiß auch nicht. Tante Rieke braucht meine Hilfe.« Ich ließ die Schultern hängen und spürte einen Kloß im Hals. Mein treuer Begleiter seit Pauls miesem Betrug.

»Mensch, Anni.« Jules Stimme klang besorgt.

»Hey, mach dir keine Gedanken. Ich brauche einfach mal Abstand. Von Paul. Von Berlin.«

»Von mir?«

»Nein.« Ich lachte. »Wann kommst du zurück? Da ist noch Zeug im Kühlschrank … also wenn du magst, iss es oder schmeiß es weg.«

»Morgen. Aber deine komische Hafermilch schütte ich mir nicht in den Kaffee.«

»Lass mir meine Experimente!«, antwortete ich gespielt empört. »Ich muss jetzt aufhören. Der Zug auf Rädern biegt gerade um die Ecke.«

»Reinhau'n!«, sagten wir synchron.

Ich drückte den roten Hörer auf meinem Handy und das runde Bild von Jule mit den feuerrot gefärbten, kurzen Haaren verschwand von meinem Display.

Ich stieg in den Bus. Es war voll, aber ich hatte zwei Sitze für meine Tasche und mich. Die Türen schlossen sich mit einem unangenehmen Quietschen und das Fahrzeug setzte sich in Bewegung in Richtung Norden.

Je mehr ich über die Beziehung mit Paul nachdachte und darüber, wie er mich erst betrogen und dann verlassen hatte, desto wütender wurde ich. Wütend auf mich, auf Paul, auf die Bahn mit ihrem blöden Busersatz und sogar auf Tante Rieke. Die ganze Welt konnte mich mal. Warum ich mich ausgerechnet heute auf den Weg in die Pampa machte, um dort einen Knochenjob im Café zu leisten, anstatt meine Abschlussarbeit voranzubringen, war mir nicht klar. Ich schob es auf Paul. *Er ist der Blödmann und an allem Schuld!* So einfach funktionierte die Welt heute für mich. An manchen Tagen reichten mir simple Erklärungen.

Der Bus bog im üblichen Touristenverkehr im Schneckentempo um die letzte Kurve und ich sah die Bucht von Eckernförde vor mir liegen. Auf einmal blieb die Zeit stehen. Leider auch der Bus. Aber das Gefühl aus meiner Kindheit war für einen Moment zurück.

Dieser Augenblick, wenn Mama und Papa mich in den Sommerferien zu Tante Rieke gefahren hatten und wir jedes Mal zeitgleich mit dem ersten Blick auf die Ostsee im Stau vor Eckernförde standen.

Mein Herzschlag beruhigte sich. Ich dachte nicht mehr an Paul, die Abschlussarbeit oder den Studienstress. Ich dachte nicht mehr an das laute, stickige Berlin. Ich träumte von den unzähligen Sommern, die ich hier verbracht hatte – und von Eisschokolade mit Sahne.

Ich wurde aus meinen Tagträumen gerissen, als der Bus hielt. Die Tür öffnete sich und frische Luft strömte in den miefigen Innenraum. Mit den anderen Mitreisenden schob ich mich durch die Doppeltür und atmete tief durch. Ich stand auf einer überschaubaren, zentralen Bushaltestation. Das kleine, sechseckige Bahnhofsgebäude nebenan sah noch genau so aus wie früher. Vor mir zog sich die Autoschlange, der ich soeben entkommen war, über die Reeperbahn und hinter mir lagen die Bahnschienen. Trotz der Abgase aus dem Stau war die Luft deutlich klarer und frischer als in Berlin.

Ich mochte Eckernförde. Das Gute an dieser Stadt war, dass nichts weit entfernt lag. Der Strand befand sich direkt bei der Innenstadt, die Innenstadt dicht am Bahnhof und der malerische Hafen war nebenan. Selbst die Wohngebiete außerhalb der Stadt waren im Nu erreichbar. Eckernförde war kleiner als so mancher Kiez in Berlin.

Als Kind kamen mir die Entfernungen riesig vor. Heute war ich froh, dass ich die Tasche nicht allzulang tragen musste. Trotzdem schnitt mir der Riemen in die Schulter. *Ob es sinnvoll war, die Fachbücher für die Abschlussarbeit mitzunehmen?*

Ich überquerte die Straße, ließ die Blechlawine hinter mir und trottete zur Strandpromenade. Von hier aus waren es nur wenige hundert Meter zum Café Seestern. Es war warm und der Strand war voller Menschen, obwohl es schon später Nachmittag war. Kinder bewarfen sich mit Quallen, und Möwen versuchten, die Pommestüten unachtsamer Strandbesucher zu stibitzen. Die bunte Mischung aus Strandkörben, Strandmuscheln und Sonnenschirmen schien unendlich zu sein. Ich atmete tief ein. Es roch nach einem Hauch brackiger Ostseeluft vermischt mit dem Duft von Sonnencreme und frisch frittierten Pommes. Das war der Geruch der Sommerferien meiner Kindheit.

Die Promenade führte an den fantasievoll angelegten Beeten des Kurparks vorbei. Hinter der nächsten Kurve entdeckte ich das windschiefe Reetdachhaus mit dem Anbau aus den achtziger Jahren, der nicht so richtig dazu passte. Mein Herz hüpfte. Die roten Strandkörbe auf der grünen mit Kunstgrasteppich ausgelegten Terrasse leuchteten mir entgegen. Es war voll vor dem Café Seestern. Die Schlange an der Eistheke nahm kein Ende und jeder Tisch war belegt.

Ich schob mich an den wartenden Menschen vorbei und schlüpfte wie früher durch den Hintereingang. Dort stellte ich meine Tasche ab und schlich in die Küche. Natürlich war ich nicht enttäuscht, dass Tante Rieke mich nicht erwartete. Trotzdem fehlte sie mir.

An ihrem Platz stand Kjell und schaute in eine große Schüssel mit Teig. Ich betrachtete ihn einen Moment dabei und atmete durch. Wir hatten uns ewig nicht gesehen. Seine blonden Haare waren verwuschelt wie früher.

»Hi Kjell!«, rief ich, um gegen die ohrenbetäubende Küchenmaschine anzukommen.

Er schaute von seiner Teigschüssel zu mir auf.

»Moin Anni. Endlich! Das wurde aber auch Zeit! Getrödelt, oder was? Binde dir eine Schürze um und dann zack an die Eistheke. Die arme Hellen kann kaum noch stehen!«

»Ich. Äh. Hallo. OK«, mehr brachte ich nicht raus.

Ich ging zum Haken mit den karierten Schürzen und verließ die Küche in Richtung Eistheke, damit ich nicht Gefahr lief, Kjell wegen der unverschämten Begrüßung zusammenzufalten. *Was war das denn?* Er erwischte mich heute auf dem verdammt falschen Fuß und konnte froh sein, dass ich Mitleid mit Hellen hatte.

»Anni! Dich schickt der Himmel!«, rief mir Hellen entgegen und umarmte mich herzlich, sodass sich meine Wut im Bauch verflüchtigte. Wie früher trug sie ein buntes

Blümchenkleid. Nur der Zigarettenduft fehlte. Dafür lag ein Hauch von Menthol in der Luft.

»Wie geit di dat, min Deern? So lange haben wir dich nicht mehr gesehen! Schön, dass du da bist! Bedienst du die nächsten Kunden? Ich übernehme die Kasse.« Mit einem erleichterten Stöhnen kletterte sie auf den Kassierhocker und ich musste mich vollkommen auf meine neue Aufgabe konzentrieren, um keine Fehler zu machen.

»Wo sind die Zuckerstreusel, Hellen? Sind die immer noch kostenlos für Kinder?«

»Neben den Eisbechern am hinteren Tresen. Ja – 'türlich sind die noch kostenlos!«

Schlumpfeis mit Streuseln in der Waffel, Proseccoeis im Becher, Erdbeereis und Mangosorbet.

Bereits nach kurzer Zeit brummte mir der Schädel. Von Zeit zu Zeit hielt ich inne und blickte über den Tresen auf die Ostsee. Das Wasser glitzerte, ich hörte die Möwen schimpfen und den sanften Sommerbeat des Strandrestaurants, das ein Stück weiter in Richtung Hafen lag.

Gegen Abend ebbte die Schlange ab und der letzte, große Kundenansturm war bald vorbei. Meine Kraft neigte sich dem Ende zu und ich bemerkte, dass ich heute kaum etwas gegessen hatte.

»Hattest du eine gute Anreise?« Hellen riss mich aus meinen Gedanken.

»Ja, danke. Bis auf den Schienenersatzverkehr.«

»Der Zug fährt die ganzen Sommerferien nicht, min Deern. Irgendwas mit der Kanalbrücke und Fledermäusen. Keine Ahnung. Aber dafür ist es hier sehr ruhig ohne die Züge«, antwortete Hellen und blickte zu den verwaisten Schienen gleich hinter dem Café.

»Wie geht es Tante Rieke?«, fragte ich sofort. Nach so einer Menge zubereiteter Eisportionen hatte mein Gehirn den Grund meiner Reise kurzzeitig vergessen.

»Keine Sorge, min Deern, Rieke geht es gut. Sie ist unglücklich gestürzt und hat die Hüfte gemacht bekommen. Irgendwann erwischt es uns alle. Rieke und ich sind ja nicht mehr die Jüngsten.«

»Entschuldigung, ich würde gerne ein Eis bestellen«, sagte eine schüchterne Stimme vor dem Kühltresen.

»Na klar! Was möchtest du?«, antwortete ich unverzüglich. Das Mädchen strahlte mich an und ich erfüllte ihren Eiswunsch.

Einige Eisportionen später war Feierabend und ich versuchte nach diesem verrückten Tag, von Hellen zu lernen, wie sie den Kassenstand mit den verbuchten Tageseinnahmen abglich.

»Hier, Mädels. Ein Gruß aus der Küche.«

Kjell kam grinsend mit Matjesbrötchen aus der Küche und mein Magen war der Meinung, dass ich ihm seine schroffe Begrüßung augenblicklich verzeihen sollte.

»Danke«, sagte ich und schaute an ihm vorbei auf das Brötchen. Die Bedürfnispyramide setzt Nahrung deutlich vor soziale Kontakte und ich war heute körperlich und emotional auf Primatenebene unterwegs.

Ich biss in das heilsbringende Brötchen und fragte mampfend: »Seit wann gibt es im Seestern auch Fischbrötchen?«

»Seit Rieke dachte, es sei eine gute Idee, auf dieser Seite des Strandes auch Fischbrötchen zu verkaufen. Du bist doch schon seit ein paar Stunden im Laden, ist dir das noch gar nicht aufgefallen?«, antwortete Kjell.

»Nö«, musste ich gestehen.

Ich war anscheinend so mit Eisverkaufen beschäftigt gewesen, dass mir gar nicht aufgefallen war, was sich alles verändert hatte.

»Hast dich ja auch seit Jahren nicht mehr blicken lassen!«, schob er hinterher.

Hellen merkte, wie ich kauend überlegte, was ich Kjell Gemeines an den Kopf werfen konnte und tätschelte mir beruhigend das Bein. »So schön, dass du da bist, min Deern! Rieke hat mir versprochen, dass du kommen wirst. Anni lässt uns nicht im Stich, hat sie gesagt.«

»Natürlich. Ich habe sofort gepackt, als Mama mich angerufen hat«, antwortete ich. Dass es einen Besuch von Paul als letzten Auslöser gebraucht hatte, mussten die zwei nicht wissen. Vermutlich wäre ich auch ohne Paul gekommen, aber möglicherweise nicht gleich am selben Tag.

Paul. Dieser Idiot. Soll er doch mit seiner Tussi aus meinem Leben verschwinden!

Kaum hatte ich den letzten Bissen des Brötchens verschlungen, packte mich die Müdigkeit und ich gähnte so ausgiebig, dass mir der Kiefer schmerzte.

»Kann ich irgendwo unterkommen? Mama sagte, ich solle euch fragen. Spontan bei diesem Wetter ein Zimmer hier zu bekommen, scheint nicht besonders aussichtsreich zu sein.«

»Tante Rieke hat gesagt, dass du in ihrer Sommerwohnung über dem Café schlafen kannst«, antwortete Hellen. »Kjell hat einen Schlüssel für dich. Er wohnt dort oben im vorderen Zimmer, wie die letzten Sommer auch.«

»Ach ja. Hier, Anni. Ich hatte keine Zeit aufzuräumen, aber du findest dich ja zurecht.« Kjell warf mir den Schlüssel über den Tisch.

»Danke. Ok. Kein Problem«, sagte ich etwas überrollt von der Information, dass Kjell in meinem alten Gästezimmer mit der Blümchentapete und dem Segelboot im Fenster schlief.

»Wann müssen wir morgen mit den Vorbereitungen anfangen?«, fragte ich sachlich.

»Ich fahre gleich nach dem Aufstehen mit dem Lastenrad zum Hafen und kaufe Matjes und Brötchen. Eis wird morgen nicht geliefert. Für Waffelteig und Törtchen reicht auch noch alles. Morgen ist Montag und das Wetter soll nicht so prall werden … Es genügt, wenn du um neun bereit bist.«

»Ich bringe frische Beeren mit«, sagte Hellen. Dann zog sie eine E-Zigarette aus ihrer Kleidertasche und nahm einen tiefen Zug. Der Raum füllte sich mit Mentholdampf.

»Rauchen im Café?« Kjell zog eine Augenbraue hoch und sah Hellen an.

»Ach min Jung, wie früher.« Sie lachte ihr rauchiges Lachen und zog erneut mit geschlossenen Augen an der elektronischen Mentholzigarette.

»Tschüss, Kinners. Bis morgen!«

Wir riefen ihr »Tschüss« hinterher, als sie in ihrer Dampfwolke verschwand.

Kjell und ich schlenderten schweigend die Treppe zu Tante Riekes Sommerwohnung hoch. Beinahe zog mich meine Tasche die Stufen herunter, aber ich konnte mich fangen.

»Bis morgen«, sagte ich, ohne eine Antwort abzuwarten, und ging in das hintere Zimmer.

Ich wühlte mich durch den Tascheninhalt und fand unter den Büchern mein Schlafshirt und die Kulturtasche. Gähnend zog ich mich um und schlurfte ins Badezimmer.

»Das kann doch nicht wahr sein!«, rief ich. Die Szenerie, die sich mir hinter der Badezimmertür bot, war verstörend eklig.

Ich schlug die Tür zu und stampfte, ohne zu klopfen, in Kjells Zimmer.

»Was soll das?!«

Kjell sah mich amüsiert an und sagte nichts.

»Das Badezimmer sieht aus wie ein Saustall! Wie lange ist Tante Rieke weg? Fünf Tage? Wie konntest du das Badezimmer in fünf Tagen so verhunzen?«

Kjell grinste bis über beide Ohren. In mir kochte es. *Findet er das etwa lustig? Erst wohnt er in meinem Zimmer, dann das Bad und jetzt –!* Ich sah an mir herunter und wünschte, der Boden würde sich unter mir auftun. Ich hatte ein altes T-Shirt mit den sieben Zwergen darauf an, trug eine Schlafanzughose mit Blümchenmuster und begann, den Grund seines Grinsens allmählich nachzuvollziehen.

»Süß, wie die sieben Zwerge hier mit der Zahnbürste fuchteln und mich beschimpfen!«, prustete er.

Ganz toll, Anni! Er nimmt dich mit Sicherheit ernst! Kjells Augen funkelten frech. Er wartete auf eine Antwort, doch ich entschied mich für einen kontrollierten Rückzug.

Ich wandte mich um und verließ sein Zimmer. Die Tür knallte hinter mir ins Schloss. Irgendwohin musste die angestaute Wut. Besser die Tür, als wenn ich mich weiter als zahnbürstenfuchtelnde, Siebenzwergeblümchenhose-Drama-Queen zum Affen machte. Dann suchte ich nach Lappen und Putzmittel, um wenigstens das Waschbecken, die Dusche und die Toilette grob zu reinigen.

Dabei verfluchte ich alle Männer dieser Welt und schwor mir, mich nie wieder auf einen Typen einzulassen.

Nur Ärger und Arbeit! Tante Rieke war auch immer glücklich ohne Mann. Außerdem wohnt Kjell in meinem *Zimmer!*

Trotz der Erschöpfung tat das Putzen gut und es half mir, meine Gefühle zu ordnen. Ich beruhigte mich und grübelte über diesen verrückten Tag. Der Auftritt von Paul, der Anruf von Mama, die Zugfahrt und der Sprung ins kalte Eisverkäufer-Wasser. Heute war mehr passiert, als in den letzten Wochen, in denen ich mich nach der Trennung von Paul in meinem WG-Zimmer verkrochen hatte.

Immerhin hatte ich keine Zeit, heulend mit Schokolade, Pizza und Netflix in Selbstmitleid zu versinken. Diese Ansicht half zwar kaum gegen den Ekel vor der ungeputzten Toilette, war aber positiv. Und optimistische Gedanken waren rar in letzter Zeit.

Die Wut verschwand und ich wurde unendlich müde. Das Duschen musste bis morgen warten. Ich putzte mir nach einer Katzenwäsche die Zähne und fiel vollkommen erschöpft in Tante Riekes Bett, welches frisch bezogen war und nach Lavendelwaschmittel roch. Vermutlich war das Hellens Werk. *Ich sollte mich morgen bei ihr bedanken.*

Das Mondlicht schien durch das offene Fenster und beleuchtete das Bett. Ich betrachtete müde das Rosenmuster am Kopfende, als mir die Augen zufielen.

Ich träumte. Von mir als Mädchen, wie ich am Strand turnte und überall voller Sand war. Von Tante Riekes Café, dem Duft nach frischen Waffeln und Sonnencreme und von polternden Klopfgeräuschen.

Kapitel 3

DER LAUBBLÄSER

»He, Anni. Aufwachen! Es ist Viertel vor neun. Oder haben dich die sieben Zwerge in einen hundertjährigen Schlaf geschickt?« Kjell klopfte weiter an die Tür.

»So geht das Märchen doch gar nicht!«, war das einzige, was ich schlaftrunken durch die verschlossene Tür antwortete. Das rhythmische Klopfen verstummte.

Vor dem ersten Kaffee waren meine Gehirnzellen im Tiefschlaf. Es dauerte einen lang anhaltenden Moment, bis ich begriff, dass ich in vierzehn Minuten unten im Café stehen musste.

Ich schnappte mir mein Duschzeug und sprintete ins Badezimmer.

»Nein!«, schrie ich schrill. Das konnte nicht wahr sein. Das Bad war halb überschwemmt und der gestutzte Dreitagebart von Kjell war im Waschbecken explodiert. Immerhin war die Dusche in Ordnung.

Na warte! Der Kerl kann sich auf was gefasst machen!

Eine Minute nach neun stand ich im Café und nahm eine große Tasse Milchkaffee von Hellen entgegen.

»Hellen, du bist ein Engel!«, sagte ich dankbar. »Wo ist Kjell?«, schob ich hinterher.

»Draußen, min Deern.«

Ich nahm einen kräftigen Schluck von meinem Kaffee und verbrannte mir den Mund, was mich in die richtige Laune versetzte, um mit Kjell ein Hühnchen zu rupfen.

»Ich bin gleich wieder da!«, rief ich Hellen zu.

»Mach hinne, min Deern, ich will noch eine schmöken, bevor wir aufmachen«, murmelte Hellen mir hinterher und suchte in den Taschen ihres Kleides nach ihrer Zigarette.

Ich hastete hinaus und sah Kjell, wie er mit einem Laubbläser hantierte, mit dem er den Kunstrasen vor dem Café von Sand und Blättern befreite.

Ich stapfte auf ihn zu, um ihm eine Standpauke über das Badezimmer, die Hygiene und Wertschätzung der Arbeit anderer zu halten.

»Moin Anni, auch schon wach?«, rief er und schaltete das Gerät an.

»Kjell! Was soll der Scheiß im Badezimmer?«, rief ich, doch das dröhnende Surren war lauter als ich.

Er signalisierte mir mit übertriebenem Schulterzucken, dass er mich nicht hörte. Dieser Typ brachte meine schlimmsten Seiten zum Vorschein! Ich war so wütend!

»Kjell, mach das Ding aus!«, schrie ich, aber er pustete mit einer routinierten Gelassenheit nach einem scheinbar festgelegten Muster die Grünfläche ab und wirbelte Sand in meine Richtung auf, sodass ich husten musste.

Das ist zu viel! Am liebsten hätte ich ihm mit dem Laubgebläse das Hirn weggepustet.

»Kjeeelll!«, rief ich hysterisch und dieser grinste. Er schaute mich mit seinen tiefblauen Augen an – hielt es offenbar nicht für nötig, sein amüsiertes Lächeln im Zaum zu halten – und ging seiner Arbeit nach.

Ich starrte ihn an.

Reihe für Reihe für Reihe wirbelte er mit der Höllenmaschine kontrolliert den Sand vor sich her, als sei es die wichtigste Aufgabe der Welt, die keinen Aufschub erlaubte.

Na der hat Nerven! Dieser Typ macht mich wahnsinnig! Ich versuchte, ihm fuchtelnd zu signalisieren, dass wir uns später über das Badezimmer unterhalten würden, und ging frustriert zu Hellen, die in ihrer Mentholdampfwolke vorm Café stand und uns beobachtete.

»Was glaubt er eigentlich, wer er ist?«, schimpfte ich.

»Wer, Kjell?«, fragte Hellen. »Was hat der Jung denn gemacht? Immer fleißig und immer hilfsbereit ist er. Ohne ihn hätte Rieke längst dicht machen können.«

Damit nahm mir Hellen den Wind aus den Segeln. »Ach nichts«, sagte ich kleinlaut und ging hinein, um mir meinen Ärger mit dem mittlerweile abgekühlten Kaffee runterzuspülen.

Ich half Hellen die Eistheke herzurichten und sah, dass Kjell bereits Fischbrötchen und Waffelteig zubereitet hatte. Er musste früh aufgestanden sein.

Ich beobachtete ihn dabei, wie er die wuchtigen Strandkörbe an die vorgesehenen Stellen schob und die Tische und Stühle auf dem von ihm akribisch gereinigten Kunstrasen aufstellte. Er zog seine Sweatjacke aus und das T-Shirt schmiegte sich an seinen Oberkörper. Kräftig war er. Keine Frage. Und wäre er nicht ein dermaßen unverschämter und unhygienischer Küstenschrat, würde ich ihn als attraktiv bezeichnen.

Schnickschnack!, ermahnte ich mich innerlich, *Männer sind alle kacke. Ich mache das wie Tante Rieke. Ich brauche keinen Mann und so einen aufgeblasenen Badezimmerverwüster dreimal nicht!* Ich schnaufte und mein Herzschlag beruhigte sich. *Gut, dass ich das mit mir geklärt habe. Ich werde Kjell heute aus dem Weg gehen!*, beschloss ich.

Ich band mir die Schürze um und stellte mich an die Theke. Morgens wurde im Café eine Menge Kaffee verkauft. Manchmal mit Waffeln oder einer Kugel Eis.

»Zwei Cappuccino bitte. Können wir die Tassen mit zum Strand nehmen?«

»'Türlich«, antwortete Hellen.

»Rieke hasst die Pappbecher!«, murmelte sie in meine Richtung.

»Warum bietet ihr die noch an?«, fragte ich.

»Das Geschäft mit den Besuchern, die an der Strandpromenade entlang schlendern und ihren Kaffee mitnehmen möchten, geht uns sonst flöten«, sagte Hellen geschäftstüchtig. »Rieke sacht, datt können wir uns nicht leisten. Müll hin oder her.«

Ach, Tante Rieke. Ich vermisste sie. Das Café Seestern war nicht dasselbe ohne sie. Außerdem hätte sie Kjell wegen der Sauerei im Badezimmer ordentlich *auf den Pott gesetzt*, wie sie es nannte, wenn sie jemanden anschimpfte.

Ich hoffte, Tante Rieke bald in der Rehaklinik besuchen zu können, und nahm mir vor, sie heute anzurufen. Ob ich zu ihr fahren konnte, hing davon ab, wie das Wetter mitspielte und welche Menge an Arbeit dadurch im Café anfallen würde. Für heute war Regen angesagt, aber seit wann konnten Wettervorhersagen das Wetter vorhersagen?

Gegen elf Uhr riss die Wolkendecke auf und, als wären imaginäre Einlasstore geöffnet worden, strömten Menschen zum Strand. Es erweckte den Anschein, als wollten sie alle bei einem Konzertbesuch in der ersten Reihe stehen.

Die Kaffeetrinker machten den Eisbestellern Platz. Die Tische füllten sich, die Schlange am Verkaufstresen wurde länger und ich war damit beschäftigt, Bestellungen entgegenzunehmen, Eis zu portionieren und Eisbecher herzurichten. Mit der Zeit lernte ich, wie die verschiedenen Eiskreationen auf der Karte zusammengestellt wurden.

»Moin Pia. Geht's dir wieder besser?«, fragte Hellen.

Eine etwa 20-jährige Frau mit schwarzen, glatten Haaren kam auf uns zu. Sie band ihre Schürze um ihren zierlichen Körper und reichte mir die Hand. »Hi, ich bin Pia. Und du musst Anni sein, oder?« Ich nickte und erwiderte die höflich fröhliche Begrüßung. »Ich bin normalerweise am Nachmittag hier. So von zwei bis sechs Uhr. Gestern lag ich flach. Und das bei dem Wetter! Ich übernehme die Eistheke, ok?«

»Klar, min Deern«, antwortete ihr Hellen. »Dann zeige ich Anni mal, wie dieser Kaffeezauberautomat bedient wird. Da drinne geschehen Wunder!« Hellen zwinkerte mir zu.

So hatte sie mich als Kind für banale Dinge begeistern können. Mein Selbstvertrauen gegenüber technischen Geräten war nicht sonderlich ausgeprägt. Bei Kaffeemaschinen machte ich eine Ausnahme.

Ich ging zu Hellen und spornte mich an. Das konnte nicht schwer sein, war ja nur Kaffee. Und für Kaffee überwand ich meine Technikphobie.

Die Maschine war ein Vollautomat. Ich atmete auf. Es gab Knöpfe für Cappuccino, Latte macchiato, Café crème und heiße Schokolade. Milchbehälter, Kaffeebohnen- und Pulverfach waren beschriftet. *Wunderbar.* Das erschien mir machbar.

»Morgens muss immer eine große Kanne Filterkaffee mit dieser Maschine hier gekocht werden«, sagte Hellen und zeigte mir mit Blick auf ein altes Modell einer Filterkaffeemaschine, wie viel Pulver und Wasser man für einen annehmbaren Kaffee benötigte. Gegen dieses antike Monstrum sah die Maschine in meiner WG aus wie ein Zwerg. Mein Nachthemd kam mir in den Sinn und ich spürte, wie mir das Blut in die Wangen schoss.

»Anni? Hörst du mir überhaupt zu, was ich dir hier vertelle?« Hellen seufzte theatralisch. »Nachmittags kochen wir noch mal neuen Filterkaffe. Du musst immer daran denken, dass ein Teil des Kaffees abgekühlt werden muss für den Eiskaffee.«

Ich nickte und versuchte den Schwall an Informationen geordnet abzuspeichern, verließ mich aber darauf, dass Hellen mich die nächsten Tage weiter anleiten würde.

»Kakao für die Eisschokolade rühren wir nicht selber an. Schau, dass immer genügend Kakaotüten im Kühlschrank sind, min Deern!«

»Kakao im Kühlschrank«, nuschelte ich, in der Hoffnung, es mir besser merken zu können.

»Olln's kloar?« Hellen sah mich aufmunternd an.

Ich nickte und lächelte.

»Na prima. Dann geh ich eine schmöken und du probierst dat Ding aus.«

Zögernd holte ich mir eine Tasse und drückte die hoffentlich richtigen Knöpfe. Die Zaubermaschine zischte und rumpelte und am Ende hielt ich einen echten Milchkaffee in der Hand. Stolz präsentierte ich Hellen mein Werk.

Im Laufe des Vormittags kamen jede Menge Kunden in den Laden und wir hatten alle Hände voll zu tun.

»Ach. Herrje. Der Obstsalat ist wieder alle. Min Deern, wärst du so nett? Geh in die Küche und schnipple einen neuen. Dabei habe ich doch heute früh eine große Portion gemacht. Die Leute leben auch immer gesünder.« Hellen lachte ihr rauchiges Hellenlachen, das meine Mundwinkel nach oben wandern ließ, und reichte mir die leere Schüssel.

Ich machte mich auf den Weg in die Küche im Hinterhaus. Mein Vorsatz, Kjell aus dem Weg zu gehen, würde in der kleinen Küche schwierig werden. Mit einem tiefen Atemzug öffnete ich die Tür.

Es war niemand da. Alles war still.

Das war gut für meinen Entschluss, aber ein Teil von mir war enttäuscht. Ich wartete immer noch auf die Chance, ihm meine Meinung zu geigen.

Mürrisch stellte ich die Schüssel auf die Arbeitsfläche und suchte nach Obst, einem Brett und einem scharfen Messer. Äpfel und Bananen fand ich in Einkaufstüten. In einem Schrank waren Schneidebretter. Ich zog eine Schublade auf. »Bingo«, murmelte ich. Scharfe Messer. *Läuft doch!*

Ich startete mit den Bananen und nahm mir danach die Äpfel vor. Singend schnitt ich sie erst in Schiffchen, dann in Stücke. »Zack! In the name of love, before you break my heart … think it o-ho-ver.«

Ich hatte gute Laune. Ein Fortschritt.

»Fuck!« Blut tropfte auf meine Schürze. Vor ausgelassener Musical-Darstellung hatte ich mir in die Fingerkuppe geschnitten. Rote Flüssigkeit quoll aus der Wunde. Übelkeit breitete sich in meinem Magen aus. Ich hielt mich für stark, aber bei Blut wurde ich schwach. Das hatte schon auf der Schule zu einigen peinlichen Momenten geführt.

Schwankend sah ich mich nach etwas um, womit ich die tropfende Wunde unsichtbar machen konnte.

Wie aus heiterem Himmel stand Kjell vor mir und drückte ein gefaltetes Stück Küchenpapier fest auf den Schnitt. Es zwickte. Dann schob er mich sanft, aber bestimmt nach hinten, sodass ich ungelenk auf den Küchenstuhl plumpste. Meinen verletzten Finger hielt er dabei weiterhin fest.

»Ich stoppe die Blutung und dann mache ich dir ein festes Pflaster, damit der Schnitt verheilen kann«, sagte er, lehnte sich neben mich an die Wand und hielt meine Hand in die Höhe. Die Kuppe pochte und obwohl ich saß, schwang das Bild vor meinen Augen gefährlich hin und her.

»Wenn du den Finger nach oben hältst, blutet es weniger«, fügte er hinzu. »Ab sofort herrscht Singverbot, wenn du mit scharfen Werkzeugen hantierst!« Er grinste. »Und Tanzverbot!«

Oh! Mein! Gott!

Wie lange hatte er in der Küche gestanden und mich beobachtet? Ich fühlte, wie mein blutleeres Gesicht Farbe gewann. Er musste mich für ein schräg singendes, epileptisches Schneewittchen halten, das in ihrer Blümchenhose bei den sieben Zwergen wohnte und die böse Stiefmutter gar nicht benötigte, um sich umzubringen. Das arrangierte ich selber beim Apfelschneiden.

»So. Jetzt löse ich gleich vorsichtig den blutigen Fetzen, desinfiziere den Schnitt und verbinde den Finger.« Kjell riss mich aus meinen Gedanken. »Halt mal das Tuch weiter drauf gedrückt und die Hand in die Luft. Ich bin gleich wieder da.«

Er ging zu einem der hinteren Schränke und kam mit einer Box mit einem roten Kreuz auf dem Deckel zurück. Das Desinfektionsspray in seiner Hand sah furchteinflößend aus und ich sah mich hektisch nach einem möglichen Fluchtweg um.

»Keine Angst, Schneewittchen. Das ist auch für Kinder. Das brennt nicht.« Er machte eine Pause. »Zumindest nicht doll.«

Kjell sprühte das Teufelszeug auf meinen Finger und ich versuchte, seinem Blick auszuweichen.

Ja ja, tut gar nicht weh. Spaßvogel. Ich riss mich zusammen, um mich nicht wie das kleine Mädchen zu benehmen, das in dieser Küche immer Beeren geklaut und Teig genascht hatte. *Warum falle ich in Umgebungen von damals in meine frühere Rolle zurück? Geht das nur mir so?*

»So. Und nun noch das Pflaster mit ein wenig Druck drauf und du bist wie neu«, sagte der rettende Sanitäter.

»Hast du in den letzten Jahren von Koch auf Sanitäter umgeschult?«, fragte ich.

Kjell lachte. »Nein. Aber ich war von Kindesbeinen an bei der DLRG. Ich könnte dich reanimieren, wenn du dich das nächste Mal schlimmer erwischst.«

Warum geht er davon aus, dass ich mich noch mal verletze? Wirke ich derart tollpatschig? Ich erinnerte mich an meinen T-Shirt-Auftritt gestern Abend und musste zugeben, dass ich auf einen Außenstehenden nicht übermäßig erwachsen wirken konnte.

»Oder auch abschleppen«, sagte Kjell, sah mich lange an, zog einen Mundwinkel hoch und verschwand aus der Küche.

Kapitel 4

FEIERABEND

Ich war sprachlos und blieb auf dem Stuhl sitzen. Mit der gesunden Hand fummelte ich mein Handy aus der Hosentasche, um mich abzulenken. Vom Schnitt. Nicht von Kjell. *Wonach duftet er? Ist das Rosmarin?*

Mein Handy war auf Flugmodus. In der Hektik heute Morgen hatte ich keine Zeit, ihn auszuschalten. Eine Sekunde suchte mein Telefon nach Empfang, dann blinkten zahlreiche Nachrichten auf dem Display auf.

Ich fand ein Foto von einem gigantischen Kreuzfahrtschiff von Mama mit meinem winkenden Papa davor und fünf Sprachnachrichten von Paul.

Nachrichten aus der Hölle. Ich hörte sie mir trotzdem an.

2:13 Uhr: »Hallo mein Engel«, lallte Paul. »Ich wollte dir nur sagen, dass du toll bist, Anni.«

2: 17 Uhr: »Anni … Kannst du mir verzeihen?«

2:19 Uhr: »Lissy ist ne Schlampe! Lissy ist mit Henning abgehauen! Alle Frauen sind Schlampen! Nur du nicht, Anni. Anni … ich komm zu dir!«

2:44 Uhr: »Anni! Wo bist du? Ich steh vor deinem Haus. Mach mir auf! Bitte!«

2:49 Uhr: »Ich weiß, dass du da bist, Anni. Mach bitte auf! *Fresse da draußen! Hör auf zu klingeln, sonst hole –!*«

Die Nachricht brach ab. Das war die Stimme von Herrn Möller aus dem ersten Stock. Der verstand sicher keinen Spaß, wenn ein betrunkener Paul nachts Sturm klingelte und aus voller Kehle ins Handy lallte. Ich auch nicht. Jule schlief entweder tief und fest oder war nicht zu Hause.

Gott sei Dank saß ich. Mir liefen die Augen voll mit Tränen und plötzlich war alles wieder da, was ich die letzten Tage verdrängt hatte. Ich konnte mich nicht einmal freuen, dass Paul von Lissy abgeschossen wurde. Irgendwie tat er mir sogar leid.

»Obstsalat! Nu wird's knapp. Bist du bald feddich, min Deern?«, hörte ich Hellens gedämpfte Stimme von draußen.

»Bin gleich fertig!«, log ich.

Ich wischte mir mit dem Handrücken die Tränen aus dem Gesicht und wusch mir, so gut es mit dem Pflaster ging, die Hände.

Das sind genug Äpfel, entschied ich. Im Kühlschrank fand ich Trauben, Erdbeeren und Blaubeeren.

»Voilà!«, balancierte ich die Schüssel fünf Minuten später zu Hellen.

Sie sah mich besorgt an: »Alles gut, min Deern?«

»Ja ja, ich habe mich nur geschnitten. Ist aber halb so wild.«

Hellen nickte, studierte meine Züge jedoch ausgiebig. Sie glaubte mir ganz offensichtlich nicht, dass meine Augen wegen der Schnittwunde aufgequollen waren.

Auf meinem Arm bildete sich eine Gänsehaut. Es nieselte über der Förde und zahlreiche Besucher hatten ihre Luftmatratzen, Sonnenschirme und Handtücher eingepackt. Auf dem Weg zurück ins Hotel gönnten sie sich ein Eis oder einen Kaffee. Die überdachten Plätze waren begrenzt, weswegen es eng im Café wurde.

Ich ging raus und sammelte das zurückgelassene Geschirr von den Tischen. Nicht, dass die Möwen unser Café als neue, angesagte Snackbar überfielen. Ihre Kacke machte sich nicht gut auf dem Kunstrasenvorplatz. Ich stellte mir Kjell beim Möwenkackewegpusten vor und kicherte.

»Tschüss Anni, bis morgen!«, rief mir Pia zu und winkte mit ihrem Fahrradhelm.

»Bis morgen und danke für deine Hilfe!«, antwortete ich.

»Da nicht für. Ist mein Job!«, meinte sie und verschwand in Richtung Fahrradparkplatz.

»So, min Deern. Nun erzählst du mir mal, was dich deprimiert.« Hellen drückte mir einen Becher heiße Schokolade und ein Matjesbrötchen in die Hand und setzte sich auf den Kassierstuhl.

Der Regen prasselte auf das Glasdach. Die Promenade war auf Knopfdruck menschenleer.

»Ach. Männer!« Mehr brachte ich nicht heraus.

Der graue Himmel verschwamm mit dem Horizont über dem Meer und ich sah Paul und mich, wie wir vor gut zwei Jahren auf den Malediven auf dem weißen Sandstrand gelegen hatten. Albern hatten wir gestritten, ob wir zwei oder drei Kinder bekommen wollten. Er hatte unser erstgeborenes Mädchen Emilia Louise nennen wollen.

Plötzlich schob sich ein verzerrtes Bild von Paul und Lissy vor mein inneres Auge. Mein Brustkorb zog sich zusammen und ich zitterte am ganzen Körper.

Eine Möwe kreischte und brachte mich zurück nach Eckernförde. Bebend griff ich nach dem Brötchen und spülte den Bissen mit der heißen Schokolade hinunter. Die Kombination aus süß und salzig streichelte meine Seele. Hellen blickte mich mit ihren warmen, grauen Augen an und meine Fassade bröckelte.

»Paul!«, ich schluchzte, »Paul wollte mit mir Kinder! Und dann hat er mich betrogen! Alles nur Lügen!« Hellen reichte mir ein Taschentuch und sagte nichts. »Wir hatten unsere Zukunft geplant. Wir wollten nach meinem Abschluss zusammenziehen. Ich wollte in der Firma seines Vaters arbeiten. Er hatte alles organisiert für uns.« Ich putzte mir die Nase. »Und dann erwische ich ihn mit Lissy. In seiner Wohnung! In seinem Bett! Warum? Warum hat er mit mir Pläne gemacht, während er mit Lissy ins Bett ging?«

Ich machte eine Pause und trank einen großen Schluck. Mir lief die Enttäuschung aus Augen und Nase. Hellen nahm mich in den Arm und ich blendete die Welt aus. Ihr Mentholduft vermischte sich mit dem blumigen Geruch von Waschmittel.

Als wir uns voneinander lösten, erzählte ich ihr von den Nachrichten auf meinem Handy. »Weißt du, Hellen … ein Teil von mir möchte ihm verzeihen. Wir waren uns so nah. Irgendwann sind wir auseinandergedriftet. Ich weiß nicht genau wann und warum. Aber ich habe das Gefühl, dass uns immer noch etwas verbindet.«

Hellen seufzte. »Und was ist mit dem anderen Teil von dir?«, fragte sie mich.

»Der möchte Paul zum Teufel wünschen und dann vergessen.« Ich lachte auf und stellte mir vor, wie ich Paul mit allen Schimpfwörtern der Welt zusammenfaltete.

»Na guck, min Deern. Lachen kannst du schon wieder!«, sagte Hellen.

»Ich lass mir doch von einem Mann nicht das Lachen vermiesen! Am besten, ich mache es wie Tante Rieke. Die hatte auch nie einen Mann und sie wirkte immer so zufrieden.«

Hellen blickte mich an und runzelte die Stirn. »Na, da hast du aber Ole vergessen, min Deern.«

»Ole?«, fragte ich.

»Na klar. Ole!«

Ich war ratlos und zog meine Schultern hoch. Ole sagte mir nichts.

»Hat sie dir nie von Ole erzählt?«, fragte Hellen mit großen Augen.

Ich schüttelte zögernd den Kopf. Dort hallten die Worte von Mama wider: »Rieke sollte sich mal einen Mann suchen! Wie soll sie denn klarkommen ohne Unterstützung?« Von einem Mann im Leben von Tante Rieke hatte ich nie etwas gehört.

»Dasch ja ein Ding«, sagte Hellen mehr zu sich als zur mir. »Dann frag Rieke das nächste Mal nach Ole, min Deern. Jeder Mensch liebt. Auch wenn wir es nicht wollen. Wir können gar nicht anders.«

»Hallo! Haben sie geöffnet?« Zwei kichernde Teenager steckten ihre Köpfe durch die Eingangstür.

Ich sprang auf. »Ja, klar! Was kann ich für euch tun?«

»Eine Kugel Mangoeis in der Waffel und einen Schokoladen-Milchshake bitte.«

»Kommt sofort!«, antwortete ich. Drei Kugeln Schokoladeneis wanderten in den Shaker und mein Herz wurde leichter.

Am Ende des Tages rechneten Hellen und ich gemeinsam die Kasse ab und Kjell räumte auf. Schweigend lauschten wir dem Meer. Das sanfte Plätschern der Wellen wurde hin und wieder von einem Klicken oder Klappern unterbrochen. Es war friedlich.

Als wir das Café abschlossen, schlug Hellen vor: »Kommt! Ich lade euch auf einen Burger und ein Bier ein! Der Sommer und das Leben dürfen nicht nur aus Arbeit bestehen!«

Wir schlenderten zu dritt die Strandpromenade entlang. Es sah aus, als hätte es gar nicht geregnet. Ungewöhnlich warmer Wind aus Süden hatte die Pfützen getrocknet und die Sonne ging hinterm Hafen unter.

Draußen vor der Burger-Bar waren Tische und Bänke aufgestellt und aus den Lautsprechern kam gechillte Musik. Wir setzten uns und bestellten. Nach dem ersten Anstoßen stürzte ich mein Bier gierig hinunter und Hellen orderte noch eins für mich. Kjell sah mich belustigt an.

»Deine Matjesbrötchen machen ganz schön durstig!«, sagte ich zu ihm.

Er lachte und wir prosteten uns zu.

Meine Süßkartoffelpommes kamen und ich freute mich wie ein Kind. Nach zwei Bier auf nüchternen Magen konnte ich mir selber beim Denken zugucken, hatte aber wenig Antrieb, steuernd einzugreifen. *Verdammt. Warum war ich noch mal sauer auf Kjell? Der ist ganz schön süß! – Achtung Anni, du hast schon einen im Tee!*

»Danke, dass du mein Bett bezogen und das Zimmer in der Wohnung für mich hergerichtet hast, Hellen«, sagte ich und musste mich konzentrieren, nicht zu lallen.

»Ne, das war ich nicht, min Deern«, antwortete Hellen und nickte zu Kjell, der konzentriert versuchte, seinen riesigen Burger zu essen, und nichts mitbekam.

»Ok. Ich dachte …«, begann ich und stopfte mir verlegen ein paar Pommes in den Mund.

Zwei Bier und einen Absacker später verabschiedeten Kjell und ich uns von Hellen.

»Huch!«, rief ich, als ich beim Aufstehen taumelte.

Kjell fing mich auf und zog mich an sich. »Ich bringe Anni sicher nach Hause. Es liegt ja auf dem Weg.« Er lachte über seinen eigenen Witz.

Ich löste mich aus Kjells stabilisierender Umarmung. Für einen kurzen Moment bekam mein Verstand die Oberhand und schrie mich an. *Du wolltest ihn ignorieren, Anni!*

Nach ein paar Schritten pendelte ich beinahe in die Stützpfeiler des Rettungsschwimmer-Hauptquartiers. Kjell beobachtete mich und grinste. »Meinst du nicht, du solltest dich zumindest bei mir einhaken?«

»Nein! Ich brauche keinen Aufpasser! Ich gehe an den Strand!«, rief ich und versuchte, mich zusammenzureißen und ein seriöses Bild abzugeben. Mit Karacho rannte ich die Rampe in Richtung Meer hinunter. Leider vergaß ich, dass die Holzfläche ein Ende hatte, und stolperte ungeschickt in den Sand.

Stolz, dass ich mich noch abfangen konnte, stieß ich eine Faust in die Luft, polterte prompt in einen Strandkorb. Ich lachte und ließ mich in den Sand fallen. Seriös war eh nicht mein Ding, entschied ich.

Kjell setzte sich neben mich.

»Alles in Ordnung bei dir?«

»Ja. Alles gut. Ich bin fast nüchtern.« Ich gluckste.

»Natürlich«, bestätigte Kjell meine Aussage und nickte zustimmend. Er räusperte sich. »Ich meine … lag es nur an meinen Matjesbrötchen, dass du dir die Kante gegeben hast?«

»Was heißt hier Kante gegeben?« Mein Versuch, empört zu gucken, war anstrengend und bescherte mir einen Schluckauf. Das war nicht gerade überzeugend.

»Na, ich meine, vorhin, nachdem ich dich verarztet habe … als du mit dem Obstsalat nach vorne kamst. Da hattest du ziemlich rote Augen. Dabei warst du beim Verarzten so tapfer!«

Er wuschelte sich durch seine blonden Haare und blickte mich so intensiv an, dass Hitze in mir aufstieg. Trotzdem ging ihn die Sache mit Paul nichts an. Auf der anderen Seite – warum sollte ich ihm nicht davon erzählen?

Meine Gedanken ließen sich nicht zuverlässig ordnen, also erzählte ich Kjell eine wirre Geschichte von drei Jahren Beziehung. Vom zerreißenden Schmerz, betrogen zu werden, und von der leisen Hoffnung, dass ich Paul doch verzeihen konnte und am Ende alles gut werden würde – mit gut bezahltem Job und Kindern und allem. Tränen liefen mir die Wange hinab. Kjell nahm mich in den Arm und murmelte: »So ein Arschloch. Wenn ich den erwische!«

»Was dann?« Ich kicherte und schluchzte zeitgleich.

»Dann ramm ich ihn unangespitzt in den Boden!« Kjell sprach den Satz besonders norddeutsch aus und ich lachte aus vollem Halse. Warum nur musste alles so kompliziert sein?

»Vergiss den Typen, Anni. Der kann dir doch nicht das Blaue vom Himmel versprechen und dann abhauen. Was macht dich so sicher, dass er dir das nicht noch mal antut? Oder dich irgendwann mit drei Kindern sitzen lässt?«

»Ach Kjell. Das verstehst du nicht.«

»Ach nein?« Er richtete sich auf.

Wir saßen dicht beieinander. Ich dachte an Paul und schaffte es nicht, meine Gefühle für ihn mit dem Verstand zu erfassen. Da war immer noch Wut und Verletztheit. Der Stich ins Herz fühlte sich frisch an. Ich seufzte und strich den Sand neben mir glatt. Der weichen Körner schmiegten sich an meine Hand.

»Kjell? Kann ich dich mal was fragen?«

Er brummte.

»Hast Du schon mal 'ne Freundin von dir betrogen?«

Er überlegte und antwortete: »Ja. Das ist lange her und die Beziehung war nicht besonders gefestigt. Dann stolperte Laura in mein Leben.«

»Siehst du! Ihr Typen seid alle gleich!«, warf ich ihm vor. Mit seiner Aussage bohrte er in der offenen Wunde in meinem Herzen. Er blickte mich an und zog die Augenbrauen hoch. Dann verschränkte er die Arme vor der Brust.

»Mensch Anni, ich war jung. Das war kompliziert damals! Die Beziehung war eh schon irgendwie, ich weiß nicht. Und Laura und ich sind immer noch Freunde. Wir hatten ordentlich getankt an dem Abend. Heute lachen wir darüber.«

Bei mir brannte eine Sicherung durch. »Und dann rausreden! Und drüber lachen?! Alle gleich! Männer, ey! Immer nur triebgesteuert handeln! Gibt es bei euch einen Knopf, mit dem ihr das Hirn ausschalten könnt? Versprechungen machen und dann eure Freundin hinterrücks erdolchen. Mitten ins Herz. Weißt du eigentlich, wie sich das anfühlt? Es tut so weh. Genau hier.« Ich zeigte auf den Ort, an dem ich mein Herz vermutete. Kjell schwieg. Mir liefen die Tränen aus den

Augen und die Nase triefte. »Und dazu hast du nichts zu sagen?« Ich sprang auf.

Kjell rettete mich vor dem Zusammenprall mit dem nächsten Strandkorb. Ich schlug mit meinen Fäusten gegen seinen Brustkorb. Er hielt meine Hände fest und drückte sie gegen seine Brust. Ich spürte den weichen Stoff seines Shirts und seinen kräftigen Oberkörper unter meinen Fingern. So standen wir auf dem verlassenen Strand und das Meer säuselte leise vor sich hin.

Ich atmete durch. Tief in meinem Inneren wusste ich, dass es ungerecht war, Kjell für meinen Schmerz büßen zu lassen. Ich fühlte mich von ihm betrogen, weil er damals seine Freundin betrogen hatte. Das war schräg auf so vielen Ebenen.

Ich schloss meine Augen. Hörte auf, mich zu wehren. Gegen ihn hatte ich ohnehin keine Chance. Meine Gefühle passten sich den stetigen Wellen auf dem Meer an – gingen auf und ab.

Mein Puls beruhigte sich und ich sah ihn an. Er duftete nach Rosmarin und gebackenen Waffeln und hatte einen Blick, der in mich hinein und durch mich hindurch schauen konnten. Meine Beine wurden wackelig. Seine Nähe kribbelte.

Kjell hielt immer noch meine Hände fest. Er dachte wohl, sobald er mich losließ, würde ich ihn erneut attackieren. Nach einer Weile, in der wir uns musterten und ich nicht schlau aus ihm wurde, löste er die Finger von meinen Handgelenken. Seine Augen sahen in der späten Abenddämmerung so dunkel und geheimnisvoll aus, dass mein ganzer Körper auf sie reagierte. Mein Herz schlug mir bis zum Hals. Ein Ruck durchzog mich und dann tat ich es einfach: Ich küsste ihn.

Ich spürte seine Überraschung, die sofort in Leidenschaft umschlug. Unsere Lippen öffneten sich, unsere Zungen spielten miteinander. Meine Finger gruben sich in seinen Rücken.

Die Zeit um uns herum blieb stehen. Kjell nahm meinen Kopf zwischen seine Hände und strich mit seinen Lippen sanft über meine Mundwinkel. Mein Körper verlangte nach mehr, doch Kjell löste sich von mir. Den Abstand unserer Münder ertrug ich widerwillig. Unsere Blicke verhakten sich ineinander. Plötzlich spürte ich seinen kräftigen Griff an meiner Taille und er warf mich über seine Schulter.

Ich kreischte und kicherte. »Hey! Ich bin doch keine Piratenbraut!«

Es waren nur wenige Meter bis zum Café und sobald wir die Treppe nach oben gestiegen waren, schob er mich an die Wand.

Der Flur mit der gestreiften Tapete war eindeutig zu schmal für die knisternde Spannung zwischen uns. Ich spürte jeden Zentimeter seines Körpers an meinem. Kjells Küsse wanderten über meinen Hals zu meinen Augen. Er nahm meine Hände und drückte sie gegen die Wand, während sein Mund sich meinem näherte. Kjell seufzte kehlig.

Abrupt schnellte er zurück und ging in die Wohnküche. Seine Nähe nicht mehr zu spüren, tat mir körperlich weh.

Dann merkte ich es. Ich blutete. Mein Finger tropfte stetig. Ich sah Kjell Küchenpapier abreißen. Meine kindischen Faustschläge am Strand mussten die Wunde wieder aufgerissen haben. Der Anblick von Blut ließ mich in Sekunden ausnüchtern. Kjell schob mir einen Stuhl rüber und ich setzte mich, schaute auf den Boden.

Was war das gerade?

»Ich wickel das Küchenpapier um den Finger und fixiere – verdammt! Wo sind denn die scheiß Gummibänder!« Er frickelte ein Gummiband aus einer der unteren Schubladen der Wohnküche und verband mir den Finger, wie er es angekündigt hatte.

»So. Das müsste die Nacht über halten. Morgen klebst du am besten ein richtiges Pflaster aus der Küche unten drauf. Ich weiß nicht, wo Rieke die in der Wohnung aufbewahrt.«

»Danke.« Das Kribbeln wandelte sich zu einem flauen Gefühl im Bauch. Ich traute mich nicht, Kjell direkt anzusehen. Wir schwiegen eine lange Minute.

»Ich muss noch mal weg.« Kjell schnappte sich seinen dicken Kapuzenpulli und eilte beinahe rennend zur Wohnungstür.

Ich hob den Kopf. Bevor er die Tür schloss, trafen sich unsere Blicke. Hinter der coolen Fassade erkannte ich einen Funken Sehnsucht in seinen Augen. Sehnsucht nach unserem kitschigen Liebesfilm, bevor die Lovestory durch meinen verletzten Finger in Splatter-Trash abgedriftet war.

Am nächsten Morgen wachte ich in meinem Bett auf. Ich hatte es wankend dorthin geschafft. Der Wecker schien im Inneren meines Kopfes zu bimmeln und ich verfluchte die ganze Welt. Mein Mund fühlte sich pelzig an und ich hielt mir die Hand vor die blinzelnden Augen. Als ich mich aufsetzte, drohte mein Kopf vor Schmerzen zu zerspringen.

Unter der Dusche rekonstruierte ich den gestrigen Abend. Kurz flackerte das Kribbeln im Bauch auf. Meine Wangen fühlten sich warm an. Was wäre passiert, wenn mein Finger uns nicht gestoppt hätte? Mein Körper reagierte intensiv auf diesen prickelnden Gedanken. Wie sollte ich Kjell gegenübertreten? So tun, als wäre nichts gewesen?

Kapitel 5

PAUL

Acht Anrufe in Abwesenheit? Was dachte Paul sich, wer er war? Und schon wieder mitten in der Nacht? Ob es ihm gut ging? Meine Eingeweide verknoteten sich. Ich fühlte mich verantwortlich. Für ihn. Für uns. Obwohl er alles zerstört hatte. Die Zukunft war so schön festgeschrieben gewesen. Ich mochte es, wenn ich planen konnte. Ich wollte die nächsten Meilensteine meines Lebens genau kennen. Das war Paul für mich. Das Gefühl von Planbarkeit. Sicherheit. Schutz.

Bis …

Ich schob den düsteren Gedanken beiseite und ging runter ins Café.

Hellen war schon dort und ich half ihr bei den morgendlichen Vorbereitungen.

Es war so leise. Wo war der Laubbläser? Die Stühle waren auch noch gestapelt.

»Weißt Du, wo Kjell ist, min Deern?«

»Äh nein. Er meinte gestern Abend, er müsse noch mal weg. Ich geh mal oben klopfen. Vielleicht hat er verschlafen.«

Ich warf einen Blick auf die Tageszeitung. »Hitzewelle im Norden!«, las ich.

Ich sprintete die Treppe hoch und klopfte an Kjells Tür.

»Aufstehen, Pirat!«, rief ich. Keine Antwort. Ich klopfte energischer. »Wenn du nicht sofort ein Lebenszeichen von dir gibst, komme ich rein!«, erhöhte ich den Druck.

Stille.

Also drückte ich die Klinke runter und schob die Tür einen Spalt auf.

Kjell war nicht da. Sein Bett war unbenutzt. »Verdammt!«

Erst vernascht er mich fast und dann haut er ab? Was für ein Feigling! Hatte er vielleicht eine Freundin? Hatte er ein schlechtes Gewissen bekommen und war zu ihr gegangen?

Mein Herz durchzuckte ein Stich. Warum war ich nicht gut genug? Warum wollte kein Mann bei mir bleiben? Wollte ich überhaupt, dass Kjell bei mir blieb? Dafür müssten wir uns erst einmal näherkommen. Ich lehnte an der Wand, wo wir gestern … Ich spürte die Küsse von letzter Nacht auf meinem Hals. Mein Körper kribbelte bis in die Fußspitzen. Auf dem Boden war ein Blutfleck. Dieser holte mich in die Realität zurück.

Ich schaute auf meinen Finger. Das Gummi war weg und die zerrissenen Reste des Küchentuchs waren mit der Wunde verklebt. Ein Pflaster. Ich musste mir den Schnitt vernünftig verbinden. Und dann sollte mein Verstand meinen Gefühlen sofort klar machen, dass ich erstens mit den Männern durch bin und zweitens ein Saisonkoch – auch wenn er noch so verführerisch war – nicht in meine durchgeplante Zukunft passte. Dass diese Pläne von Paul in Schutt und Asche gelegt wurden, blendete ich aus.

Eine Baustelle nach der anderen.

»Anni, min Deern! Alles gut?« Hellen stand unten an der Treppe und sah mich fragend an.

Ich sprang die Stufen runter und berichtete Hellen im Vorbeilaufen, dass wir auf uns gestellt waren.

»Wo ist die erste Hilfe-Box?«, sagte ich zu mir, als ich die Küche betrat.

Ich fand Wundcreme und klebte ein Pflaster auf den Finger. Da das nicht vertrauenserweckend aussah, wickelte ich zusätzlich mehrere Umdrehungen Heftpflaster drumherum. Ich sah aus wie E.T., der wollte immer nach Hause telefonieren. *Wo ist eigentlich mein zu Hause?*

Eilig stiefelte ich vor das Café. Die Reinigung der Kunstrasenfläche musste heute ausfallen. Ich rollte die Strandkörbe an ihren Platz und stellte die Sitzgarnituren auf.

Das Klackern eines alten Diesels drang in meine Ohren. Ich sah auf. Ein weißer Kastenwagen tastete sich rückwärts auf der rot gepflasterten Promenade vor.

Hellen stand im Café und zeige erst auf mich, dann auf den Wagen. In der anderen Hand hielt sie einen Schlüssel hoch.

Ich eilte zu ihr.

»Die Eislieferung, min Deern! Hier, der Schlüssel zum Vorratsraum. Die rote Tür um die Ecke. Die linke Kühltruhe ist leer.« Sie warf mir den Schlüssel zu.

Ungelenk fing ich ihn. Der Holzanker, der mit einem Band an ihm befestigt war, schmiegte sich in meine Hand.

Ich schloss den Vorratsraum auf. Die Tür quietschte, sodass sich mir die Nackenhaare aufstellten.

»Moin. Einmal die Lieferung fürs Café Seestern«, der Fahrer hatte einen Seemannsbart und fuhr mit einem Hubwagen die Palette mit Eisbehältern vor die geöffnete Tür. »Einmal hier ein Autogramm, bidde«, brummte er und verabschiedete sich mit einem gesungenen »Dankeschön«.

Ich entfernte die Folie, welche die Container zusammenhielt. Nach und nach füllte ich die Truhe mit den Behältern. Bereits nach dem vierten Gefäß zitterte ich am ganzen Körper. Ich schaute an mir herunter. Meine Hände waren rot und schmerzten vor Kälte. Einzig der verletzte Finger war durch den Verband geschützt.

Ich biss die Zähne zusammen und räumte weiter. Die schmerzenden Finger trieben mir die Tränen in die Augen, aber ich gab nicht auf, ich wollte es alleine schaffen, die Aufgaben im Café zu meistern. *Verdammt! Warum verkaufen wir Eis und keine heiße Suppe!*

Nachdem ich die Hälfte geschafft hatte, hauchte ich warme Luft in meine Hände und ließ meinen Blick durch den Vorratsraum wandern. Ich atmete auf und schlug mir mit der eiskalten Hand auf die Stirn. Neben dem Regal mit den Eiswaffeln hing ein Paar Handschuhe.

Immer noch mit Gänsehaut, aber nicht mehr zitternd kehrte ich zurück zu Hellen.

»Der Eisvorrat ist aufgefüllt, die Hitze kann kommen!«, rief ich ihr zu. »Sag mal Hellen, kennst du das Rezept für den Waffelteig?«, fragte ich und stellte mich ans Fenster in die Sonne, um die Kälte aus meinen Adern zu vertreiben.

»Schon erledigt, min Deern. Bring du mal die Kaffeemaschine zum Laufen. Ich mache den Obstsalat.« Hellen schaute demonstrativ auf meinen E.T.-Finger.

»Ok.« Meine Stimme zitterte. Ich suchte in meinem verkaterten Hirn nach der Schublade mit den Kaffeemaschineninformationen.

»Fischbrötchen gifft dat dann heute nicht«, murmelte Hellen auf ihrem Weg in die Küche und ich stellte mich dem Heißgetränke-Endgegner. Der Kaffeeautomat brauchte meine volle Aufmerksamkeit.

Ich zauberte mir einen doppelten Espresso, besiegte die Maschine. Alles funktionierte. *Yes! Gut gemacht, Anni! Filterkaffee läuft, Kakao ist im Kühlschrank. Auf ins Gefecht!*

Die ersten Kunden betraten den Laden.

»Zwei Latte macchiato mit Karamellsirup, bitte.«

Ich nahm ein Glas und drückte auf den Latte Macchiato-Knopf. *Das wird ein Klacks!* Aber das gurgelnde Geräusch, das ich erwartete, kam nicht. Dafür pfiff der ganze Kasten und hörte sich an wie eine alte Dampfmaschine. In meiner Panik zog ich den Stecker und hoffte, dass die Kunden meine Hilflosigkeit nicht mitbekamen. Eine Entschuldigung murmelnd huschte ich zu Hellen in die Küche.

»Deern, du hast die Milch vergessen!«, klärte Hellen mich an der Maschine auf. Sie lachte ihr verrauchtes Lachen und zeigte mir noch einmal in Ruhe, wie das mit der Milchpackung und dem Schlauch funktionierte.

Ich zitterte. Kalter Schweiß ließ das Shirt an meinem Rücken kleben. Der prickelnde Kjell-Vorfall, Schlafmangel, mein Brummschädel und dann das technische Kaffee-Armageddon vor den Kunden war zu viel für mich. *Jetzt nicht noch den hart erkämpften Kaffee verschütten!*

Ich legte drei Kekse auf den Teller und kassierte ab.

Mittlerweile hatte sich eine Schlange gebildet und ich war im Sog der Arbeit.

»In der Tüte oder im Becher?«

»Kommt sofort.«

»Das macht fünf Euro achtzig.«

»Mit Krokant?«

»Nein, Fischbrötchen haben wir heute leider nicht.«

»Eiskaffee? Kommt so–!« Ich öffnete den kleinen Kühlschrank und griff ins Leere.

Verdammt! Ich hatte vergessen, Filterkaffee für den Eiskaffee kalt zu stellen. Der Tag heute war zum Wegwerfen!

»Eiskaffee haben wir leider noch nicht. Darf es eine Eisschokolade mit Espresso sein? Der Espresso geht aufs Haus.«

Motiviert, aber müde bereitete ich alle folgenden Bestellungen erfolgreich zu.

Hellen versuchte, Kjell so gut es ging zu ersetzen, und sorgte für genügend Nachschub aus der Küche. Sie kassierte und machte Kaffee, wenn sie Zeit dazu fand. Es war sonnig, warm und voll am Strand und im Café Seestern. Die Menschen waren gut gelaunt und wir bewältigten den Strom.

Nach einer Weile wurde es in der Schlange vor der Eistheke unruhig.

»Entschuldigen sie, ich müsste mal kurz. Sehr freundlich. Dürfte ich? Dankeschön …«. Die Stimme kam mir bekannt vor.

Das darf doch nicht wahr sein! Was soll das denn?

Paul schlängelte sich durch die Kunden und entschuldigte sich Stück für Stück weiter in meine Richtung.

Ich hörte meinen Herzschlag und das Blut rauschte in meinen Ohren. Mit zitternden Fingern portionierte ich das Vanilleeis in die Spaghetti-Eis-Presse. Er war nur noch wenige Meter entfernt. Für eine Flucht war es zu spät. Woher wusste er, wo ich war?

Das konnte alles nicht wahr sein. In Eckernförde im Café Seestern stand der Mann meiner sicher verplanten Zukunft, der meine Gefühle mit Füßen getreten hatte.

»Für sie das Spaghetti-Eis? Und einen Erdbeermilchshake? Nein, Vanille? Bitte helfen sie mir kurz. Was kam noch zum Eis dazu?« Ich versuchte, mich an die Bestellung des Paares an der Eistheke zu erinnern, aber mein Kopf war wie leergefegt.

Da hinten stand Paul. Gepflegt, in rosa Poloshirt und dunkelblauer Stoffhose. Die Sonnenbrille schob er sich in die gegelten Haare. Diese für ihn so typische Geste enthüllte die dunklen Schatten unter seinen Augen. Ich wollte Genugtuung fühlen, dass es ihm schlecht ging, aber ich fühlte nichts. Wie ein Roboter bediente ich die nächsten Kunden.

Dann stand Paul direkt vor mir.

»Anni«, sagte er sanft.

Ich versuchte ‚Paul' zu antworten, bekam aber keinen Laut über meine Lippen. Ich räusperte mich.

»Was kann ich für dich tun? Kaffee oder Eis?«, fragte ich mit heiserer Stimme. Ich schluckte und spürte einen Kloß im Hals. Es interessierte mich nicht die Bohne, ob er Kaffee oder Eis wollte. Viel lieber wollte ich schreien, warum zum Teufel er hier war.

Die Antwort auf meine nicht gestellte Frage kam prompt. Alles lief wie in Zeitlupe ab.

Paul zog eine Hand hinter dem Rücken hervor und riss knisternd Papier von einem Strauß roter Rosen. Mit ausgebreiteten Armen verschaffte er sich Platz im überfüllten Café. Er umrundete den Verkaufstresen. Aus seiner Hosentasche fummelte er ein kleines, samtbezogenes Kästchen. Mit ausgestreckten Armen fiel er vor mir auf die Knie.

Schweiß lief mir die Schläfe hinunter. Ich krallte mich am Tresen fest. *Er wird doch nicht?*

»Anni Maria Möller. Es tut mir unendlich leid, was ich dir angetan habe. Du bist die Frau meines Lebens.«

Paul machte eine theatralische Pause. Meine Fingerknöchel wurden weiß, weil ich mich noch fester krallte. Es war, als hätte ich Watte in den Ohren. Die Geräusche der Menschen im Café drangen gedämpft zu mir durch. *Ein Loch! Ich brauche ein Loch, um genau jetzt im Erdboden zu versinken. Ein Loch im Boden, bitte!*

Paul holte tief Luft und schaute zu mir hoch. »Äh. Ja. Anni Maria Möller, ich bin hier in die letzte Ecke von Deutschland gereist, um dir die eine Frage zu stellen, die ich dir schon vor langer Zeit hätte stellen sollen: Willst du mich heiraten?«

Es war mucksmäuschenstill im Laden. Die Blicke der anderen Kunden durchbohrten mich. Alle warteten gespannt auf meine Antwort.

Ein paar Kinder quengelten und ich hoffte weiterhin, dass sich die Fliesen des Cafés aufspalten würden, um mich zu verschlucken.

»Ich. Paul, ich. Du«, stammelte ich.

Auf einmal stand Hellen hinter dem Tresen, schob mich sanft beiseite und wandte sich den nächsten Eishungrigen in der Schlange zu. »Und was darf es für Sie sein?«

»Zwei Kugeln Vanille und eine Kugel Mangosorbet, bitte.« Die Kunden waren froh, dass es mit dem Eisverkauf weiterging.

»In der Waffel oder im Becher?«, fragte Hellen.

Die erwartungsvolle Stille löste sich auf.

Ich blickte zu Paul. Er kniete noch. Waren das Tränen, die ihm über die Wangen liefen?

»Anni?« Seine Stimme zitterte.

»Paul. Wie hast du? Warum? Nein! Das kommt jetzt etwas plötzlich? Wir haben uns doch getrennt …« Ich hielt inne. Warum hatte ich das Gefühl, mich für meine Antwort entschuldigen zu müssen? Immerhin hatte *er* mich betrogen und verlassen. Wir mussten reden. Allein. Hier waren eindeutig zu viele Menschen. »Komm, wir reden draußen in Ruhe.«

Paul erhob sich ächzend und dackelte hinter mir her. Pia kam zu ihrer Schicht, nickte mir im Vorbeigehen zu und schenkte Paul ein freundliches Lächeln.

»Moin Pia, min Deern!«, hörte ich Hellen rufen.

Auf der Promenade gingen Paul und ich in den zahlreichen Strandbesuchern unter. Anonymität unter vielen. Das gab es in Eckernförde im Sommer bei schönem Wetter.

»Anni, ich …«, startete Paul und ich fiel ihm ins Wort.

»Nein, Paul. Du kannst nicht einfach hier reinplatzen und denken, ich würde dich heiraten? Woher weißt du überhaupt, dass ich hier bin?«

»Deine Mutter hat …«

Ich verdrehte die Augen. Natürlich. Mama!

Es fühlte sich an wie Verrat. Mir wurde schlecht. Paul war ihr ein und alles. Der Traumschwiegersohn. Aus der Sicht von Mama war *ich* an der Trennung schuld. Nicht Paul, der mich betrogen hatte. *Ich* hätte doch besser auf ihn aufpassen und ihn nicht vernachlässigen sollen. Mir zog sich der Bauch zusammen und ich rieb mir die Schläfen. Ich hatte furchtbare Kopfschmerzen. Der Kloß im Hals hatte die Ausmaße eines Tennisballs. Ich schluckte schmerzhaft.

Dann erklärte ich Paul das Offensichtliche: »Wie soll ich dir verzeihen? Du hast mir unfassbar wehgetan! Wir hatten Pläne! Und dann verlässt du mich wegen Lissy! Und jetzt …«

Meine Stimme überschlug sich. Gleichzeitig kamen mir die Tränen und meine Kehle schnürte sich weiter zu. Ich bekam kaum noch Luft und begann, zu röcheln.

»Anni?«, fragte Paul zögernd, »ist alles gut mit dir?«

Er strich mit seiner Hand über meinen Rücken. Der Geruch von seinem Hemd, seinem Waschmittel und dem Deo, das immer noch in der WG im Badezimmer stand, stieg mir in die Nase. Es war alles so vertraut. Einen Atemzug später rappelte ich mich auf und stieß ihn von mir.

»Ich muss zur Arbeit.« Ich drehte mich um und ging in Richtung Café.

»Und was ist mit mir? Mit uns?«, flehte Paul hinter mir. Doch ich richtete meinen verschwommenen Blick in Richtung Café und eilte davon.

Durch den Hintereingang betrat ich das Café.

»Min Deern, war das …? Hast du ihn zum Düvel gejacht?«

Ich nickte schwach und Hellen wippte mit ihrem Kopf, als wolle sie meine Entscheidung dadurch unterstützen.

»Kannst du wedder arbeiten?« Hellen kramte in ihrer Tasche. »Ich müsste unbedingt mal eine schmöken.«

»Ich schaff das schon. Geh du nur.«

Hellen sah mich einige Sekunden lang an und runzelte ihre Stirn, bevor sie ging. »Dauert nicht lange, min Deern.«

Zittrig stand ich zwischen Kaffeemonster und Kasse. Es drangen unzählige Geräusche an meine Ohren, sodass ich Schwierigkeiten hatte, die relevanten Informationen herauszufiltern.

Pia stupste mich an. »Zwei Latte und ein doppelter Espresso, bitte, Anni.«

Ich stellte ein großes Glas unter die Maschine. Es fiel mir schwer, meinen Blick zu fokussieren. Ich traf den Knopf für den Latte macchiato erst beim zweiten Versuch.

Danach griff ich zur Espressotasse und drückte erneut auf dem Bedienfeld der Maschine herum. Es gurgelte.

»Anni!« Pia schob sich blitzschnell an mir vorbei und stellte ein anderes Glas unter die Maschine. Ich hatte die Tasten verwechselt und die Espressotasse war für das Volumen der anderen Getränke zu klein.

»Danke«, sagte ich leise und spürte, wie sich meine Augen mit Tränen füllten.

Jemand zog mich aus dem Verkaufsraum in den Flur und drückte mich fest an sich. Ich atmete den Duft von Menthol und Blumenwiese ein und ließ die Tränen laufen.

Kurze Zeit später löste Hellen ihre Umarmung und sah mich an. »Du brauchst 'ne Pause, min Deern. Lass dir Zeit. Pia und ich schaukeln das Kind hier schon.«

Ich nickte und drückte Hellen meine Schürze in die Hand. Dann verließ ich das Café. Die Sonne streichelte meine Nase und ich platzierte einen Fuß vor den anderen.

Kapitel 6

DIE ZWANGS-WG

Ich reihte mich auf der Promenade zwischen die zahlreichen sonnenhungrigen Menschen ein. Den ganzen Weg bis zum Hafen wurde ich mitgezogen. Mein Kopf war immer noch wie in Watte gepackt. Kein klarer Gedanke kam zu mir durch. Ich ging weiter und weiter.

Bis eine Möwe knapp an meinem Kopf vorbeiraste. Ich schrie vor Schreck auf und Adrenalin pumpte sich durch meine Blutbahn. Ich blieb stehen und sah mich um. Das aufgesplitterte Holz des Bootsstegs leuchtete hellgrau in der Sonne. Mein Blick wanderte zum Horizont und verharrte einen Moment dort, wo sich das Blau von Himmel und Meer vermischte. Dann beugte ich mich über das Geländer und beobachtete die Quallen im Hafenbecken. Die Wellen platschten an die Kaimauer und der brackige Geruch von Hafenwasser lag in der Luft.

Paul. Was machte er hier? Warum kam er auf die Idee, dass ich ihn noch heiraten würde? Klar hatten wir über unsere mögliche Hochzeit gesprochen. Das war aber, bevor wir uns wegen Kleinigkeiten in die Haare bekommen hatten. Bevor die Leidenschaft der Routine gewichen war. Vor Lissy.

Ich wischte mir mit dem Ärmel die Tränen aus den Augen. In der Ferne tuckerte der Motor eines Fischerbootes.

Ich dachte an den Urlaub mit Paul auf den Malediven. Der Kloß in meinem Hals wurde kleiner und ich atmete tief durch. Als wir wiedergekommen waren, hatte ich Mama erzählt, dass ich Paul in ein paar Jahren heiraten würde. Ich war so verliebt gewesen. Ich hörte erneut ihre Stimme in meinem Kopf: »Du musst kämpfen, Anni. Kämpf um Paul! Du wolltest ihn so sehr. Du warst so verliebt … In einer guten Beziehung muss man durch Krisen gehen können! So wird man gemeinsam stark. Hol dir das Leben, welches du mit ihm haben wolltest!«

Ich seufzte und schlenderte in Richtung Ostsee-Info-Center.

Ich zog mir die Schuhe aus und betrat den Strand. Der Sand kitzelte an meinen Zehen. Mit hochgekrempelter Hose watete ich ins Wasser. Das kalte Meer umspielte meine Knöchel und zauberte Gänsehaut auf meine Arme. Das Pochen hinter meinen Schläfen wurde dumpfer. Die Wellen schwappten mir bis zu den Knien.

Ich watete in der seichten Ostsee in Richtung Café.

Ich konzentrierte mich auf meine Beine. Wie ich sie im Wasser vorwärts schob. Der hügelige Sandboden, den die Wellen gezeichnet hatten, massierte meine Füße. Ich wich harmlosen Quallen aus und sah einen Schwarm winziger Fische. Das Wasser glitzerte in der Sonne. Schritt für Schritt kam ich schleppend vorwärts. Meine Gedanken wurden klarer. Die Kälte des Wassers half dabei. Ich horchte in mich hinein. Mein Verstand sagte, ich solle Paul noch eine Chance geben. Mein Bauchgefühl konnte ich nicht deuten. In meinem Magen hauste seit heute früh ein flaues Gefühl.

Mein Blick folgte einer Gruppe Kinder, die kreischend aus dem Wasser zu ihren Eltern liefen. Sie kreuzten den Laufweg eines Spaziergängers. Ich erkannte Paul.

Die Buhnen aus massiven Findlingen versperrten mir meinen Weg durchs Meer und vereitelten den Plan, noch weiter in Ruhe nachdenken zu können. Ich musste wohl oder übel zurück an den Strand, wenn ich nicht ungelenk über die glitschigen Steine klettern wollte.

Ich seufzte und akzeptierte mein Schicksal.

Paul näherte sich mir zögernd. »Alles gut, Anni?«.

»Nein. Nichts ist gut«, antwortete ich patzig.

»Ich habe nachgedacht«, sagte Paul.

»Na, das kommt ja reichlich spät!« Ich bohrte mit meinem großen Zeh Krater in den Sand.

»Das mit dem Antrag … Ja. Das tut mir leid. Das war dumm von mir. Ich hatte mich da in was reingesteigert. Ich wünschte mir so sehr, dass wir da weitermachen können …«, er machte eine Pause und biss sich auf die Lippen. »Also da, wo wir verliebt waren.« Paul knetete seine Hände. »Besteht die Möglichkeit, dass du mir verzeihen kannst? Dass du mir noch eine Chance ermöglichst?« Bei den letzten Worten schwand seine Stimme, bis er nur noch krächzte.

Ich schaute ihn an. Mein Magen rebellierte. Ich ließ mich in den Sand fallen und starrte auf die Ostsee. Mein Herz wummerte. Paul setzte sich neben mich. Wir schwiegen. Um uns herum lärmten Kinder.

Nach einer Weile sagte ich, ohne den Blick vom Horizont abzuwenden: »Ich kann dir nicht verzeihen. Vielleicht irgendwann. Aber nicht jetzt.« Ich sah ihn an. »Ich weiß, dass wir Pläne hatten. Aber *du* hast diese Pläne zerstört und nicht ich.«

Paul schwieg weiter. Dann atmete er tief durch und sah mich an.

»Ich bleibe.« Mein Mund klappte auf und verharrte in diesem Zustand. Hatte ich mich verhört?

»Ich bleibe hier in diesem Kaff am Ende der Welt«, wiederholte er. Wispernd fügte er hinzu: »Bis du mir verzeihst.« *Bitte was?* Ich traute meinen Ohren nicht. Das konnte er doch nicht ernst meinen! Er wolle bleiben? Im Ernst? Wie lange soll das dauern? Wo wollte er schlafen?

Ich stand auf und taumelte über den Strand. Paul folgte mir schweigend.

Ich beschleunigte meinen Schritt. Von Weitem konnte ich die Schlange an der Eistheke sehen. Der Sand brannte unter meinen Füßen.

Mein Gehirn ging, sobald ich das Café betrat, auf Autopilot und ich beachtete Paul nicht weiter. Er blieb in meiner Nähe, als ich Pia und Hellen unter die Arme griff. Er umkreiste mich wie der Mond die Erde, wich mir nicht von der Seite. Als ich ihn versehentlich mit einem Milchshake in der Hand anrempelte, platzte mir der Kragen.

»Wenn du schon hier bist, dann hilf!«

Paul machte große Augen. Er hatte noch nie in der Gastronomie gearbeitet oder überhaupt außerhalb des Chefbüros der Firma seines Vaters.

»Ja. Ich meine das ernst. Dort hinten hängen die Schürzen. Zieh dir eine an, wasch dir die Hände und hilf Pia an der Eistheke. Du machst die einfachen Eistüten und Becher, Pia kümmert sich um die komplizierten Bestellungen.«

Paul tat, was ich ihm aufgetragen hatte. Mit umgebundener Schürze und hängenden Schultern schlurfte er auf mich zu.

»Pia, das ist Paul.« Ich machte eine präsentierende Handbewegung. »Er wird uns helfen. Er kann Eis portionieren. Das kann jeder.«

Pia nickte und drückte Paul einen Eisportionierer in die Hand. Sie lächelte ihn aufmunternd an und reichte mir die Teigschüssel. »Anni, Hellen, könntet ihr Mal kurz … der Waffelteig ist alle.«

Bevor Hellen Kasse und Kaffeeautomat hinter sich lassen konnte, hastete ich in Richtung Flur. »Ich mach das schon, Hellen.«

»Tante Riekes Rezept für den Waffelteig hängt an der Pinnwand in der Küche, min Deern. Ist ganz einfach.«

Ich musste hier raus. Ich musste einen Moment allein sein. Und Kjell brauchte sich auch nicht mehr blicken lassen. *Einfach abhauen und uns im Stich lassen! Was für ein Feigling.*

Hellen fuchtelte mit ihren Händen, als würde sie Hühner verscheuchen wollen, und ich verschwand mit steifen Schritten in der rettenden Küche.

»Eier, Mehl, Milch, Zucker, Salz, Mineralwasser …«

Ich murmelte die Zutaten vom Rezept wie einen Zauberspruch vor mich hin, während ich in der Küche auf die Suche nach ihnen ging.

Nach kurzer Zeit stand vor der Küchenmaschine alles, was ich laut Tante Riekes Rezept benötigte. Ich fing an, die Eier zu trennen. Es durfte keine Schale reinfallen. Nicht, dass sich Kunden beschwerten. Das war nicht, wie zu Hause Muffins zu backen. Da pulte ich notfalls die Stückchen mit dem Finger aus der Schüssel heraus. Hier sollte ich die Sache professioneller angehen.

Ich blickte auf meinen verarztzten Finger. Immerhin brauchte ich kein scharfes Messer für den Teig. Konzentriert arbeitete ich mich durch das Rezept.

Ein Luftzug streifte mich. Rosmarin. Ich spürte ein Prickeln im Nacken.

»Anni … ich …«, Kjells Stimme bebte. Er stellte sich dicht hinter mich und roch, als hätte er gestern die nahegelegene Küstennebelfabrik leergetrunken. Die Wärme seines Körpers strahlte auf meinen Rücken aus. Die Küchenmaschine rührte rhythmisch.

»*Ich* mache den Teig«, brachte er heraus, legte mir behutsam die Hände an die Hüfte und bugsierte mich sanft zur Seite. Ich schob ihn weg.

Als sich unsere Finger berührten, fühlte es sich wie eine elektrische Entladung an. Wir schauten uns an. Ich hielt die Spannung nicht aus. Wenn ich ihn weiter berührte, würde ich ihm nicht mehr sauer sein können.

Ich machte einen Schritt zur Seite. »Verdammt! Wo warst du?«, blaffte ich ihn an. Meine Stimme klang schrill, obwohl ich mich bemühte, leise zu sein. »Wie schön, dass du es einrichten konntest«, fügte ich kühl hinzu.

»Anni. Es tut mir leid. Ich war …«

»Es tut dir leid? Es tut dir leid! Das ist immer das, was ihr Männer zu mir sagt. Und dann soll wieder alles gut sein. Ist das so ein kollektives Männerverständnis vom Umgang mit mir?« Ich zitterte. »Weißt du, Kjell, *mir* tut es leid, dass ich gestern betrunken war, dass ich mich nicht mehr unter Kontrolle hatte. Es tut mir leid, dass ich dich geküsst habe und es tut mir leid, dass ich mir in den verdammten Finger geschnitten habe!«

Tränen schossen aus meinen Augen und ich bewegte den verletzten Fingern drohend durch die Luft. Mein Mund war knochentrocken. Ich würgte. Ich war so wütend. Auf Paul, auf mich, auf Kjell, auf die ganze Welt!

Wortlos probierte Kjell den Waffelteig, nickte brummend und brachte ihn ins Café. Ich stützte mich auf der Arbeitsfläche ab und hangelte mich zum Stuhl an der Tür. Ich setzte mich und versuchte, ruhig zu atmen und zu analysieren.

Es gab Arbeit, wir waren nun einer mehr. Wir mussten alle zusammen helfen, um die heißesten Tage des Jahres zu überstehen. Paul würde eine Hilfe sein. Hoffentlich. Ich vergrub das Gesicht in meinen Händen.

Plötzlich schwang die Tür neben mir auf. Ich schreckte hoch und Kjell baute sich vor mir auf.

»Wer zur Hölle ist der Schnösel, der in unserem Café das Eis portioniert? In rosa Poloshirt und Anzughose?!«

Ich konzentrierte mich weiter auf meine Atmung. Wie sollte ich Kjell erklären, dass Paul im Café arbeiten würde? Gerade noch hatte ich mich bei ihm ausgekotzt über meinen Ex und nun ließ ich ihn bleiben? Mein Herz war zerrissen. Ich sah auf den Küchenboden und schwieg. Mir wurde erneut schlecht.

»Anni! Wer ist das?!«, brüllte Kjell.

Ich hob im Schneckentempo meinen Kopf und sah Kjell in die Augen. Seine Stirn lag in Falten und er fuhr sich ungeduldig durch die blonden Haare.

»Wer das ist?« Ich machte eine Pause und atmete tief durch. »Das ist Paul.«

Kjell starrte mich mit offenem Mund an.

»Paul?« Er zog eine Augenbraue hoch. »*DER* Paul?«

Ich nickte kraftlos. Kjell murmelte etwas, das sich wie *Arschloch* anhörte.

Wir schwiegen. Es gab eine Menge Ungeklärtes zwischen uns. Ich wollte mit ihm nicht über gestern Abend reden. Ich wusste doch selber nicht, was das alles bedeutete. Und zu allem Überfluss tauchte Paul hier auf und portionierte nebenan Eis. Von »Ich habe mit den Männern abgeschlossen« bis zum Abend mit Kjell und dem Heiratsantrag von Paul waren nur wenige Stunden vergangen. Ich zwirbelte eine Haarsträhne um meinen Finger. Was soll ich nun …

Kjell riss mich aus meinen Gedanken. »Anni!« Er ging einen Schritt zurück und lehnte sich an den Vorratsschrank. Dann schüttelte er den Kopf. »Was zum Teufel hat der Lackaffe hier verloren?«

Ich sackte auf dem Stuhl zusammen, zog ein Knie an mich heran und stützte meine Stirn darauf. »Ich weiß es nicht«, flüsterte ich.

Das Klappern von Geschirr und das murmelnde Geräusch der Menschen im Café füllte die Stille. Ich sah aus dem Augenwinkel, wie Kjell durch die Küche tigerte. Er trommelte mit den Fingern auf die Arbeitsfläche und schlug einmal kräftig mit der Faust gegen die Wand.

Dann kam er auf mich zu und streckte mir die Hand entgegen. Ich blickte auf. Er grinste und half mir hoch. Das verwirrte mich. Wir standen uns gegenüber, die Grübchen über seinen Mundwinkeln zuckten und er blickte mir in die Augen. »Soll ich ihn verprügeln und verjagen, Mylady Piratenbraut?« Er lachte, spannte sein Kreuz und zeigte mir seinen Bizeps, als wäre er Popeye und ich Olivia.

»Besser nicht, starker Mann.« Ich kicherte. Der Knoten in meinem Bauch wich einem angenehmen kribbeln. »Paul ist uns eine große Hilfe.« Ich nickte, um meine eigene Aussage zu bekräftigen, und kehrte damit auf eine sachlich professionelle Gesprächsebene zurück.

So wie ich es im Studium gelernt hatte. Hilfreich im Mitarbeitergespräch, bei Verhandlungen und im Gefühlschaos einer Mittzwanzigerin.

»Aber sag mal, kannst du noch Fisch organisieren? Ich glaube, heute können wir alles verkaufen, was geht.«

»Klar. Fisch vom Fördegold. Ein paar Kräutermatjes hat der immer da.« Er kramte geschäftig die isolierte Transportkiste für das Fahrrad aus der Küchenecke. »Da muss ich mir bestimmt ordentlich was anhören, warum ich erst am Nachmittag komme.«

Mein Mitleid hielt sich in Grenzen.

»Ich backe schon mal die Brötchen auf«, sagte ich und heizte den Ofen vor.

Akribisch legte ich Brötchen für Brötchen auf das Blech, als könnte ich mein Leben ordnen, indem ich das gefrorene Gebäck möglichst akkurat aufreihte. Ich hörte die Küchentür zufallen, seufzte. Dann herrschte Stille.

Nur der Ofen surrte und strengte sich an, die Zieltemperatur zu erreichen. Mit einem ziehen im Magen ging ich in den Verkaufsraum, um zu überprüfen, ob sich neue Katastrophen rund um meinen Ex ereignet hatten.

Zu meiner Überraschung stellte ich fest, dass Paul und Pia ein gutes Team bildeten. Die Aufteilung unter ihnen funktionierte. Hellen kassierte und gab die Heißgetränke aus. Ich nutzte die Harmonie, ging nach draußen, räumte das umherstehende Geschirr ein und kümmerte mich um den Müll.

Das Prinzip Selbstbedienung kam beim Abräumen des Geschirrs an seine Grenzen. Ich stapelte die Tassen auf dem Wagen und wischte über die freien Tische. Das Putzwasser duftete nach Lavendel und erinnerte mich an Tante Rieke. Hoffentlich ging es ihr gut. Ich ermahnte mich, sie heute anzurufen.

Der Geschirrwagen schepperte, als ich über die Schwelle zur Küche fuhr. Ich zuckte erschrocken zusammen. *Immerhin bin ich wieder wach.*

Während die Brötchen sich im Ofen bräunten wie die Urlaubsgäste am Strand, kümmerte ich mich um den Abwasch. Ein Piepen riss mich aus dem meditativen Ein- und Ausräumen der Gastro-Spülmaschine. Es dauerte eine Weile, bis ich mich erinnerte.

»Fuck! Die Brötchen!«, rief ich.

Ich riss den Ofen auf und vergaß den heißen Dampf. *Mist!* Mit hochrotem Kopf griff ich mir zwei Küchenhandtücher und jonglierte das Backblech auf die Arbeitsfläche.

Die Brötchen waren braun, aber nicht schwarz. Ich schüttete sie zum Abkühlen auf ein Rost und lieferte sauberes Geschirr ins Café, damit es keinen Engpass gab.

Hellen drückte mir die Schüssel mit dem Obstsalat in die Hand. »Nich wedder so'n Quatsch machen, wie letztes Mal!«, mahnte sie mich und sah auf meinen verbundenen Finger.

»Der Finger ist ja jetzt durch das Pflaster geschützt. Keine Sorge. Ich bin schon groß.« Ich zwinkerte Hellen zu und verschwand in die Küche.

Ungelenk schnitt ich die Äpfel in mundgerechte Stücke. Das war gar nicht so einfach mit einem verbundenen, rechten Zeigefinger. Ich betrachtete den Verband. *Was wäre gestern*

Abend passiert, wenn die Wunde nicht aufgegangen wäre? Mein Bauch kribbelte bei diesem Gedanken.

Ich wollte - ja, was eigentlich? Keinen Mann? Oder die Paul-Pläne mit Management-Job, gehobenem Lebensstil, Kindern und einer Hochzeit?

Einatmen. Ausatmen. Wenn ich mich nicht auf das Obst konzentrierte, würde ich mir noch die ganze Hand abhacken.

Was wusste ich eigentlich über Kjell? Zugegeben: nicht viel. Er erzählte kaum etwas über sich und ich hatte nicht gefragt. Warum hatten wir uns geküsst? *Ich war betrunken und emotional aufgewühlt und er hat das ausgenutzt!*

Eine Stimme in meinem Kopf sagte mir, dass das so nicht ganz stimmte. Ich ignorierte sie und richtete meine Aufmerksamkeit auf den Obstsalat.

Kjells Hände legten sich auf meine. Er stand hinter mir und nahm mir das Messer ab. Ich war gefangen in seinen Armen. Er schaute über meine Schulter und schnitt den Apfel in Stücke. Er arbeitete geschickt und zauberten im Nu gleichgroße Stückchen aus einem unförmigen Apfel. Ich atmete tief ein. Dabei stieg mir der Geruch von Rosmarin und frischen Waffeln in die Nase. Ich spürte Kjells Nähe. Seine kräftigen Arme umschlossen meine Schultern und seine Wange schmiegte sich an meine Haare. Ein wohliges Kribbeln wanderte von meinem Nacken über die Wirbelsäule in meinen Bauch. Mein Herzschlag beschleunigte sich.

Stopp!

Mein Verstand zog die Reißleine und ich kroch unter seinem linken Arm hindurch in die Freiheit.

»Du sollst doch nicht mehr mit Messern arbeiten, Schneewittchen! Sonst ist Riekes Wohnung irgendwann komplett voller Blutlachen! Und du liegst mittendrin. Ich kann doch nicht immer auf dich aufpassen!«

Selbst wenn er es fürsorglich meinte, hatte er mit dem letzten Satz das trotzige Kind in mir aufgestachelt. Und das Kind ließ sich nicht zurückhalten. »Vielen Dank auch. Ich kann sehr gut auf mich selber aufpassen! Und wenn du heute rechtzeitig zur Arbeit erschienen wärst, müsste ich auch kein Messer anfassen!«

Das saß. Kjell wendete seinen Blick ab und konzentrierte sich auf seine Arbeit. Es tat mir leid, aber ich würde mich von ihm nicht wie ein kleines Mädchen behandeln lassen. Wir waren Arbeitskollegen und wohnten für begrenzte Zeit in einer WG. Was bildete er sich ein? Ja, zugegeben. Wir hatten uns geküsst. Doch dabei war eine ordentliche Portion Verzweiflung und Alkohol im Spiel. Mehr nicht.

Bevor die Stimme in meinem Kopf mir widersprechen konnte, riss ich Kjell den fertigen Obstsalat aus der Hand und stürmte aus der Küche.

»Kannst du in der Küche beim Belegen der Fischbrötchen helfen?«, fragte ich Pia und stellte mich zu Paul an die Theke. Ich wollte nicht zurück. Da schienen mir mein Ex und die zahlreichen Kunden an der Eistheke emotional kalkulierbarer zu sein.

Ich betrachtete Paul. Ihn mit den Händen arbeiten zu sehen, war eine neue Erfahrung für mich. In der Schule war er die Jahre vor seinem Abi Schulsprecher gewesen. Bereits damals hatte ich ihn bewundert. Aus den Augen einer Neuntklässlerin schien er unerreichbar zu sein. Als ich anfing Internationales Management zu studieren, war er mit den letzten Leistungsnachweisen beschäftigt und gab mir

Nachhilfe in Statistik. Irgendwann hatte es zwischen uns gefunkt. Nicht richtig mit Kribbeln und Funken. Es war eher eine stetig wachsende Sympathie.

Als wir meine bestandene Statistik Klausur gefeiert hatten, war er die Nacht bei mir geblieben und ab dem Zeitpunkt waren wir ein Paar. Das war gut drei Jahre her.

Paul hatte nach dem Studium in der Firma seines Vaters angefangen. »In ein paar Jahren bin ich der Chef«, hatte er häufig zu mir gesagt. Er hatte nie jobben müssen, um sein Studium zu finanzieren. Anfangs hatte mich der Reichtum seiner Familie verunsichert, doch nach ein paar Monaten hatte ich mich an den Überfluss in seiner Familie gewöhnt.

Ich erinnerte mich noch gut an das letzte Weihnachtsfest.

»Anni, wir freuen uns außerordentlich, dass ihr so ein schönes Paar seid!« Pauls Vater deutete mit seinem Whiskeyglas erst auf mich, dann auf Paul. »Nach deinem Abschluss möchte ich dir einen Job in unserer Personalabteilung anbieten.« Er hatte eine lange Pause gemacht und danach hinzugefügt: »… mit den besten Karrierechancen!« Zwinkernd hatte er mir zugeprostet.

Pauls Mutter sprach ohne Punkt und Komma und das meistens von einer prunkvollen Hochzeit und einem halben Dutzend Enkelkindern. Paul hatte das immer abgeblockt, aber wenn ich ehrlich war, hatte mir der Gedanke gefallen. Nach meinem Abschluss wollten wir zusammenziehen. Auf dem Anwesen seiner Familie am Stadtrand von Berlin gab es ein kleines Häuschen. Es wäre alles perfekt gewesen.

»Ein Spaghetti-Eis und einen Schokoladen-Milchshake!«

Paul rüttelte sanft an meinem Arm. »Anni, träumst du?«

Ich schüttelte abwesend den Kopf. Was hatte ihn ins Bett von Lissy getrieben? Warum hatte er das getan? Und warum war er wirklich hier? Ich musste unbedingt in Ruhe nachdenken.

»Spaghetti-Eis und Schoko-Shake. Kommt sofort!«, schaltete sich der professionelle Teil meines Gehirns ein und ich machte mich an die Arbeit.

Hellen und ich räumten auf und rechneten die Kasse durch. Beiläufig drückte sie Paul einen Besen in die Hand. Sein Mund ging auf, als würde er sich beschweren wollen. Doch dann nahm er schweigend das Putzgerät in Empfang und machte sich an die Arbeit.

Ich brachte die letzten Fischbrötchen in die Küche. Paul folgte mir. Es waren fast alle über den Tresen gegangen, obwohl die Mittagszeit vorüber war, als wir sie in die Auslage legen konnten.

„Aber so ein Fischbrötchen geht ja immer“, pflegte Tante Rieke damals zu Urlaubszeiten immer zu sagen.

»Danke für deine Hilfe«, sagte ich zu Paul. »Hast du eigentlich eine Unterkunft?«

Paul schmatzte. »Mö. Hab ich mich«, nuschelte er.

»Dann schläfst du oben in der Wohnung auf dem Sofa«, entschied ich.

Kjell verschluckte sich an seinem Essen und hustete.

»Wir können jede helfende Hand gebrauchen. Morgen ist wieder ein super Strandtag angesagt«, erklärte ich meine Entscheidung.

Gut gemacht, Anni! Mit dem Fastabsturz von letzter Nacht und dem Antrag-trotz-Betrug-Paul in einer WG. Herzlichen Glückwunsch. Mein innerer Nörgler wusste nicht, ob er lachen oder weinen sollte.

Ich organisierte mir etwas, das ich in solchen Situationen immer tat: praktische Arbeit. »Ich suche dir oben schon mal Bettzeug und ein Handtuch raus. Kjell kann dir gleich den Weg nach oben zeigen. Schließt ihr vorher das Café ab?«

Kjell nickte schwach und sah mich flehend an, als würde er mich fragen wollen, ob ich noch alle Tassen im Schrank hatte. Ich ignorierte das.

In Riekes Wohnung fiel mir auf, dass ich gar nicht wusste, wo Bettzeug und Handtücher lagerten. Mein Zimmer war bei meiner Ankunft hergerichtet gewesen. Ich wühlte mich vergeblich durch zahlreiche Schränke. *Verflixt!* Dabei war die Wohnung gar nicht groß. Im Gegenteil. Auf dem bescheidenen Ausziehsofa musste Paul quasi mit den Füßen in der Wohnküche schlafen. Das würde eng werden.

Ich hörte es auf der Treppe rumpeln. Die *Jungs* kamen. Ich kicherte debil. Das hörte sich witzig an.

»Sorry, ich habe weder Bettwäsche noch frische Handtücher gefunden«, sagte ich entschuldigend.

Kjell schob sich dicht an mir vorbei und grinste überlegen. »Also *ich* weiß, wo Bettwäsche und Handtücher sind.«

Ich rollte mit den Augen. »Dann wäre es sehr nett, wenn du mir verraten würdest, wo ich die Sachen finde«, sagte ich bissig.

Kjell ging in mein Zimmer und ich folgte ihm.

»Es wäre auch nett, wenn du mich vorher fragen würdest, ob hier noch jemand einziehen darf!«, zischte er mir zu, während er mein Bett hochklappte und darunter Decke, Kopfkissen, Laken, Bezüge und Handtücher hervorzauberte. Da hätte ich lange suchen können.

»Wo soll er bei dem Bombenwetter auf die Schnelle eine Unterkunft finden? Außerdem können wir jede Hilfe gebrauchen«, predigte ich meine Begründung erneut herunter.

Kjell drehte sich zu mir. Er umklammerte die Bettwäsche vor seinem Körper. Sein Blick tastete mein Gesicht ab und fand meine Augen. Er holte tief Luft. »Lass dir nicht noch einmal so wehtun, Schneewittchen.« Dann huschte er hinaus, schmiss die Sachen auf das Gästesofa, nahm sich ein Bier aus dem Kühlschrank und verschwand in sein Zimmer.

»Möchtest du ein Bier?«, fragte ich Paul.

Er nickte und versuchte unbeholfen, die Bettdecke zu beziehen.

Es kann doch nicht sein, dass er das noch nie gemacht hat! Ich beobachtete ihn. Er schien, sich zu erinnern. Ungeübt kroch er in den Bezug, um die Ecken der Decke dadurch zu fassen zu bekommen. Ein amüsantes Schauspiel. Sollte er doch sehen, wie er alleine klarkam. Ich hatte keine Lust mehr, ihm *die gute Frau* zu sein, die ihm die Wäsche wusch, das Bett bezog und sich um Haushalt und den Herd kümmerte. Ohne darüber nachzudenken, war ich damals in diese Rolle geschlüpft und hatte seine Unselbständigkeit und das Machogehabe damit unterstützt.

Ich stellte Paul das Bier auf den Tisch, ging in mein Zimmer und ließ ihn mit seinem Schicksal allein.

Ich trank besser keinen Alkohol heute. In meinem Zimmer roch es muffig. Ich riss das Fenster weit auf und atmete die Meerluft ein. Es war nicht nur die abgestandene Luft, auch ich roch streng.

Ich schlurfte mit meinem Duschzeug in Richtung Badezimmer. Mein Blick fiel ins Waschbecken und ich zuckte mit den Schultern. Kraftlos ignorierte ich Barthaare und sonstiges Chaos und war dankbar, dass ich die Tür hinter mir schließen konnte.

Das heiße Wasser unter der Dusche lockerte meine Muskeln und entspannte mich. Ich schloss die Augen und ließ mir Zeit. Es rumpelte. Ich öffnete die Lider und horchte angestrengt. Es rumpelte lauter. Ich stellte das Wasser ab und griff nach dem Handtuch.

»Anni, mach hinne. Ich muss schiffen.« Kjell klopfte stetig und die Tür tanzte in ihren Angeln. Ich rollte mit den Augen. Er konnte es ja nicht sehen.

»Bin gleich fertig«, rief ich und trocknete mich ab. *Ups!* Ich hatte frische Wäsche vergessen und war nicht bereit, in die dreckigen Klamotten vom Tag zu schlüpfen. Also wickelte ich mir ein Handtuch um die Haare und eines um den Körper. Das war nicht leicht mit einem schmerzenden Finger und klitschnassem Pflaster. Nach dem umständlichen Gefrickel prüfte ich den korrekten Sitz meines Handtuchs im Spiegel und schloss die Badezimmertür auf.

»Na endlich. Ich war kurz davor die Hagebuttensträucher vorm Café zu düngen.«

»Dann trink halt nicht so viel Bier«, ranzte ich ihn an, als wir uns beide gleichzeitig durch die schmale Badezimmertür drückten.

»Was passiert, wenn *DU* viel trinkst, weiß ich ja …«, flüsterte er und lächelte mich mit seinen geheimnisvollen, dunklen Augen an. Sein Atem streifte mein Gesicht. Mein Blick wanderte zu seinen Lippen, die nur wenige Zentimeter von meinen entfernt waren. Mir lief ein wohliger Schauer den Rücken hinunter.

Ich trage nicht einmal Unterwäsche und zwei Meter von uns entfernt sitzt mein Ex-Freund, der mir heute einen Heiratsantrag gemacht hat! Mein Mund war staubtrocken. Selbst wenn mir eine schlagfertige Antwort eingefallen wäre, ich hätte nur krächzen können.

Ein Fluchtinstinkt regte sich in mir. Ich wollte nur noch alleine sein.

Der Weg zu meinem Zimmer erschien mir endlos. Eilig stolperte ich durch die Wohnküche. Durch eine hastige Bewegung rutschte mein Handtuch vom Körper. Paul sah nichts, was er nicht schon kannte. Erschrocken blickte ich hinter mich. Aus den Augenwinkeln sah ich Kjell im Türrahmen des Badezimmers stehen. Er grinste. Das durfte alles nicht wahr sein. Ich hörte meinen Herzschlag pochen. Hastig schlüpfte ich in mein Zimmer und warf die Tür hinter mir zu. Das Blut rauschte in meinen Ohren. *Wie peinlich!* Flink suchte ich etwas zum Anziehen.

Ich fand das Zwergen-T-Shirt und die Schlabberhose. Endlich nicht mehr nackt ließ ich mich aufs Bett fallen.

Was tue ich hier? Warum schreibe ich nicht an meiner Abschlussarbeit. Warum ist Paul hier und warum will er mich urplötzlich heiraten? Und warum bringt mich Kjell so durcheinander?

Ich fing mit der einfachsten Frage an. Ich schrieb nicht an meiner Abschlussarbeit, weil ich Tante Rieke helfen wollte. Es ist Hochsaison und niemals würde ich sie im Stich lassen.

Punkt eins abgehakt.

Nun wurde es komplizierter. Warum war Paul hier? Lissy hatte ihn fallenlassen und er hatte sich gedacht, dass er ja bequem zu *seiner* Anni zurückkommen konnte, um genau da weiter zu machen, wo wir aufgehört hatten.

Meine Faust traf die Matratze mit voller Wucht. Ich hatte mir schon als Kind einen romantischen Heiratsantrag ausgemalt, bei dem mein Angebeteter vor mir auf die Knie fiel. Aber doch nicht unter diesen Umständen!

Die weiche Decke umschmeichelte mich und mir fielen die Augen zu. Die Frage nach Kjell blieb unbeantwortet.

Ich träumte, dass ich mich in einem schicken Landhaus um zwei niedliche Kinder kümmerte. Sie riefen: »Mama, schau mal hier!« Sie umarmten mich mit ihren winzigen Händen. Die Szene wechselte und ich hörte ein helles Kichern und es rumpelte. Ich ging in Richtung der Geräusche. Ich stieg eine Holztreppe empor. Die Stufen knarzten und das Holz fühlte sich kühl unter meinen nackten Füßen an. Das Lachen wandelte sich in animalisches Grunzen. Licht fiel durch einen Türspalt. Ich schob die Tür auf. Paul vergnügte sich mit einer Frau in weißer Bluse auf einem antiken Schreibtisch. Die bildschöne Frau hatte große Ähnlichkeit mit Lissy. Beide starrten mich an, ohne ihren Akt zu unterbrechen. Ihre Gesichter verzogen sich zu Fratzen.

Ich wachte auf und schnappte nach Luft, weil ich mich in ein Korsett gezwängt fühlte. Die zwei Gesichter verpufften vor meinem inneren Auge. Mein Herz klopfte, ich war schweißgebadet. Ein lautes Scheppern riss mich in die Gegenwart zurück. Dann hörte ich Kjell schimpfen.

Kapitel 7

DIE BADEINSEL

Noch alle Latten am Zaun, Alter, ey. Meine Fresse!«

»Es tut mir leid. Ich wollte mir nur ein Wasser holen. Wo ist der Handfeger?« Pauls Stimme zitterte.

Machte Kjell ihm Angst?

Ich hörte das Klappern von Schränken und das Geräusch von über den Boden geschobenen Scherben.

Ein Blick auf Tante Riekes Radiowecker verriet mir: 7:26 Uhr. Nicht üppig Zeit, aber genug um lieber noch ein wenig im Bett zu bleiben, bis sich das Chaos vor meiner Tür in Luft aufgelöst hatte. Die Jungs mussten klarkommen. Ich bin nicht ihre Kindergärtnerin.

Und warum führte sich Kjell eigentlich so auf? Passte es ihm nicht, die Wohnung zu teilen, oder steckte mehr dahinter? Hatte er Gefühle für mich? Ich dachte an unsere Küsse und alles in mir prickelte. Was war, wenn es ihm genau so ging? Mein Herz machte einen Satz. *Ach, Schnickschnack*. Er hatte ganz sicher eine Freundin. Wo hatte er sonst vorletzte Nacht verbracht? Sollte er doch zu ihr gehen, wenn ihm Paul auf die Nerven ging.

Der Gedanke, dass Kjell eine Freundin haben könnte, versetzte mir einen Stich. Ich hatte es immer noch nicht herausgefunden. Wie sollte ich auch? Seitdem wir uns nähergekommen waren, konnten wir kein Gespräch führen, ohne dass wir uns stritten oder einer von uns die Flucht ergriff.

Ich riss mein Fenster auf und atmete die frische, für die norddeutsche Ostseeküste sehr warme Luft ein. Wie stickig war es wohl in Berlin? Ich dachte an die Dachgeschosswohnung von Jule und mir. Vermutlich waren die dekorativen Kerzen auf der Fensterbank wieder geschmolzen.

Die Sonne kitzelte mich in der Nase. Die Ostsee rief nach mir.

Ich kramte den grünen Bikini mit den weißen Punkten aus der Tasche und schnappte mir ein frisches Strandhandtuch.

Kommentarlos ging ich an Paul und Kjell vorbei und machte mich auf den Weg zum Wasser.

Der Strand war leer. Auf der Terrasse des Seehotels frühstückten Gäste und neben der alten Seebrücke pumpte jemand sein Standup-Paddleboard auf.

Ich warf mein Handtuch in den Sand und schritt zielstrebig in Richtung Meer. Die Ostsee schimmerte türkis und war glasklar. Fast karibisch. Ich rannte etliche Meter durch das flache Wasser und stürzte bei ausreichender Tiefe komplett hinein. Als ich wieder auftauchte, peilte ich die um diese Uhrzeit verlassene Badeinsel an. Ich umrundete sie und wollte mich auf ihr in die Sonne legen. Der Plan klang fantastisch, aber beim ersten Versuch, elegant hinaufzuklettern, landete ich mit einem lauten Platschen zurück im Meer. Ich schnappte nach Luft und wischte mir das Wasser aus dem Gesicht. *Oberpeinlich!* Hoffentlich hatte mich dabei niemand beobachtet. Beim zweiten Anlauf krallte ich mich mit allen Fingern an einer Nut fest und hievte mein rechtes Bein mit aller Anstrengung aus dem Wasser. Ich hing quer am Rand und ächzte, als ich den restlichen Körper über die Seite auf die Insel rollte. Das Bild eines dicken Seehundes blitzte in meinem Kopf auf. Ich strich das Adjektiv *elegant* aus meinem Selbstbild.

Die Insel wippte sanft im Wasser. Ich legte mich der Länge nach hin und ließ mich schaukeln. Es war früh, aber die Sonne trocknete meine nasse Haut und wärmte meinen ausgekühlten Körper. Ich könnte stundenlang hier liegen. Keine Abschlussarbeit. Kein Paul. Kein …

»Iiiih!« Ich schrak zusammen. Etwas Glibberiges rutschte von meinem Bauch. Eine Qualle! *Welcher vorpubertäre Vollarsch war das?*

Da ich niemanden entdecken konnte, wusste ich nicht, wen ich beschimpfen sollte.

Kurze Zeit später erhob sich ein mir bekanntes, dunkelblaues Augenpaar mitsamt dazugehörigem Kjell aus dem Wasser. Er stemmte sich deutlich kraftvoller als ich auf die Badeinsel.

»Ich dachte, ich schau mal, ob du schon untergegangen bist. Rettungsschwimmer-Ehre!«

»Rettungsschwimmer-Ehre?«, fragte ich. »Sieht die auch vor, harmlose Frauen hinterlistig mit Quallen zu bewerfen?«

»Da muss ich mal in die DLRG-Satzung gucken. Das liegt wahrscheinlich in einer Grauzone«, antwortete Kjell und schüttelte sich das Wasser aus den Haaren, sodass es für mich regnete. »Und *harmlos*? Du? Im Ernst?« Er sah mich an und seine Mundwinkel zuckten nach oben.

Mit Kjells Anwesenheit schien die ausladende Badeinsel zu schrumpfen.

»Ach, komm schon, Schneewittchen. Ein wenig Spaß gehört dazu, wenn man jede Menge arbeitet. Es ist ja nicht so, dass du mich früher nicht auch schon mit Quallen beworfen hast.«

»Früher.« Mehr sagte ich nicht.

Ich ließ meine Gedanken los und sie flogen zu der Zeit, als ich meine Sommer bei Tante Rieke verbracht hatte. Kjell war damals auch oft am Strand gewesen. Wir hatten uns gelegentlich gesehen und uns mit anderen Kindern Quallen- und Seegrasschlachten geliefert. Später sah ich ihn seltener. Er hatte als Rettungsschwimmer andere Aufgaben. Damals dachten wir nicht darüber nach, ob wir uns in den nächsten Ferien wiedersehen würden. Irgendwann hatten wir uns aus den Augen verloren.

Ich traute mich nicht, zu fragen, wo er vorletzte Nacht geschlafen oder ob er eine Freundin hatte. Es ging mich nichts an. Es sollte mich nichts angehen.

Ich rollte mich auf die Seite und kam in einen wackeligen Vierfüßlerstand. Er wollte Spaß? Konnte er haben!

»Wer als erster am Strand ist!«, rief ich.

Ich löste meine stabilisierenden Hände von der schwankenden Insel und stieß mich kräftig mit den Beinen ab. Meine Arme tauchten in das kühle Wasser ein und zogen den Rest von mir hinter sich her.

Ich wusste, dass ich diesen Wettbewerb verlieren würde. Aber das machte mir nichts aus.

Ich kraulte durch das frische Wasser, bis mir die Arme schmerzten. Ich rang nach Luft, verlangte meinem Körper jedoch noch mehr Leistung ab.

Als mir das Wasser nur noch bis zur Hüfte ging, stemmte ich meine Füße in den sandigen Meeresboden. Ich strengte mich an, machte einen Schritt nach dem anderen. Das Wasser spritzte. Trotzdem kam ich kaum voran. Als würden die kleinen, glitzernden Wellen meine Beine festhalten. Vermutlich war das der Grund, warum Pamela Anderson beim Baywatch-Vorspann in Zeitlupe aus dem Wasser lief.

Ich hörte Kjell, doch es war zu spät, um zu reagieren. Sein fester Griff legte sich um meine Hüfte und er riss mich um. Wir fielen beide und ich klammerte mich an ihm fest, damit er nicht weiterlaufen konnte. Ich gluckste und kreischte ausgelassen. Leider ging der Plan nicht auf. Kjell hob mich auf seinen Arm und hielt mich fest. Mein Kopf lag an seiner Brust. Ich war vollkommen außer Atem. Einen kurzen Moment blieben wir stehen. Seine Haut war kühl und ich hörte seinen Herzschlag.

Warum wehrte ich mich nicht? Das prickelnde Gefühl in meinem Bauch antwortete mir. Die Nähe zu Kjell pustete mir alle rationalen Gedanken aus dem Kopf. Kjell war ein Rationale-Gedanken-Laubbläser!

Für einen Atemzug schmiegte er seinen Kopf gegen meinen, doch dann spannten sich seine Muskeln abrupt an. Er zählte bis drei und schmiss mich in Richtung Förde. Es ging hier schließlich um einen ehrlichen Wettkampf.

Als ich den Kopf aus dem Wasser bekam, ging ihm das Wasser nur noch bis zu den Knöcheln und er tanzte einen albernen Siegestanz. Japsend watete ich in Richtung Ufer. Ich kickte ihm einen Schwall Wasser entgegen, kurz bevor ich ihn erreichte. Davon unbeeindruckt grinste er breit und sprang an den Strand. »Erster!«

Wir kicherten. Nebeneinander stapften wir in Richtung Stranddusche durch den tiefen Sand. Unser Lachen verebbte mit der Zeit und wir schwiegen. Ab und zu berührten sich unsere Hände flüchtig, was mir einen Schauer über den ganzen Körper jagte. Meine Knie waren wie Gummi. Kjell ließ mir den Vortritt beim Duschen. Mein Herz wummerte wie verrückt.

Wir betraten die Wohnung von Tante Rieke und ich fühlte mich frisch und voller Tatendrang. So fühlte sich also das echte Leben an. Das hatte ich während der letzten Jahre in Berlin vergessen.

Paul entdeckte ich nicht in der Wohnung. Ich schlüpfte in frische Klamotten und putzte mir die Zähne.

»Ich besorge Obst und Fisch und bin heute pünktlich. Versprochen.« Kjell sah mich an und ich nickte. Er zögerte. Es war, als wollte er mir noch irgendetwas anderes mitteilen, doch er sagte nichts und drehte sich um.

Er rumpelte die Treppe runter und ich brachte Bad und Küche in einen annehmbaren Zustand. Unsere Zwangs-WG sollte erträglich aussehen, sodass ich am Abend nicht anfangen würde, zu weinen, wenn ich nach dem langen Arbeitstag zurück in die Wohnung kam.

Ich ging ins Café und starrte mit offenem Mund nach draußen. *Das gibt's doch nicht!* Paul kämpfte mit dem Laubbläser in der Hand und versuchte, Sand und Blätter kontrolliert in eine Richtung fliegen zu lassen. Das misslang ihm und er verteilte den Dreck kreisförmig um sich. Er biss sich auf die Zunge, so konzentriert arbeitete er. Ich wandte mich meinen Aufgaben zu und richtete die Aufmerksamkeit auf die Kaffeemaschine.

Der Spülvorgang ließ das Gerät gurgeln. Währenddessen setzte ich den Filterkaffee auf. Heute wollte ich unbedingt an alles denken. Mein Kopf war vom Schwimmen klar und ich hatte keinen Kater. Das waren bessere Voraussetzungen als gestern.

Als ich alles soweit fertig hatte, kam Hellen. »Watt mokt der Bengel da mit dem Krachding?« Sie lachte. Wie immer.

Ich machte ihr einen Latte macchiato mit Amarettosirup – den liebte sie – und mir einen doppelten Espresso.

Dann schlich ich mich auf die Terrasse, um Paul zu erlösen.

»Hey Paul!«

Ich tippte ihn an und er schreckte zusammen. Konzentriert fummelte er an dem Laubbläser herum. Da er den Schalter von der Höllenmaschine aber nicht fand, zog ich kurzerhand den Stecker vom Verlängerungskabel.

»Danke Anni!«

»Was machst du …?«

»Kjell hat mir gezeigt, wie ich das machen soll, bevor er losgefahren ist.«

»Ah ha.« Ich sah mich um und zog die Augenbrauen hoch. »Und er hat dir gesagt, du sollst den Sand großflächig verteilen?« Ich grinste.

»Äh. Nein. Natürlich nicht.« Paul kratzte sich am Kopf und sah sich um. »Aber sooo schlecht war ich gar nicht. Sieh mal. Hier ist gar kein Sand mehr!« Er deutete mit dem Finger auf eine Stelle vor seinen Füßen.

Ich verdrehte die Augen. Dann atmete ich durch und rang mich zu einem Lächeln durch. Das wird schon noch. Immerhin hat er sich Mühe gegeben. »Komm, hilf mir mit den Tischen und Stühlen!«, forderte ich ihn auf.

Paul und ich stellten die Sitzmöbel und Strandkörbe an ihren vorgesehenen Platz und räumten den Laubbläser weg. Ich ließ meinen Blick über die roten Strandkörbe und die

Bistro-Tische zur Strandpromenade schweifen. Es sah vor dem Café einladend aus. Zufrieden mit unserer Arbeit betrachtete ich Paul. Er richtete Stühle und Tische akribisch aus und schlenderte auf mich zu.

»Danke!«, sagte ich.

»Für dich«, antwortete er und wir blickten uns einen Moment lang an.

Erinnerungen blitzten in meinem Kopf auf. Wie wir uns das erste Mal geküsst hatten. Wie er mich damals angesehen hat. Wie aufgeregt ich vor unserem ersten gemeinsamen Urlaub war. Ein warmes Gefühl breitete sich in meiner Magengegend aus.

»Willst du einen Kaffee? Einen Cappuccino wie immer?«, fragte ich ihn.

»Ja, danke. Das wäre nett.«

Nach einer Weile brachte ich die dampfende Tasse nach draußen.

Er schaute aufs Meer. »Ja. Schön ist es hier. Viel schöner, als ich gedacht habe. Ich meine … ich habe vorher noch nie von diesem Kaff gehört. Es ist zwar nicht Kampen, aber …« Er machte eine Pause und nippte an seiner Tasse. »Ich war heute früh wach und bin die Promenade entlang spaziert. Es war leer. So einsam und verlassen. Der perfekte Urlaubsort. Aber im Winter will ich hier nicht mal begraben sein.«

»Ich mag es, wenn morgens alles friedlich ist.« Ich folge seinem Blick und betrachtete die sanften Bewegungen des Wassers. »Und wenn es regnet, ist keine Menschenseele hier. Das ist herrlich«, fügte ich hinzu.

»Das muss trostlos sein. Wo sind die Menschen, das Leben, der Puls der Zeit, das kulturelle Angebot?« Paul hörte sich wie sein Vater an. Der hatte uns häufig Vorträge über die Vorzüge Berlins gehalten. »Das kulturelle Angebot in Berlin ist vom Feinsten!«, höre ich seine Stimme in meinem Kopf.

»Stell Dir vor, Anni, ich würde dich gerne ins Kino einladen. Aber es gibt hier keins!«

»Nein! Schnell, wir müssen hier weg!« Ich lachte. Er wirkte, als ob ein fehlendes Kino einer Zombieapokalypse gleichzusetzen sei.

»Du nimmst mich nicht ernst, oder?«

Ich blickte ihn an und dachte an unsere gemeinsamen Kinoabende. Einer hatte das Kino ausgesucht, der andere hatte freie Auswahl beim Film. Paul hatte uns jedes Mal einen überdimensionierten Eimer voller Popcorn spendiert und wir hatten die Zeit im Kino erst mampfend und dann aneinander gekuschelt auf den plüschigen Sesseln verfolgt. Ein wohliges Gefühl zog an dem dunklen Groll, mit dem ich Paul begegnete.

Ich pustete mir eine meiner braunen Locken aus dem Gesicht. Roch es hier nach Popcorn?

»Du würdest mich ins Kino einladen? Zu einem Date?«

»Äh. Ja. So könnte man es nennen.«

»Und was macht dich so sicher, dass ich zugestimmt hätte?«

Paul zuckte zusammen. »Ja. Ich … du …«, er räusperte sich und rückte die Sonnenbrille auf seinem perfekt gestylten, dunklen Haar. »Ja, weißt du, Anni. Ich dachte. Wir. Also. Wir könnten uns unterhalten und über früher reden. Und über uns und die schöne Zeit. Und die Pläne und …« Er stockte erneut. »Ja, und einfach den Moment auskosten. Gemeinsam. Neu. Ohne den Alltagsstress. Nur wir zwei.« Er sah mich an. Dann flüsterte er: »Bitte, Anni!«

Ich atmete durch. Der Kloß in meinem Hals wurde größer. Ich betrachtete Paul. Es passte nicht zu seinem makellosen Gesicht, dass der Mund zitterte. Seine Verletzlichkeit berührte mich.

»Du kannst mich zum Essen einladen«, sagte ich. Pauls Miene hellte sich auf. Er streckte seine Hand nach mir aus, zögerte kurz und tätschelte meine Schulter.

»Danke Anni. Danke. Heute Abend führe ich dich aus. Sobald das Café schließt.«

Wir stürzten uns in die Arbeit. Die Hitzewelle hatte Eckernförde voll erwischt. Es gab keine Parkplätze mehr. Die normalerweise ausreichend dimensionierten Fahrradständer waren überfüllt und am Strand war kaum ein freier Fleck Sand zu erkennen. Selbst die Ostsee war voller Menschen, Stand-up-Paddle-Boards, Luftmatratzen und aufblasbarer Einhörner. Und alle wollten Eis essen und erfrischende Milchshakes trinken. Wer keine Lust auf heiße Pommes oder Currywurst vom Nachbarimbiss hatte, der kam bei uns im Café ein Fischbrötchen kaufen. Die Eisschlange war meterlang. Der Laden brummte. *Könnten mir doch spontan noch drei Hände mehr wachsen!* Paul portionierte Eis auf Zuruf. Ich jonglierte Eistüten, Milchshakes und Kaffeetassen.

»Bald kann ich im Zirkus auftreten!« Ich lachte und reichte einer blondgelockten Frau eine Portion Spaghettieis über den Tresen.

»Kannst du mal kurz das Geschirr in die Küche fahren?«, fragte ich Paul.

»Mach ich. Vorher muss ich aber noch kurz telefonieren. Ich bin gleich wieder da!« Paul fummelte sein Handy aus der Hosentasche und verschwand nach draußen.

Kurze Zeit später ratterte es hinter mir.

»Ich habe einen Tisch für uns beide reserviert. Im angesagtesten Fischrestaurant von Eckernförde. Sagt zumindest mein Handy. Heute 20.30 Uhr.« Paul strahlte mich an und verschwand mit dem scheppernden Geschirrwagen in Richtung Küche.

»Du hast eine romantische Verabredung mit Paul, min Deern?« Hellen fing ihre E-Zigarette im letzten Moment auf und guckte mich verdattert an. »Ich dachte, du wärest durch mit dem Kerl?« Sie drehte sich zur Kaffeemaschine und ließ mich über meine Antwort nachdenken.

Bin ich durch mit Paul? Eigentlich schon. Dann stand er plötzlich im Café. Ja, er hatte mich verletzt. Mein Magen zog sich zusammen. Hatte er, hatten wir noch eine Chance verdient?

»Es ist nur ein Essen«, antwortete ich ihr im Vorbeigehen.

»Erforsche deine Gefühle, junger Padawan.« Hellen grinste, sodass ihre Lachfalten von den Augenwinkeln bis zum Ansatz ihrer kunstvoll geflochtenen, grauen Haare führten.

»Ich wusste gar nicht, dass du Star Wars Fan bis.«

»Du weißt vieles nicht, min Deern … aber Harrison Ford sieht einfach zum Anbeißen aus. Den würde ich nicht von der Bettkante stoßen.« Sie kicherte wie ein Schulmädchen und ich rechnete den Preis für ein Spaghettieis und zwei Kugeln Eis mit Sahne zusammen.

»Moin zusammen«, Pia band sich eine Schürze um und stellte sich an die Eistheke. Paul griff sich schwungvoll den Eisportionierer und grinste. »Dein Portionierer ist zur Stelle!« Dabei schob er sich die Sonnenbrille ein Stück weiter in die Haare und lächelte schräg.

»Moin Pia«, riefen Hellen und ich im Chor und lachten darüber wie Teenager. Paul nahm die Eiskelle und beglückte uns mit einer zweifelhaften Gesangseinlage. »Like ice in the sunshine, like ice in the sun-schei-hei-hein.« Ich hielt mir demonstrativ die Ohren zu, während Pia aus vollem Herzen lachte.

Der Tag flog vorbei. Hellen nahm mir die Kasse ab und ich duschte mir den Arbeitstag vom Körper. Als ich das Wasser am Ende auf kalt drehte, dachte ich an das Schwimmen heute früh. Ein frisches Gefühl schoss mir bis in die Fingerspitzen. Ich wickelte mich ins Handtuch ein, lehnte mich an die Wand und schloss die Augen. Die Badeinsel, der alberne Wettkampf, die Nähe. Ich legte die Hand auf meine Wange, die sich heute an Kjells durchtrainierte Brust geschmiegt hatte. Ein wohliger Schauer durchfuhr meinen Körper. Ich blickte auf und lächelte mir im Spiegel zu. Ein Bad in der Ostsee ist eine außerordentlich prickelnde Erfahrung.

In meinem Zimmer schüttete ich meine Tasche auf dem Bett aus. Schick Essengehen war beim Packen keine Anforderung an meine Garderobe gewesen. Ich kramte eine zerknitterte Jeans und ein dunkelgraues Shirt mit kleinen, grünglitzernden Palmen darauf aus dem Haufen. Mit einer Kette, Make-up und gebürsteten Haaren sollte das ausreichen. *Wir sind hier in Eckernförde und nicht auf Sylt.*

Paul wollte vorm Café auf mich warten und ich schlüpfte im Gehen in meine engen Ballerinas. Ich war etwas zu spät dran. Er würde genervt sein. Wie früher schon.

Ich eilte in Richtung Treppe und sah, dass Kjell in seinem Türrahmen stand und mich beobachtete.

»Du siehst schick aus, Piratenbraut.«

Ich drosselte mein Tempo und drehte mich wie am Ende eines Catwalks vor ihm im Kreis.

»Hab einen schönen Abend … und wenn du zu viel getrunken hast, ruf mich an. Ich trage dich nach Hause.« Er zog einen Mundwinkel hoch und sah mich an. *Diese dunkelblauen Wahnsinnsaugen!* Dann verhärteten sich seine Gesichtszüge. Sein Blick wanderte auf den Boden und er ließ die Schultern hängen.

»Danke. Ich kann auf mich selber aufpassen.« Ich schenkte ihm ein Lächeln, wuschelte mit meiner Hand durch seine blonden Haare und hauchte ihm einen Kuss auf die Wange.

Ich eilte die Treppe hinunter. Meine Lippen prickelten. Dabei war es doch nur eine freundschaftliche Geste gewesen.

Erforsche deine Gefühle. Nun spukten die Jedi-Ritter auch schon in meinem Kopf rum. Und sie sprachen mit einer gutmütigen Raucherstimme. *Schönen Dank, Hellen!*

Vor dem Café wartete Paul.

Kapitel 8

FISCHERKORB UND CHAMPAGNER

»Anni, da bist du ja endlich! Komm, der Tisch wartet auf uns!«

Wir schlenderten an der Promenade entlang. Eine Handvoll Möwen kämpfte lautstark um eine am Strand zurückgelassene Chipstüte. Zwei Stand-up-Paddler glitten lautlos über die glatte Wasseroberfläche. Mein Magen knurrte, als wollte er mir sagen: »Etwas anderes zu dir zu nehmen als Eis, Kaffee und Fischbrötchen, ist eine gute Idee.«

Paul schaute auf sein Handy. »Hier links!«, sagte er und schob mich auf einen kleinen Weg, der mit dem Wegweiser für die Fußgängerzone gekennzeichnet war.

Paul blickte weiter auf die Karten-App und ich betrachtete die winzigen Hofeinfahrten zwischen den windschiefen Häusern in den alten Gassen von Eckernförde. Es roch nach Rosen und Meer. Was für eine himmlische Kombination. Die Fenster der alten Häuser waren mit Schiffen, kleinen Ankern oder Holzmöwen dekoriert. Als wir um die nächste Ecke bogen, schob sich der Geruch von gebratenem Fisch in den Vordergrund.

Wir betraten den Außenbereich des Restaurants. Unter einem ausladenden Schirm unterhielt sich eine Gruppe Raucher. Neben dem Eingang stand mit Kreide ›AUSTERN‹ auf einer Tafel. Paul betrat das Restaurant und ich folgte ihm.

»Ein Tisch für zwei auf den Namen Baumann«, sagte Paul bestimmend zu der Frau am Empfangstresen, die mit schwarzer Bluse und der langen grauen Gastronomie-Schürze deutlich edler aussah als ich in meiner Jeans.

»Sehr gerne. Bitte folgen Sie mir.« Sie ging voran und begleitete uns zu einem Tisch mit weißer Tischdecke und einer flackernden Kerze in der Mitte. Eine langstielige Rose zierte eine schmale Vase. Der schwarzweiße Fotodruck an der Wand stand im Kontrast zu den weißen Wänden.

»Vielen Dank.« Ich lächelte und setzte mich. Paul nahm gegenüber von mir Platz.

Ich rutschte auf meinem lederbezogenen Stuhl hin und her und strich mit der Hand über die Tischdecke. Sie fühlte sich kühl und glatt unter meinen Fingern an.

Ein Kellner trat an unseren Tisch. »Kann ich Ihnen schon etwas zu trinken bringen?«

Ich blätterte hektisch in der Karte.

»Zwei Gläser Champagner«, antwortete Paul und nahm mir die Entscheidung ab.

»Sehr gerne. Kommt sofort.«

Mein Magen wurde lauter und ich schaute mich um, ob ihn jemand gehört hatte. Die Tische im hinteren Teil des Lokals waren mit Paaren mittleren Alters besetzt. Neben uns saß ein weißhaariger Mann, der die Weinkarte studierte, während seine Partnerin mit ihm redete. Weiter vorne war ein Tisch mit einer Gruppe von Leuten in unserem Alter. Sie sprachen durcheinander und lachten.

Meine Augen wanderten über die Karte. »Ich kann mich gar nicht entscheiden. Das hört sich alles so lecker an«.

»Ja. Wir nehmen den Fischerkorb für zwei Personen. Der ist im Internet am besten bewertet und hört sich vorzüglich an.« Paul las die Beschreibung vor.

Mir lief das Wasser im Mund zusammen. »Okay.«

Unser Kellner servierte den Champagner und einen Brotkorb. »Haben sie schon gewählt?«

»Ja. Den Fischerkorb für zwei Personen, bitte.« Paul klappte die Karte zu. »Und eine Flasche Pinot Grigio.«

»Bitte noch eine Flasche stilles Wasser«, fügte ich hinzu. Nicht, dass ich später auf das zweifelhafte Angebot von Kjell zurückkommen musste.

»Auf uns … auf *dich*, Anni!« Paul erhob sein Getränk und riss mich in die Gegenwart zurück. Unsere Gläser stießen aneinander. Das gab einen klangvollen, hellen Ton und der Champagner beschwipste mich mit dem ersten Schluck. Alkohol auf leeren Magen war nach wie vor keine besonders gute Idee. Ich nahm mir ein Stück Brot und pulte mit den Fingern das weiche Innere heraus. Dann nippte ich erneut an meinem Glas.

Ich betrachtete Paul. Er erzählte mir vom letzten, großen Deal, welchen sein Vater und er abgeschlossen hatten. »… Und so war es möglich, eine Gesamtkapitalrendite von über 10% zu erreichen.«

Ich nickte anerkennend. Die geschäftlichen Erfolge seiner Familie hatten mich von je her beeindruckt.

Das Essen ließ nicht lange auf sich warten. Es roch unwiderstehlich. Ich füllte mir Rosmarinkartoffeln und ein zartes Dorschfilet auf den angewärmten Teller.

»Guten Appetit, Anni! Fast wie im Urlaub.« Paul hob sein Weinglas und prostete mir zu. Ich tat es ihm gleich und probierte danach ein Stück Fisch mit Knoblauchdip. *Göttlich!*

Wir redeten über meine Abschlussarbeit, seine Familie und den Wohnungsmarkt in Berlin. Dabei ließen wir uns das Essen schmecken. Ein wohliges Gefühl machte sich in meinem Körper breit. Unser Gespräch führte uns zu gemeinsamen Urlauben. Wir erinnerten uns an die Fünf Sterne Villa auf den Malediven. Wie wir am Anreisetag ein Blumenarrangement übersahen und am nächsten Morgen von Blütenblättern übersät aufgewacht sind. Vor meinem inneren Auge spielte sich die gesamte Szene ab. Wir waren nach der Ankunft von der Reise ganz aufgekratzt gewesen. Ich hatte mich ausgezogen, um den Reisedreck abzuwaschen, als Paul hinter mich trat.

»Ja. Und der Privatpool war der Hammer …« Paul schob sich eine Garnele in den Mund und der Film in meinem Kopf lief weiter. Ich hatte ihm das Hemd aufgeknöpft und ihn nach und nach ausgezogen. Seine Lippen waren währenddessen über meinen Körper gewandert. Dabei hatte er mich mit seinen braunen Augen angesehen.

Meine Haut prickelte, als wäre ich wieder dort. Mein Mund war ausgetrocknet. Hastig trank ich einen Schluck Wasser.

Der Pool hatte uns magisch angezogen. Das Wasser war beleuchtet und glitzerte türkis. Wir sanken hinein. Lauwarmes Wasser hatte unsere nackten Körper umspielt.

»Anni?«

»Ja.« Ich seufzte. »Der Pool. Das war wirklich der Hammer. Danke für die Einladung.« Die Bilder meiner Gedanken wirkten nach. Ich spürte meinen Herzschlag.

»Ja. Das ist ja schon mehr als zwei Jahre her«, antwortete Paul und nahm einen Schluck aus seinem Glas. »Es war wunderschön«, flüsterte er und sah mich mit denselben braunen Augen an, die mich – nackt – eben noch in meinen Gedanken angesehen hatten.

Ich spürte ein wohliges Kribbeln in meinem Brustkorb. Als wäre ich von den Men in Black geblitzdingst worden und würde genau dort weitermachen, wo wir gemeinsam glücklich waren. Bevor der Alltag uns zermürbt hatte. Vor Lissy-Gate. Es war, als wären wir in Eckernförde im Urlaub.

Ich bemühte mich, nach jedem Glas Wein die doppelte Menge Wasser zu trinken. Der Plan funktionierte mäßig.

Nach dem Mousse au Chocolat zum Dessert hatte ich das Gefühl, ich würde jeden Moment platzen.

Außer uns war nur noch ein weiteres Pärchen im Restaurant. »So, und nun noch 'n lütten Verteiler. Geht auf's Haus.« Der Wirt schenkte sich selber einen ein und prostete uns zu. Er stellte eine Holzkiste auf den Tisch. Paul öffnete sie und legte seine Kreditkarte hinein. Es machte ein dumpfes Geräusch. Neugierig öffnete ich die Kiste und nahm die Karte in die Hand.

»Das ist aber kein Plastik«, sagte ich zu ihm und legte die Karte zurück.

»Ja. Titan.«

»Wow!«

»Ja. Also. Du kannst den Mund wieder zumachen, Anni. Ist nichts Besonderes. Unsere Bank wollte der Familie entgegenkommen und da …«

Der Wirt sammelte das Kästchen ein und brachte es kurz darauf mit dem Beleg und Bonbons in Sprottenform darin zurück.

Wir verabschiedeten uns und verließen das Lokal.

»Lass uns einen kleinen Umweg machen«, schlug ich vor und zog Paul in Richtung Hafen.

Dort roch es nach Fisch und abgestandenem Wasser. Es war nach zehn, aber Anfang Juli ging die Sonne spät unter. Hinter der alten Holzbrücke konnten wir einen violett leuchtenden Streifen am Horizont sehen. An einem Mast wehte die dänische Flagge und versuchte mich in Zusammenarbeit mit dem Sommerhimmel zu überzeugen, dass Eckernförde mit etwas Fantasie zu Skandinavien gehörte.

Paul nahm meine Hand. Das Gefühl von den Malediven war zurück und wanderte durch meinen Körper. War das Liebe? Schweigend gingen wir in Richtung Hafenspitze. Mein Kopf war benebelt und ich hatte einen Ohrwurm. Bono sang für mich:

»Well it's too late, tonight / To drag the past out into the light / We're one, but we're not the same / We get to carry each other / Carry each other / One …«

Ist es einfacher, die Vergangenheit ruhen zu lassen? Weiterzumachen, als sei nichts gewesen? Es fühlte sich so unkompliziert an. So leicht. Oder war es nur der laue Sommerabend, das gute Essen, der Wein und das Meer?

Die Promenade war menschenleer und der Himmel klar. Wir schwiegen und unsere Schritte passten sich in Länge und Frequenz aneinander an.

»Schau mal!«, sagte ich. »In Eckernförde gibt es mindestens doppelt so viele Sterne wie in Berlin.«

Paul blieb stehen, legte den Kopf schief und strich mir eine Locke aus dem Gesicht. »Das liegt doch nur an dem Licht der Stadt. In Eckernförde ist es nachts dunkel. In Berlin nicht. Da ist was los!«

»Spielverderber«, sagte ich liebevoll und er legte seinen Arm um mich.

Der Mond beschien das Café Seestern. Wir gingen die Treppe zu unserer Unterkunft hinauf. In der Küchenzeile brannte eine Lampe und wir standen uns im funzeligen Schimmer gegenüber.

»Anni … es war ein wunderschöner Abend«, sagte Paul.

»Ja. Das stimmt. Wie früher«, antwortete ich.

Paul nahm meinen Kopf behutsam in seine Hände und küsste mich. Ich schloss die Augen und ging auf die Bewegung seiner Lippen ein. Ich hörte mein Herz wummern.

Bevor ich darüber entscheiden konnte, ob der Kuss langfristig eine gute Idee war, hörte ich Kjells Tür schwungvoll gegen die Wand scheppern. Ich machte einen Satz zurück.

»Moin, ihr zwei Turteltauben. Lecker gegessen? Lasst euch nicht stören, ich hol mir nur ein Bier.« Gemütlich schlenderte Kjell in Richtung Kühlschrank.

»Klar … lass es dir schmecken«, sagte ich zögernd und spielte an meinen Haaren. Ich fühlte mich ertappt. Mich packte der Fluchtinstinkt.

»Gute Nacht, ihr zwei«, sagte ich und verschwand ins Badezimmer. Ich sah in den Spiegel. Meine Wangen waren gerötet. Ich schüttelte den Kopf und massierte mir die Schläfen.

Hey Anni! Vielleicht überlegst du dir mal, was DU willst und lässt dich nicht immer vom Alkohol beseelen, um wild rumzuknutschen! Mein Spiegelbild schaute mich an. Ich steckte ihm die Zunge raus. Was hatte Hellen gesagt? »Erforsche deine Gefühle.« Das war gar nicht so einfach. Wenn wirklich alles so war wie früher, müsste ich dann nicht mit

Paul das Bett teilen? War ich schon so weit? Das Spiegelbild schüttelte den Kopf.

»Du hast Recht«, sagte ich. »Abwarten. Kühlen Kopf bewahren. In Ruhe nachdenken.« Der Spiegel war ein einseitiger Gesprächspartner.

Ich putzte mir die Zähne, schminkte mich ab und huschte hinaus.

Vor meinem Zimmer wartete Paul. »Hey Anni! Das Sofa ist so unbequem. Kann ich mit zu dir kommen?« Er zog mich an sich, küsste mich auf die Wangen und auf den Hals.

Da war es wieder, dieses wohlige Prickeln. Ich musste meine ganze Willenskraft aufbringen, um meinen Entschluss auszusprechen: »Lass es uns langsam angehen.« Ich küsste ihn auf die Wange. »Gute Nacht, Paul.« Ich glitt an ihm vorbei und schloss die Tür hinter mir. Seufzend lehnte ich mich mit dem Rücken dagegen.

Einatmen. Ausatmen.

Ich legte mich in mein Bett, starrte an die Decke und immer, wenn mir die Lider schwer wurden, sah ich mich vor dem türkisfarbenen Pool auf den Malediven stehen. Jemand trat hinter mich und küsste meinen Nacken. Ich erschauderte wohlig und drehte mich um. Die dunkelblauen Augen von Kjell durchbohrten mich. Unsere Münder bewegten sich aufeinander zu.

Ich schreckte hoch. Erregt und verwirrt. Ich wälzte mich von einer Seite auf die andere. Ich fand nicht mehr in den Schlaf. Ich sehnte mich nach frischer Luft. Spazierengehen konnte ich vergessen. Auf keinen Fall wollte ich an Paul vorbei.

Ich riss das Fenster weit auf. Draußen hörte ich Grillen zirpen. Das war erstaunlich, denn ich war nicht am Mittelmeer, sondern auf dem Breitengrad Südskandinaviens. Ich lauschte. Das Wasser war nicht zu hören. Dass das Meer da war, konnte ich riechen. Es roch frisch mit einer modrigen Nuance. Die See verpasste der Luft eine dynamische, reinigende Energie.

Ich kuschelte mich zurück ins Bett und ließ meine Gedanken treiben. Wenn ich über das Meer nachdachte, musste ich mich nicht meinen Gefühlen stellen. Ich stellte mir sanfte Wellen vor, wie sie an den Strand flossen. Wie sie vom Sog des Wassers zurückgezogen wurden und in einen neuen Schwall übergingen. Eine Endlosschleife. Die Wellen verdrängten Paul und Kjell aus meinem Kopf und ich schlief ein.

Im Traum lief ich an einem unendlich langen Strand entlang. Ich lachte. Jemand schlang mir die Arme um die Hüfte und zog mich an sich. Ich legte meinen Kopf an eine muskulöse Brust und ließ meine Hände über den starken Körper wandern. Der Duft von Rosmarin und frischen Waffeln kitzelte sanft in meiner Nase. Ich schloss die Augen und er streichelte meinen Nacken, griff in mein Haar und zog meinen Kopf behutsam nach hinten.

Dann küssten wir uns. Ich spürte meinen Herzschlag im ganzen Körper pulsieren und bekam kaum Luft vor Erregung. Er knabberte an meinen Lippen und ließ eine Hand meinen Rücken nach unten wandern. Ich erforschte mit meiner Zunge seinen Mund und suchte seinen Blick. Ich fiel in dunkelblaue, beinahe schwarze Augen.

Kjell.

An mehr prickelnde Details konnte ich mich am nächsten Morgen nicht mehr erinnern. Bedauerlich, wie ich fand. Aber auch beruhigend. Wie sollte ich mich mit Paul objektiv arrangieren, wenn ich in meinen Träumen ständig mit Kjell rummachte?

Ich gähnte und rieb mir den Schlaf aus den Augenwinkeln. Eine kalte Dusche würde mich aufwecken. Ächzend setzte ich mich auf. Ich entdeckte die Badesachen, die ich gestern zum Trocknen an die Tür gehängt hatte. Planänderung. Das Meer erfrischte deutlich besser als eine Dusche. Ohne lange zu überlegen, zog ich meinen Bikini an und schlüpfte ins Bad. Paul schnarchte, als ich mich auf Zehenspitzen an ihm vorbei schob.

Die Pflastersteine der im Schatten gelegenen Promenade fühlten sich kühl unter meinen Füßen an. Die Sonne war schon lange wach, obwohl es erst halb acht sein dürfte. Sie stand hoch über der Förde und nahm dem Sand die Kühle der Nacht.

Am Strand blieb ich stehen und streckte mich. Mein Blick wanderte über das Ufer zum Wasser. Ein Stein legte sich in meinen Magen. *Heute wohl kein Wettrennen.*

Enttäuscht warf ich mein Handtuch auf einen der zahlreichen Strandkörbe und schlurfte zum Wasser. Meine Füße erreichten die kalte Ostsee und ich visierte mein Ziel an. Die schwarze Badeinsel lag ruhig im Wasser. Ich sah etwas Gelbes aufblitzen. *War das nicht …?*

Der Stein in meinem Magen verwandelte sich in Schmetterlinge. Kjell stemmte sich kraftvoll aus dem Wasser und kletterte auf die Badeinsel. Seine Badehose leuchtete wie eine Boje.

Mein Herz machte einen Sprung. Es erinnerte sich besser an die Details aus meinem Traum als mein Verstand.

Kapitel 9

DAS TASSEN-ARMAGEDDON

Ich rannte ins Wasser und ließ mich fallen. Wie früher. Als ich grübelte, ob ich zur Badeinsel schwimmen sollte, war ich schon auf dem Weg.

Es gibt hier draußen auch kein anderes Ziel, entschuldigte ich mich bei mir selbst.

Ich tauchte ab. Unter Wasser war die Welt weit entfernt, friedlich. Ich schlug meine Augen auf und sah wie sich die Sonnenstrahlen an der Oberfläche brachen. Die Sonnenstrahlen veranstalteten flimmernde Lichtspiele vor mir im Wasser und ich tauchte kurz vor der Badeinsel auf. Eilig wischte ich mir die Tropfen aus dem Gesicht und suchte die flache Seite.

Selbst dort war es schwer genug, aus dem Wasser zu klettern, und dabei eine halbwegs elegante Figur zu machen. Die Aktion blieb mir erspart. Kjell reichte mir seine Hand und zog mich mit einer Leichtigkeit aus dem Wasser, die mich überraschte. Ich hatte ordentlich Schwung und wir kamen bedrohlich ins Schwanken. Er hielt mich fest und ich landete auf seiner Brust. Rosmarin! Sogar nach dem Schwimmen duftete er wie in meinem Traum. Meine Knie wurden weich und das lag nicht an der schwankenden Badeinsel. Die Schmetterlinge in meinem Bauch liefen Amok. Meine Hände wanderten wenige Sekunden lang über seinen warmen Oberkörper. Kjell umklammerte mich mit seinen starken Armen.

Weiter draußen tuckerte ein Fischerboot in Richtung Hafen. Abrupt löste ich mich von ihm und blickte zum Café. Die Wellen des Kutters erreichten die Insel. Ich schwankte und setzte mich rasch, bevor Kjell erneut eingriff und mein Herz verloren war.

»Gut geschlafen, Schneewittchen?«

Der Gedanke an meine Träume ließ mir das Blut ins Gesicht schießen. »Das letzte Bier gut vertragen gestern Abend?«, stellte ich eine Gegenfrage und blieb ihm die Antwort schuldig.

»Woher weißt du, dass das mein letztes Bier war? Überwachst du mich?«

»Ja – ich bin IM Schneewittchen und hier sowas wie die Stasi. Die sieben Zwerge sind meine Gehilfen.« Ich sah ihn ernst an.

Er prustete los.

Wenn Kjell lachte, bildeten sich dezente Falten um seine Augen und die Nase kräuselte sich. Die Farbe seiner Iriden kam dabei besonders zu Geltung und war umwerfend. Als würden sie wie der Nachthimmel voller Sterne funkeln. Ich konnte nicht anders, ich lachte mit.

Dann schwiegen wir. Ich ließ meine Gedanken zum gestrigen Abend wandern. Paul. Ich lächelte in mich hinein und fuhr mit meinen Fingern den Einkerbungen der Badeinsel nach. Ich erforschte meine Gefühle. War das Liebe? Aber warum reagierte ich so krass auf Kjell?

Er räusperte sich. »Alles gut?« Seine Hand schob mir behutsam eine nasse Locke hinter das Ohr.

»Hm, hm«, antwortete ich und nickte in meine hochgezogenen Knie.

»Sach mal, wie lief's mit Paul gestern? Bist du sicher, dass ich ihn für dich nicht verprügeln soll? Nicht einmal schubsen?« Er deutete einen Angriff an und strich dabei mit seinen Fingerspitzen über meinen Rücken. Diese kleine Geste brachte alles in mir zum Kribbeln.

»Es lief gut.« Ich ignorierte sein Angebot. Die Stelle, an der er mich berührt hatte, prickelte verräterisch. »Wir haben lecker gegessen und es war so wie früher«, erzählte ich.

Meine Finger bearbeiten weiter die Fugen der Badeinsel. Ich traute mich nicht, ihn anzusehen, und blickte in Richtung Strand. War das Paul da hinten? Adrenalin schoss durch meine Adern. Mein Kopf wanderte zurück an meine Knie, als würde ich dort meine Privatsphäre finden. Wie ein kleines Kind, das sich versteckt, indem es sich die Augen zuhält.

„Und das ist in Ordnung für dich? Also, ich meine das *so wie früher*?", fragte er nach einer Weile, in der nur das Schwappen des Wassers gegen die Badeinsel zu hören war.

»Hm. Hm«, brummte ich. War das hier ein Verhör?

»Habt ihr über seine Affäre und die Trennung gesprochen?«, legte Kjell nach. Der Ton seiner Stimme war streng.

Ich biss die Zähne zusammen, fühlte mich ertappt. Was sollte ich ihm antworten? Konnte es zwischen uns nicht auch einfach so wie früher sein? »Nein! Und das geht dich auch nichts an.«

»Mensch, Anni!«, rief er.

Ich sah ihn an.

Er knetete seine Finger und legte seine Stirn in Falten. Seine Gesichtszüge wurden weicher. »Tut mir leid.« Sein Blick bohrte sich in meine Augen, als könne er in mich hinein sehen. »Weißt du, ich möchte nur, dass es dir gut geht. Du hast einen Typen verdient, der dich beschützt und auf Händen trägt. Der dich respektiert.«

Ich wandte meinen Kopf von ihm ab. »Ich brauche niemanden, der mich beschützt!«, ranzte ich zurück. Wir hatten es wieder geschafft, uns zu streiten.

Faszinierend, wenn man bedachte, wie wenig wir miteinander redeten.

Aus dem Augenwinkel registrierte ich, wie Kjell aufstand. Er drehte mir den Rücken zu und breitete seine Arme aus. Auf seinem Rettungsschwimmerkreuz zeichneten sich die angespannten Muskeln ab. Er machte einen dynamischen Kopfsprung ins Wasser. Dann war er weg und schaute sich, am Strand angekommen, nicht einmal um.

Ich blieb allein auf der Badeinsel zurück. Mein Magen war flau. Einsamkeit umschloss mich wie das Meer die Badeinsel.

Ich atmete tief durch und analysierte. Paul zeigte mir, dass er es ernst meinte mit seiner Entschuldigung. Er schlief auf dem ungemütlichen Sofa, half im Café und führte mich zum Essen aus. Er kümmerte sich um mein Wohl. Um meine Zukunft. Er hatte mir einen Heiratsantrag gemacht! Das waren brauchbare Ansätze, oder? Ich rieb mir das Gesicht. Woher konnte ich wissen, dass die nächste dahergelaufene Sekretärin ihn nicht um den Finger wickelte und er mich noch einmal betrog?

Und was war mit Kjell? Er trieb mich auf so vielen Ebenen in den Wahnsinn. Die Amplitude der Gefühle, die er in mir auslöste, war gigantisch. *Aber was, wenn das nur ein Strohfeuer ist. Eine Trotzreaktion von mir auf die Trennung von Paul?*

Ich streckte mich aus und ließ die Sonne auf meinen Bauch scheinen. Das Gedankenkarussell drehte sich beharrlich weiter. Ich hörte, wie zwei Schwimmer sich der Badeinsel näherten, rollte mich zur Seite und ließ mich ins Wasser gleiten.

Wie am Tag zuvor wirkte das Bad in der Ostsee wie ein gigantischer Becher Kaffee, nur ohne dass mir davon flau im Magen wurde. Erfrischt und motiviert stand ich im Café, kümmerte mich um die Kaffeemaschine und den Filterkaffee. Ich putzte die Eingangstür und als Hellen um die Ecke bog, war alles so gut wie startklar.

Paul hatte erneut die Aufgabe mit dem Laubbläser übernommen. Ich erkannte, dass er eine passable Vorgehensweise entwickelt hatte. Kontrolliert schwenkte er das Gerät hin und her und reinigte die Fläche.

Ich nahm Hellen die schweren Tüten mit dem Obst ab und brachte sie in die Küche. Kjell bereitete die Fischbrötchen zu und griff nach dem Obst. Dabei hing mein zerfleddertes Pflaster an einer der Tüten fest.

»Ich wollte dir das Obst abnehmen. Nicht deinen ganzen Finger … lass mal sehen, ob der wieder verheilt ist.«

Er stellte die Taschen ab und bugsierte mich sachte mit einer Hand auf meinem Rücken zum Fenster. Erleichterung überkam mich. Wir redeten also noch miteinander.

»So. Hier ist genügend Licht«, murmelte er und strich behutsam mit einem Finger über den Schnitt. Dann sah er mich an.

Jedes Mal, wenn das geschah, fühlte ich mich, als würde ich in den Nachthimmel fallen. Seine Augen waren tiefblau und doch leuchtend, unergründlich und trotzdem durchbohrend. Ich konnte seine Miene nicht deuten.

»Wunderheilung«, krächzte er kehlig.

Mein Herz erinnerte mich an den Traum. Hitze schoss durch meinen Körper und sammelte sich wie ein Kribbeln in meinem Bauch. Wie ein Magnet zogen seine Lippen meinen Blick auf sich. Als hätte ihn jemand gerufen, wandte Kjell sich ab.

»Ne, im Ernst. Das sieht gut aus. Der Schnitt hat sich geschlossen und nicht entzündet.« Er sprach mit mir und sah sich suchend um. »Ich mache dir ein wasserfestes Pflaster drauf und ab morgen sollte da dann Luft dran.« Er fand die Erste-Hilfe-Box und fummelte ein Pflaster aus der Verpackung. Angestrengt – mit zusammengezogenen Brauen und der Zungenspitze gegen die Oberlippe gepresst – klebte er es um meinen Finger.

»Danke«, flüsterte ich und schob mich an ihm vorbei in Richtung Tür. Mein Herzschlag trommelte gegen den Brustkorb. Mit weichen Knien und eine Horde Schmetterlingen im Bauch ging ich ins Café.

»Guten Morgen, Anni!« Paul kam auf mich zu und umarmte mich fest. Ich wand mich aus seinen Armen. Seine Berührung verursachte ein unangenehmes Ziehen in meinem Magen. Die Enge des Cafés, Paul und Kjell … ich steuerte die Kaffeemaschine an.

»Hast du gut geschlafen? Machst du mir einen Cappu?«, fragte Paul.

»Klar.« Ich machte mich an die Arbeit. Tasse drunter, Knopf drücken, ein gurgelndes, dann mahlendes Geräusch, Brummen, fertig. Ich reichte ihm sein Heißgetränk. Paul nahm den Cappuccino.

»Danke Anni, du bist die Beste!« Er nippte an seiner Tasse. Schaum hing an seiner Oberlippe. »Weißt du, Anni. Wenn wir wieder in Berlin sind, ziehen wir zusammen, oder?«

Was? Wie zum …? Warum? Ich höre wohl nicht richtig!

»Momentan schlafen wir nicht mal im selben Zimmer. Vergessen?«

»Ja. Natürlich. Anni ich … verdammt …« Paul knallte seine Kaffeetasse auf die Arbeitsfläche. »Warum machst du es mir so schwer. Ich gebe mir wirklich Mühe.« Seine Stimme zitterte.

»Mühe? Ja. Das stimmt. Aber du hast dir vorher auch Mühe gegeben, mich zu hintergehen.« Mein Magen knautschte sich zusammen.

»Ach, mach deinen Scheiß doch alleine!« Paul drehte sich abrupt um und ging auf die Terrasse. Dort setzte er sich in einen der roten Strandkörbe, die er vorher an den richtigen Platz gewuchtet hatte.

Mir schossen Tränen in die Augen.

Eine Frau, die mit zwei Kindern unterwegs war, schob sich durch die halb geöffnete Tür ins Café. »Könnte ich eventuell schon einen Kaffee haben?«

Ich sah sie an. »Natürlich. Gerne. Cappuccino, Latte macchiato?«

»Einen einfachen Becher Kaffee bitte.«

»Milch oder Zucker?«

»Schwarz«, sie lächelte erschöpft. »Die Kinder haben mich die halbe Nacht wach gehalten.«

»Vorsicht. Ist sehr voll.« Ich reichte ihr den Becher über den Tresen.

Die Frau lächelte mich an. Sie hatte Ringe unter den Augen. »Dankeschön! Wir kommen bestimmt später noch mal her zum Eisessen. Den Becher bringe ich gleich wieder.«

»Gerne«, antwortete ich und sah der abgeschlagenen Mutter nach.

Konnte ich mir vorstellen, mit Paul eine Familie zu gründen? Würde er sich um die Kinder kümmern? Ich war Mitte zwanzig. Da hatte ich noch Zeit. Wenn es nach Pauls Mutter ginge, wären wir schon verheiratet und ich in freudiger Erwartung. Ich strich mit der Hand über meinen Bauch. Wie das wohl wäre, schwanger zu sein?

Hellen schob die Glastür vom Café weit auf und befreite den Kundenbereich vor der Eistheke vom letzten Staubkrümelchen.

Nach und nach kamen einzelne Kunden ins Café und eh ich mich versah, war der Verkaufsraum voll und die Arbeit ließ weder Raum zum Durchatmen, noch zum Nachdenken.

Plötzlich schepperte es. Und zwar deutlich lauter als das normale Scheppern, wenn der Geschirrwagen über die Schwelle zur Küche fuhr.

»Kannst du nicht aufpassen, du Lackaffe!« Das war Kjells polternde Stimme.

»Es … es war ein Versehen. Sorry!«, hörte ich Paul. »Hilf mir lieber, das Desaster aufzuräumen.«

»Das könnte dir so passen. Du schiebst hier den ganzen Tag nur das Geschirr hin und her und drückst dich vorm Spülen!«, brüllte Kjell.

»So'n Quatsch. Bring mir wenigstens einen Besen, du unterbelichteter Vollpfosten!« Nun wurde Paul auch laut.

Was zur Hölle war da los? Mir wurde heiß. Die Kunden im Laden reckten ihre Köpfe in Richtung des Aufruhrs.

»Hellen, übernimm den Verkauf. Ich muss mich um den Kindergarten in der Küche kümmern.« Ich rollte mit den Augen und drückte Hellen die Eistüte, die ich gerade füllte, in die Hand. »Eine Kugel Vanille fehlt noch. Und bunte Streusel«, rief ich im Gehen.

Paul tauchte schnaubend vor mir auf. Sein Kopf war rot angelaufen. »Das Arschloch will mir keinen Besen geben. Er kann den Scheiß alleine wegmachen! Ich mache für ihn eh nur die Drecksarbeit!«

Hinter ihm stolperte Kjell durch die Scherben.

»Ey, geht's noch? Du kommst sofort her und machst das Tassen-Armageddon weg. Aber zackig!« Er packte Paul an der Schulter, sodass dieser schwankte.

»Lass mich los!«, schrie Paul ihn an und schlug Kjells Hand weg.

Kjell schubste ihn an die Wand des schmalen Gangs zwischen Café und Küche. Pauls Körper bebte. Er presste seine Lippen aufeinander und ballte seine Hände zu Fäusten. Dann holte er aus und zielte auf Kjells Gesicht. Kjell wehrte den Schlag ab und versuchte Paul festzuhalten.

Ich stand wie angewurzelt zwischen Verkaufsraum und Kriegsschauplatz. Mein Mund stand offen. Was sollten die Kunden denken. *Und Rieke! Ich wollte ihr doch helfen! Nur meinetwegen ist Paul hier … und morgen soll man dann über die Schlägerei im Café Seestern im Lokalteil der Zeitung nachlesen?! Nein!*

Das durfte nicht passieren. Ich gab mir einen Ruck.

»Das reicht! Schluss jetzt!«, schrie ich, um die beiden Kasper zur Vernunft zu bringen.

Kjell und Paul konnten oder wollten mich nicht hören.

»Na dann auf die harte Tour«, knurrte ich und näherte mich dem Testosteronkrieg. *Ein Wasserschlauch wäre jetzt praktisch.* Leider lag keiner rum und der Eimer mit dem Putzwasser stand außer Reichweite.

Paul fuchtelte unbeholfen mit seinen Fäusten und versuchte Kjell zu vermöbeln. Kjells Miene verfinsterte sich. Er ballte seine rechte Faust. Er war Paul körperlich überlegen. Kjells Faust schnellte durch die Luft.

»Nein!« Ich klemmte mich zwischen die beiden. »Lasst die Scheiße! Wie alt seid …«

Dann wurde alles schwarz.

Kapitel 10

ZACK, BUMM, KLINIKUM

Scheiße!

Durch meinen Kopf hämmerten fürchterliche Kopfschmerzen.

Ich öffnete die Augen und betastete mein Gesicht. Ich zuckte zusammen, als ich die Haut unter meinem linken Jochbein berührte. Vor mir stand eine Frau im weißen Kittel. Es roch nach Desinfektionsmittel mit einer Nuance Kantinenessen.

»Ah, Frau Möller. Sie sind wieder wach. Haben sie starke Schmerzen?«

Das Nicken ließ mich Sterne sehen. Wortlos deutete ich auf meinen Kopf.

Die Ärztin leuchtete mir mit ihrer Taschenlampe in die Augen.

Autsch! Verdammt! Will die mich umbringen?

»Die Reflexe sind in Ordnung«, murmelte die Ärztin vor sich hin. »Ich gebe Ihnen ein Schmerzmittel. Das wird Ihnen guttun.«

Ich beobachtete durch meine halb geöffneten Lider, wie mir ein Zugang an die Hand gelegt und ein Tropf angeschlossen wurde. Mein Bett wurde durch die Gänge geschoben. *Wie beim kleinen Häwelmann*, dachte ich, bevor erneut alles schwarz wurde.

»Annili, bist du wach?«

Das war die Stimme von Paul. Ich öffnete das rechte Auge.

Paul stand vor meinem Bett. Er zupfte sich an seinem gelben Poloshirtkragen und rückte die Sonnenbrille auf seinen gestylten, dunkelbraunen Haaren zurecht.

»Was ist passiert? Wo ist Kjell?«, brachte ich heraus und schloss die Augen. Das Licht schmerzte in meinem Schädel.

»Ja. Der Vollidiot hat dich zusammengeschlagen!«, erzählte Paul, »und ich habe auch etwas abbekommen, als ich dich beschützen wollte. Schau mal hier!«

Ich öffnete erneut das rechte Auge und Paul zeigte mir lila Striemen an seinem Handgelenk.

»Mhm«, antwortete ich knapp. Mehr war nicht drin. Ich sortierte meine Erinnerung an den Vorfall. Kjell würde mich nicht absichtlich zusammenschlagen. Das war Quatsch.

Mir fiel ein, dass die beiden sich gestritten hatten und ich dazwischen ging. Aber danach bin ich hier aufgewacht. Und die Ärztin? Der Häwelmann? Mein Schädel brummte und spuckte nur zusammenhangslose Erinnerungsfetzen aus. Ich öffnete träge das andere Lid. Ein dumpfer Schmerz breitete sich über die linke Gesichtshälfte aus.

»Wo bin ich, wie bin ich hier hergekommen und wie lange …?«, raffte ich mich auf, zu fragen.

»Ja. Kjell hat dich mit seiner Faust an der Schläfe erwischt. Du bist sofort zu Boden gegangen. Wie so'n Boxer, der k.o. geschlagen wurde. Voll heftig.«

»OK. Und dann?«

»Ja, nichts ist ok. Der Berserker hat dich geschlagen, Anni!«

»Paul! Was ist dann passiert? Wo bin ich? Wie lange …«, versuchte ich erneut, sinnvolle Informationen aus ihm rauszubekommen. Hektisch strich er sich über die gegelten Haare. Seine Augen wanderten unruhig durch das Zimmer.

»Ja. Also. Das war so: Ich habe den Rettungswagen gerufen. Der war zehn Minuten später da und hat dich mitgenommen. Ich bin mitgefahren. Die Ärzte haben deine Reflexe geprüft und dir Schmerzmittel gegeben. Dann bist du auf dieses Zimmer gekommen. Du sollst eine Nacht zur Beobachtung hierbleiben. Das ist bei Kopfverletzungen immer so, sagen sie.«

»Wie spät ist es? Und was ist mit dem Café?«

»Es ist 15.20 Uhr. Du hast eine ganze Weile geschlafen. Um das Café kümmern sich Hellen und Kjell. Glaube ich.«

»Glaubst du?«, stöhnte ich kraftlos.

»Ja. Nein. Ich weiß es nicht genau. Ich bin mit dir mitgefahren. Wir haben das so abgesprochen. Wir wollten dich nicht alleine ins Klinikum schicken. Ich kann im Café anrufen, wenn du möchtest, aber du sollst dich erst einmal schonen, Annili!«

»Ist ok«, ächzte ich. Die Schmerzmittel benebelten mich und der Schmerz pochte dumpf, aber stetig von innen gegen meine Schläfe. »Und fahr bitte zurück zum Café und hilf den beiden. Und könntest du mir ein paar Sachen organisieren?

Mein Handy mit Ladekabel, die Zahnbürste und was Frisches zum Anziehen?«

»Klar. Mache ich.« Er stand auf und wandte sich in Richtung Tür.

»Und Paul?«

»Ja?«

»Vertrag dich mit Kjell.«

Ruckartig drehte er sich zu mir um. Seine Züge verhärteten sich. »Ist das dein Ernst?«, presste er hervor.

»Bitte versprich mir, dass ihr euch zumindest nicht noch einmal prügelt. Wartet damit, bis ich wieder da bin.«

»Ja. Ich kann für nichts garantieren«, sagte er schroff. »Kjell ist ein Versager. Und ein brutales Arschloch! Das musst du doch erkennen, Anni!« Er kehrte zu meinem Bett zurück und hauchte mir einen Kuss auf die unversehrte Gesichtsseite. Ich spürte seine Anspannung, als unsere Arme sich berührten. Ich öffnete den Mund, um Kjell zu verteidigen, aber meine Gehirnsuppe brachte keine zusammenhängenden Laute mehr raus.

Das »Gute Besserung, Annili« drang noch dumpf zu mir durch, dann schloss ich die Augen, mein Körper erschlaffte. Das Medikament zog mich in Richtung Schlaf.

Ein Klappern riss mich aus meinem Dämmerzustand. Ich blinzelte. Eine Schwester schob mein Abendessen auf einem Wagen herein. Mein Magen zog sich brummend zusammen. Dass ich Hunger hatte, wertete ich als positives Zeichen.

»Guten Abend, Frau Möller. Wie geht es ihnen?« Die Krankenpflegerin betrat forsch wie ein Wirbelwind das Zimmer.

»Besser.«

»Das ist gut. Ich ziehe Ihnen nun den Zugang. Den brauchen Sie nicht mehr. Wenn die Schmerzen zu stark werden, klingeln Sie nach mir. Dann bringe ich Ihnen eine Tablette.«

»Danke. Das mache ich.«

Sie runzelte die Stirn. »Wer hat Sie so zugerichtet? Häusliche Gewalt ist kein Kavaliersdelikt. Es ist strafbar.«

»Nein … das war … es gab eine Rangelei. Es war ein Versehen.«

»Es ist immer ein Versehen, Kindchen.«

Ich widersprach ihr nicht. Es war gut, dass sie sich kümmerte.

»Danke für die Nachfrage«, sagte ich und lächelte sie an.

Sie klebte ein Pflaster auf die Einstichstelle und ich ließ das Handgelenk kreisen. Ich sah auf das Tablett. Zwei traurige Scheiben Brot, Leberwurst, Käse und ein winziges Stück Paprika. Dazu ein Paket Butter.

Krankenhausessen half sicher nicht zur Genesung. Vielleicht war das so eine Art Kundenbindungsprogramm der Kliniken, dachte ich, und machte das Beste aus meiner Mahlzeit. Ein Fischbrötchen wäre mir lieber gewesen.

Kjell.

Schon hatte er sich wieder in meine Gedanken geschlichen. Wie konnte mich jemand liebevoll verarzten, um mich dann ein paar Tage später niederzuschlagen?

Nein. Paul hatte unrecht. Mr. Rettungsschwimmer würde mich nie absichtlich schlagen. Dieser Gedanke kreiste in meinem brummenden Kopf.

Ich kaute ausdauernd auf dem belegten Brot herum und schaute aus dem Fenster. Weit entfernt glitzerte Wasser. Das konnte nicht das Meer sein, wenn die Sonne am Abend im Westen stand. Ich dachte angestrengt nach. Das musste das

Noor sein. Dieser See war Anfang des letzten Jahrhunderts noch mit der Ostsee verbunden gewesen. Tante Rieke hatte früher von ihm erzählt. Sie hatte mir verraten, dass man sogar einen alten Wikingerhafen am Ufer vermutete. Diese Geschichte musste sie mir früher oft erzählen.

Es hatte mir nie etwas ausgemacht, nicht in Eckernförde rumzukommen, weil Tante Rieke jede Menge Arbeit hatte. Damals hatte sich die Welt zwischen Café, Strand und Promenade gespannt. Ich hatte mir keine besseren Sommer vorstellen können.

Ich seufzte und ein warmes Gefühl breitete sich in meinem Körper aus. Es war unsagbar schön hier.

Nach dem Abendessen zappte ich mich durch die Fernsehkanäle. Ich fand nichts, was mich von meinem Kopfbrummen ablenkte. Der Druck auf meinen Schläfen schwoll an. Also schaltete ich den Kasten aus und döste vor mich hin.

Nach einer Weile klopfte es. »Herein«, rief ich. Das hätte ich mir sparen können. Vor mir stand bereits eine rundliche Krankenpflegerin mit Pausbacken und blondierten kurzen Locken. Ihr Lächeln zog sich über das ganze Gesicht. Sie sah mich mit blassblauen Augen an.

»Moin moin Frau Möller.« Sie sprach mit einem osteuropäischen Akzent. »Ich bin Frau Novak. Ich hab jetzt Schicht und kümmere mich um Sie.« Der norddeutsche Singsang in ihrer Sprache verband sich mit slawischer Härte.

»Danke«, antwortete ich. Ein Schmerz schoss wie ein Blitz durch meinen Schädel. Ich zuckte zusammen und hielt mir den Kopf.

»Ach, min Kindchen.« Frau Novak legte den Kopf schief und betrachtete meine Verletzung. »Ich hole Ihnen noch ein Kühlpack für den Kopf.« In null Komma nichts war sie verschwunden.

Einen Moment später riss mich ein Klopfen aus dem Halbschlaf. Schwerfällig öffnete ich die Augen. »Da bin ich wieder, Frau Möller. Hier, Kopfkühlung.« Sie reichte mir das Kühlpack und hielt für einen Atemzug meine Hand, als sie es mir übergab. Sie blickte mich an und lächelte. Ihre Augen betrachteten meine Verletzung. Sie wandte den Blick ab und kümmerte sich mit geschickten Handbewegungen um meine zerwühlte Decke.

Ich betrachtete sie im Profil. Ihre Lachfalten erinnerten mich an Tante Rieke.

Sie begutachtete ihr Arbeitsergebnis und schenkte ihre Aufmerksamkeit nicht mehr der Bettdecke, sondern meinem Bluterguss.

»Kindchen, Kindchen.« Das *ch* sprach sie hinten in der Kehle. Sie schüttelte mehrfach den Kopf. Mit dem Fuß zog sie einen Stuhl an mein Bett. »Kindchen. Ich setze mich kurz zu dir.«

»Natürlich.« Ich richtete mich im Bett auf. Das Kühlpack rutschte mir dabei runter. Ich nahm es in die Hand und hielt es sachte an die Schläfe. Kälte breitete sich in meinen Fingerspitzen aus.

»Ich will nicht unhöflich sein, Kindchen, aber was ist da passiert?«

Ich haderte. Die Frau war mir fremd, auch wenn ich das Gefühl hatte, sie schon lange zu kennen. Als gehörte ich zu ihrer Familie. Frau Novak unterbrach meine Gedanken.

»Kindchen. Sie haben eine lilafarbene linke Gesichtshälfte. Da könnte man anhand eines Knöchelabdrucks den Verursacher ermitteln. Also erzählen Sie mir nicht, Sie wären gestolpert.« Ich sah ihr mildes Lächeln, aber auch die Strenge in ihren Augen. »Möchten Sie mir erzählen, wie das da entstanden ist?« Ihr Zeigefinger machte kreisende Bewegungen und deutete dabei auf mein Gesicht.

Ich schluckte. Ein Kloß im Hals schnürte mir die Kehle zu. Meine Augen füllten sich mit Tränen. »Es ist doch alles meine Schuld gewesen!«, krächzte ich und ließ den Tränen freien Lauf.

Frau Novak saß auf dem Stuhl und nahm meine Hand. Sie schaute mich an, legte den Kopf schief, lächelte.

Ich wich ihrem Blick aus und sah auf meine Bettdecke.

»Wissen Sie.« Ich schniefte. »Ich musste doch dazwischen gehen!«

Frau Novak setzte sich zurück. Ich blickte sie an. Sie hob fragend die Augenbrauen. Eilig fixierte ich einen Punkt an der Wand. Ich räusperte mich und begann ganz von vorn. Ich erzählte von der Beziehung mit Paul. Wie sie zerbrach. Warum ich in Eckernförde war.

Ich wischte mir mit dem Ärmel die Tränen von der unversehrten Wange.

»Entschuldigung. Ich möchte Sie nicht von ihrer Arbeit abhalten«, sagte ich schluchzend. Ich schüttelte über mich selber den Kopf. Mein Innerstes vor einer Wildfremden auszubreiten. Ich fühlte mich nackt und zog meine Decke höher, als könnte ich die emotionale Blöße verstecken.

Frau Novak reichte mir ein Taschentuch. »Standardausstattung in meinem Job«, ihre Mundwinkel tanzten nach oben. Die Anwesenheit von Frau Novak strahlte eine Wärme aus, die meinen Puls beruhigte.

»Erzählen Sie ruhig weiter, Kindchen.« Sie schloss mit einem unsichtbaren Schlüssel ihren Mund ab und tat so, als würde sie ihn hinter sich werfen.

Also erzählte ich weiter. Vom Abend mit Kjell. Wie wir durch eine Blutlache davon abgehalten wurden, uns die Klamotten vom Leib zu reißen. Ich schloss für ein Weilchen die Augen und strich gedankenverloren mit einem Finger über meine Lippen. Mein Herzschlag beschleunigte sich unvermittelt. Ich öffnete meine Lider zu kleinen Schlitzen und betrachtete meinen rechten Zeigefinger. Frau Novak schaute mit gerunzelter Stirn auf die Schnittwunde. »Ach Kindchen, so ein Finger verheilt schnell.« Sie seufzte.

Mein Blick wanderte zum Fenster und ich dachte an den Blondschopf mit Surferstatur. Auf meinen Lippen prickelte der süße Geschmack seines Kusses. Mein Herz machte einen Satz.

Doch mein Verstand bremste es aus. Kjell und Anni? Das konnte keine Zukunft haben. Kjell war nur ein Strohfeuer der Gefühle, eine lustvolle Ablenkung ohne Zukunft.

»Aber wer hat sich denn nun mit wem gestritten?«, unterbrach Frau Novak meinen Tagtraum.

Ich erzählte ihr vom Heiratsantrags-Desaster und dem Entschluss von Paul, zu bleiben, bis ich ihm verzeihen würde. Meine Lippen zitterten.

»Er gibt sich so viel Mühe. Er packt mit an! Dabei kann er sich alles kaufen, wissen Sie? Er musste nie selber mit den Händen was arbeiten. Und dann …« Ich schnäuzte. »Und dann waren wir Essen. In der Fischdeel. Mit Champagner und allem drum und dran. Der Abend war wunderschön!« Ich seufzte und ein warmes Bauchgefühl breitete sich aus.

Danach berichtete ich von dem Streit. Frau Novak nickte mehrfach und brummte: »Hm. Hm.«

»Und nun bin ich hier und mein Kopf fühlt sich an, als wäre ein Zug drüber gefahren«, schloss ich meine Erzählung ab. Ich atmete tief durch. Der Kloß im Hals war verschwunden.

»Ach Kindchen, da kann ich versichern, dass Ihnen *das* heute in Eckernförde sicher nicht passiert ist: Schienenersatzverkehr.«

Ich lachte auf. Es war, als würde ich mit Jule reden. Ich fühlte mich wie am Küchentisch unserer WG. Mein Herz wurde leicht.

»Was meinen Sie? Ist es richtig, Paul noch mal eine Chance zu geben?«

Frau Novak legte ihre Stirn in Falten. »Wie fühlt es sich an?« Sie hielt inne. »Fühlt es sich richtig an?«

Erneut schloss ich die Augen. Es war nicht einfach, meine Gefühle zu ordnen. Ich biss mir auf die Unterlippe.

»Mein Verstand sagt, es ist das Beste und logisch, es noch mal mit Paul zu versuchen. Wir hatten Pläne. Eine Perspektive. Ich müsste mir um nichts mehr Gedanken machen.«

Stille.

Gab es denn keine simple Antwort? Etwas, woran ich mich orientieren konnte? Natürlich war das Quatsch. Wie sollte mir eine fremde Person eine Vorgehensweise liefern, wie ich mein Leben verbringen sollte?

»Wissen Sie, Kindchen …« Sie atmete in aller Ruhe ein und aus, fixierte mich und legte ihre füllige Hand auf meine Bettdecke, als wolle sie sichergehen, dass ich ihr nun genau zuhörte. »Der Verstand ist wichtig, aber hören Sie auch auf ihr Herz. Wer nur auf den Verstand hört, läuft Gefahr, sein

Herz nicht mehr zu verstehen. Und irgendwann spricht es nicht mehr. Dann ist das Herz stumm. Es schlägt nur noch vor sich hin. Das reicht, um zu überleben, aber nicht, um zu leben.«

Ich schluckte.

»Danke«, flüsterte ich. »Es ist nur, ich …«

»Sie müssen nichts antworten«, unterbrach sie mich. »Und sich auch nicht bedanken.«

»Trotzdem möchte ich mich bedanken. Ich werde über mein Herz nachdenken.«

Sie sah mich eine Weile an, stand auf und ging in Richtung Tür. Doch dann stoppte sie und drehte sich zu mir um. »Fühlen! Nicht nachdenken, Kindchen.«

Ich nickte sachte. Dann hörte ich die Tür ins Schloss fallen.

Da saß ich nun in meinem Bett. Mit pochender Schläfe und pochendem Herzen.

War es schon leiser geworden?

Kapitel 11

DIE ENTSCHEIDUNG

Die Sonne leuchtete rot über dem Noor und ließ alles in einem violettfarbenen Licht erscheinen. Ich kam mir vor, wie in einem kitschigen Rosamunde Pilcher Film, blendete ich das Krankenhausambiente um mich herum aus.

Ich döste vor mich hin und öffnete die Augen ein paar Mal für einen kurzen Moment, um die Abendstimmung aufzusaugen. Ich horchte in mich hinein. *Was will mein Herz? – Verdammt! Sprich deutlich!* Ob es etwas brachte, seine eigenen Organe anzupöbeln? Vermutlich nicht.

Ich hörte ein leises Klopfen an der Tür.

»Herein«, rief ich.

Es raschelte und ich sah eine Tüte durch den Türspalt wackeln. Hinter ihr versteckt rief Paul: »Hi Annili, wie geht's dir?« Mit einem triumphierenden Lächeln reichte er sie mir. »Ja. Hier sind deine Sachen. Ich hoffe, ich habe an alles gedacht. Handy, Ladekabel, Schlafzeug, Klamotten, Zahnbürste …«

Ich atmete auf. »Danke. Das ist lieb« Ich drückte die Tasche an mich und platzierte sie neben dem Bett.

Paul beugte sich zu mir runter und küsste mich sanft auf die Lippen. Ich strich mit der Hand über seine Wange. Seine Lippen waren weich und sein sauber rasiertes Gesicht schmeichelte meinen Fingern. Er roch nach seinem Aftershave. Ich vergaß immer den Namen. Ich hatte es ihm einmal aus der Stadt mitbringen sollen. Neunzig Euro für eine kleine Flasche! Angestrengt horchte ich in mich hinein. Was fühlte ich? Schmetterlinge im Bauch? Negativ. Dafür breitete sich ein warmes Gefühl in meiner Brust aus, als würde ich in eine Decke gewickelt vorm Kamin sitzen.

Herz! Ich brauche mehr Informationen! Wie soll ich so eine Entscheidung treffen?

Begleitet von einem schabenden Geräusch zog er den Stuhl näher an mein Bett. Grinsend zauberte er eine zweite Tüte hinter dem Rücken hervor und hielt sie in die Höhe. »Ich habe auch noch was zum Knabbern dabei. Und einen alkoholfreien Cocktail für dich.« Er setzte sich auf den Stuhl und reichte mir das Getränk.

Mit Erdbeeren und Sahne.

»Und Wodka?«, gluckste ich und lachte auf.

»Anni! Nein! Du hast heute einen ordentlichen Schlag abbekommen und nimmst Medikamente.«

Paul schaute mich mit weit aufgerissenen Augen an.

»War nur ein Scherz. Keine Sorge. Ich freu mich riesig!« Unsere Blicke trafen sich. Er lächelte das Paul-Lächeln, in das ich mich damals verliebt hatte: Seine Mundwinkel zuckten nach oben und neben seinen Lidern tanzten klitzekleine Falten. Dieses warme Kamin-mit-Wolldecke-Gefühl breitete sich weiter in mir aus. Ich zog den ersten Schluck durch den bunten Strohhalm und schloss die Augen. Das pappsüße Getränk rann meine trockene Kehle hinunter und wirkte besser als jedes Schmerzmittel. Ich öffnete die Lider und betrachtete Paul. Sein gestyltes, dunkles Haar, die kleinen Ohren. Er trug ein rosa Poloshirt, welches einen schönen Kontrast zur dunkelblauen Chinohose bildete. Auch für sich hatte er einen Cocktail mitgebracht. Er prostete mir zu. Ich legte eine Hand auf mein Herz. Es schlug kräftig und regelmäßig gegen meine Handfläche.

Ich fasste einen Entschluss.

»Du, Paul …« Ich sah ihn mit festem Blick an.

»Ja?« Er richtete sich auf und lehnte sich näher zu mir.

»Danke, dass du im Café aushilfst.«

»Ja. Ist doch kein Problem, Anni. Ich mache das für dich.«

»Ich werde dich aber nicht heiraten«. Meine Stimme zitterte. Paul hob die Augenbrauen und musterte mich mit erschrockener Miene.

»Erst einmal«, fügte ich schleunigst hinzu und lächelte. Ob es an dem Einfluss von Schmerzmitteln in Kombination mit der kitschigen Abendstimmung lag oder mein Herz sprach, wusste ich nicht. Ich betrachtete Paul und versuchte, in seinen Augen zu lesen. Würden wir glücklich sein können? Würde er mir noch einmal wehtun? Meine Kehle schnürte sich zusammen. Ich hatte mich entschlossen und würde es durchziehen. Trotz meiner Schwärmerei für Kjell. Trotz Lissy. Ich atmete tief in den Bauch ein. »Wir könnten zusammen sein. Du und ich.« Ich nippte an meinem Cocktail und fixierte Paul dabei. »Wenn …«, sagte ich. »Wenn du mir versprichst, dass du in Zukunft ehrlich zu mir bist. Ich möchte nie, nie wieder erleben, dass du mich hintergehst. Das war fürchterlich!« Meine Augen brannten, aber ich versuchte, nicht zu weinen. Ich musste es durchziehen. Ich war nicht mehr die schwache Anni, die sich in Pauls Arme warf. Ich wollte eine Beziehung auf Augenhöhe.

»Ja. Es … es tut mir leid, Anni.« Er zögerte. Ich musterte ihn.

»Das war falsch von mir … das mit Lissy … du weißt schon. Alles. Ja. Wie konnte ich nur denken, dass …« Er brach ab und rieb mit seinen Händen über seine Schläfen. Er schwieg und schaute aus dem Fenster. Mein Magen zog sich zusammen. Meinte er es ernst?

Unsere Blicke trafen sich und verhakten sich ineinander. Sachte beugte er sich nach vorne und stützte sich auf dem Bett ab. Er küsste mich. Nein. Wir küssten uns. Sanft trafen sich unsere Lippen. Zögernd ließen wir unsere Zungen miteinander spielen. Er küsste meine Mundwinkel. Tränen kullerten aus meinen Augen. Paul küsste mir jede einzelne von der Wange. Er nahm meine Hand und lehnte sich zurück.

»Du brauchst nicht zu weinen, Anni. Nun wird alles gut.«

Mein Herz wurde leicht und ich schlürfte den Rest von meinem Getränk.

»Bleibst du noch in Eckernförde, um zu helfen?«, fragte ich ihn.

»Ach, Anni. Pflichtbewusst wie immer.« Paul grinste. »Natürlich bleibe ich noch. Ich habe heute verdammt professionell Eis verkauft. Ich gehe aber nicht mehr in die Küche. Das ist besser für alle.« Er trank einen Schluck und legte die Stirn in Falten. »In spätestens einer Woche muss ich aber wieder nach Berlin. Mein Vater will mich bei der Neuverhandlung des Vertrags mit unserem wichtigsten Kunden dabeihaben. Ich kann viel von ihm lernen.«

»Na, so lange wird die Hitzewelle schon nicht anhalten.« Ich schlug die Decke auf. Mir liefen Schweißperlen die Stirn hinunter. Die tiefstehende Sonne hatte das Zimmer aufgeheizt. »Ich kippe mal das Fenster. Ich brauche frische Luft«, sagte ich und schwang ein Bein aus dem Bett.

Paul sprang auf und schob mich zurück. »Du bleibst schön liegen! Du sollst dich schonen! Ich mach das.«

Ich beobachtete ihn, wie er aufstand und zum Fenster ging. Mein Paul. Die Abendsonne zeichnete seine Silhouette nach. Der Kloß in meinem Hals war verschwunden. Ich atmete tief ein und zog die Mundwinkel hoch. Adrenalin pumpte durch meine Adern. Wir waren wieder zusammen.

Was sagst du dazu, Herz? Ich horchte in mich hinein, bekam aber keine Antwort. *So ein weltfremder Ratschlag. Mein Herz hat mir noch nie geantwortet. Warum sollte es das jetzt tun?*

Paul setzte sich und wir unterhielten uns so entspannt wie früher über belangloses Zeug, wie das Wetter und die stickige Luft in Berlin.

»Mein Vater hat sich eine Klimaanlage ins Schlafzimmer bauen lassen. Das treibt Mutter in den Wahnsinn«, erzählte Paul. »Ich kann nicht schlafen! Das Ding summt die ganze Nacht! Und mein Nacken verspannt sich durch den kalten Zug!«, äffte er den schrillen Ton seiner Mutter nach. Ich lachte, bis mir der Kopfschmerz die Tränen in die Augen trieb.

»Oh. Schon halb elf.« Paul blickte auf seine großformatige Armbanduhr mit den unterschiedlichen Zifferblättern, bei denen ich nie so genau wusste, welche Funktion sie hatten.

Er räumte die Cocktailbecher zusammen und packte den Müll in die Tüte. »Ich geh dann mal«, sagte er. »Kommst du klar?«

Ich nickte. Er zuckte mit seinen Mundwinkeln und beugte sich zu mir. Seine Lippen strichen über meine Augen. Er hauchte mir einen Kuss auf den Mund, bevor er sich von mir löste. Mein Herz wurde weich und ich seufzte.

Paul nahm die Tüte mit dem Müll und trottete in Richtung Tür.

»Paul«, rief ich ihm hinterher.

Er blieb stehen, drehte sich zu mir um und hob die Augenbrauen.

»Du kannst in meinem Zimmer schlafen.« Ich lächelte ihn an.

»Ja. Danke!« Er warf mir eine Kusshand zu und drehte sich in Richtung Tür.

Im Rausgehen sagte er: »Ich hole dich morgen Vormittag ab. Ruf mich an, wenn sie dich hier rauslassen.«

»Danke!«, rief ich ihm hinterher. »Und grüß Hellen und Kjell von mir!«

Er brummte etwas, was ich nicht verstand, und die Tür schloss sich hinter ihm. Es war noch ein winziger roter Streifen am schwarzblauen Nachthimmel zu sehen.

Ich wühlte in der Tasche und steckte mein Handy an die Steckdose. Der Akku war tiefenentladen und würde ein paar Minuten benötigen, um das Telefon zum Leben zu erwecken.

Mit Zahnbürste und -pasta bewaffnet stand ich auf. Zitternd setzte ich einen Fuß vor den anderen. Mein Kreislauf startete den Motor und der erwartete Schlag mit der imaginären Dachlatte auf meine Schläfe blieb aus. Trotzdem hielt ich mich am Bett und an der Wand fest. Ich wollte morgen unbedingt raus aus dem Klinikum, also gab ich mir Mühe, mir nicht noch ein Bein zu brechen.

Nach ein paar Metern und dem Gefühl, als würde mir bei jedem Schritt ein Zwerg mit einem winzigen Hammer auf die Schläfe hauen, hatte sich mein Kreislauf stabilisiert. Das Klopfen blieb, aber ich hatte keine Angst mehr, zu stürzen.

Ich wusch den unversehrten Teil meines Gesichts mit kaltem Wasser und ließ mir ein wenig von dem kühlen Nass über die Handgelenke laufen.

In dieser Nacht gab es keinen Traum. Ich schlief wie ein Stein. Womöglich durch die Nachwirkungen der Schmerzmittel.

Das Frühstück weckte mich. Ich richtete mich auf und tastete nach meiner Schläfe. *Besser. Viel besser.* Ich hüpfte aus dem Bett, was keine brillante Idee war. *Immer mit der Ruhe, Anni.* Meine innere Stimme ermahnte mich scharf. *Du willst doch heute zurück nach Hause. Also - ins Café!*

Angezogen und mit gepackten Sachen saß ich auf meinem Bett und begutachtete, was mir das Kundenbindungsprogramm heute früh auf dem Tablett bescherte. Ich hatte Glück: Haferbrei mit Kompott. Dazu einen Kaffee.

Ich mochte Haferbrei, Porridge, Haferschleim, was auch immer es für Bezeichnungen für aufgekochte Haferflocken gab. Bei Kaffee war ich nicht wählerisch, obwohl er lasch aufgebrüht war. Hauptsache Koffein. Das wäre gut gegen Kopfschmerzen, hatte ich irgendwo gelesen.

Mit gefülltem Bauch und Koffein in den Adern saß ich auf meinem Bett und hoffte, dass die Visite bald vorbeikam, damit ich den Laden hier hinter mir lassen konnte.

Es klopfte. »Guten Morgen Frau Möller!« Ein Arzt rauschte mit seinem Gefolge zielstrebig herein und auf mich zu. Ich war überrascht, wie abrupt er zum Halten kam und mir die Hand schüttelte. Es war, als hätte ich einmal Durchrütteln gebucht. Ob das seine Untersuchungsmethode war?

Der Zwerg hieb heftig zu. *Nichts anmerken lassen, Anni!*

»Wie geht es Ihnen heute?«

Ich setzte ein Lächeln auf. »Mir geht es viel besser als gestern. Die Kopfschmerzen sind fast weg. Es tut nur noch weh, wenn ich die Stelle anfasse.« Ich deutete mit einem Finger eine Berührung meiner Schläfe an.

»Das sind doch gute Nachrichten.« Einer der Helfer schrieb irgendetwas auf ein Klemmbrett.

Der Arzt leuchtete mir in die Augen. »Pupillenreflex o.B.«, nuschelte er und hinter ihm wurde fleißig gekritzelt. Die Kugelschreiber schabten über das Papier. »Dann können wir sie heute entlassen. Passen Sie gut auf sich auf.«

Er schüttelte mir erneut die Hand, diesmal einfühlsamer.

»Vielen Dank«, erwiderte ich, doch er war schon auf dem Weg zum nächsten Zimmer und meine Worte erreichten nur die weißen Rücken seines Gefolges.

Ich griff mein überschaubares Hab und Gut und suchte meinen Weg durch die breiten Krankenhausgänge in die Freiheit.

Kapitel 12

DIE RÜCKKEHR

Ich wählte die Nummer von Paul. Es tutete. Ich hörte die Mailbox. »Paul Baumann.« Dann der schrille Piepton.

Nach drei Versuchen gab ich auf. Ich überlegte kurz und wählte die Nummer vom Café.

»Café Seestern, Kjell Lornsen, was kann ich für Sie tun?«

»Schneewittchen am Apparat. Ich würde gerne ein Matjesbrötchen bestellen. Bin ich da richtig bei Ihnen?« Ich unterdrückte ein Kichern.

Stille.

»Anni! Es tut mir so leid! Geht es dir gut? Hat Paul dir meine Entschuldigung ausgerichtet?« Ich hörte seiner Stimme an, dass ihm das Herz in die Hose gerutscht war, und lachte.

»Nein, ist aber auch nicht schlimm.« *Warum bin ich nicht sauer auf Kjell?* Seine Stimme am anderen Ende der Leitung hörte sich dermaßen verzweifelt an, ich konnte ihm nicht böse sein, nicht einmal nach unserem einseitigen Boxkampf.

»Paul ist immer noch ziemlich sauer auf dich«, ergänzte ich. »Aber egal. Weißt du, wo er ist? Er wollte mich abholen, wenn ich hier entlassen bin, aber er geht nicht an sein Handy.«

»Kein Problem, Anni. Ich suche ihn und sag ihm, er soll dich anrufen. Falls ich ihn nicht finde, oder versehentlich zusammenschlage, rufe ich dich zurück.«

»Das ist nicht witzig, Kjell!« Trotzdem kicherte ich. Ich konnte einfach nicht ernst bleiben, wenn ich mit ihm sprach.

Mein Handy klingelte keine Minute später und Paul entschuldigte sich bei mir. Im Hintergrund hörte ich das Klappern von Geschirr und lärmende Kinder.

»Viel los im Café?«, fragte ich.

»Ja. Das kann man wohl sagen. Das Wetter ist aber auch erstklassig heute.«

Da kam mir eine Idee. »Weißt du was, Paul? Wenn so viel los ist, dann bleib doch im Café. Mir geht es viel besser und ein wenig frische Luft und Sonne tun mir gut. Ich laufe von der Klinik zum Café. Das ist gar nicht so weit.«

»Ist das nicht zu heiß?« Paul klang besorgt.

»Nein. Keine Sorge. Ich gehe den meisten Weg direkt am Wasser. Da ist es angenehm. So kannst du im Café helfen und ich ein wenig durchatmen nach der stickigen Klinikluft. Pia kommt ja erst am Nachmittag ins Café. Bis dahin braucht dich Hellen.«

Schweigen. Die Kaffeemaschine brummte im Hintergrund.

»In Ordnung. Hast du genügend Akku? Ich gucke regelmäßig auf mein Handy. Falls dir irgendwie schwummrig wird, setz dich auf eine Bank und ich komme dich holen.«

»Ja ja. Alles gut. Bis später.« Ich legte auf.

Warum machten sich immer alle Sorgen um mich? Mit Mitte zwanzig war ich kein Kind mehr und konnte auf mich aufpassen.

Ich nahm also die Tüte mit meinem leichten Gepäck in die Hand und spazierte in Richtung Meer.

Der erste Teil vom Weg führte schattig an einer Allee entlang und dann konnte ich den Hafen bereits sehen. Ich ging durch einen kleinen Park und auf eine malerische Holzbrücke für Fußgänger, die einen Klappmechanismus hatte, falls höhere Schiffe den hinteren Hafen verlassen wollten. Auf der Brücke hielt ich inne und ließ die Hafenstimmung auf mich wirken. Das Wasser roch brackig, aber nicht unangenehm.

Ich ging weiter und sah eine Möwe, die versuchte, eine verschlossene Muschel auf das Pflaster zu werfen, damit sie sich öffnete.

Das war ganz schön clever. Ich schmunzelte und freute mich über meine Entscheidung, zu Fuß zu gehen.

Wenn ich eine Möwe wäre, würde ich mich an der Muschel verletzen. Ich kniff die Augen zusammen und verbot mir diesen Gedanken. Das war natürlich Quatsch. Ich war gar nicht so hilflos und ungeschickt. Ich wurde nur gerne von den Männern in meinem Umfeld so dargestellt.

Als ich den Strand erreichte, schoben sich die Menschenmassen als Reisegruppen über die Promenade in Richtung Hafen. Am Horizont erkannte ich die Seebrücke und das Häuschen von der DLRG. Das war mein Ziel.

Vor mir am Strand reckte sich eine riesige Sprotte aus Metall in den Himmel, an der Schlösser von verliebten Paaren hingen. Ich verschnaufte und betrachtete die Anhänger. »Marie und Klaas«, »Heike und Jochen«. Herzen. Manche zierte zusätzlich ein Datum. Ich seufzte und stellte mir ein Schloss mit »Anni und Paul« vor. Mit verschnörkelten Buchstaben. Mein Herz hüpfte. Ob Paul damit einverstanden war?

Mir war zwar nicht schwindelig, aber ich setzte mich auf eine Bank. Ich schaute aufs Meer. Der Blick raubte mir den Atem. Die Ostsee glitzerte türkis. Eine leichte Brise kitzelte meine Nase. Ich lehnte mich zurück und meine Mundwinkel schnellten nach oben. Ein wohliger Schauer wanderte bis in meine Fußspitzen.

Es ist so verdammt schön hier.

Nach einer Weile gab ich mir einen Ruck und setzte meinen Weg fort. Keine zehn Minuten später war ich beim Café angekommen.

Hellen drückte mich fest. »Wie geit di dat, min Deern?« Sie löste sich von mir und nahm meinen Kopf in die Hand, um meine Blessur zu begutachten. Ihre Stirn legte sich in Falten.

»Alles gut, sah schlimmer aus, als es war«, flunkerte ich. Ich war gestern ganz schön weggetreten gewesen. Aber was sollte sich Hellen im Nachhinein noch mehr Sorgen machen. Es ging mir besser und das war die Hauptsache.

»Läuft hier alles rund?«, fragte ich.

»Klar, min Deern. Die Jungs haben sich arrangiert. Aber dicke Freunde werden die nicht.« Hellen schüttelte den Kopf und drückte mir einen doppelten Espresso in die Hand.

»Hier, min Deern. In der Klinik gifft dat ja nur so Plörre.«

»Danke«, ich nahm das Minigebräu an und stellte es auf den Tresen. »Vorher hole ich mir noch ’ne Flasche Wasser. Das Laufen in der Sonne macht ganz schön durstig. Ich will unbedingt aus meinem Körper spülen, was sie mir in der Klinik an Schmerzmitteln reingeschüttet haben.«

»Wie du magst, min Deern.«

An der Eistheke stand Paul. Er umarmte mich und gab mir einen flüchtigen Kuss. »Hey Anni. Ist alles gut gegangen? Ich habe mir schon Vorwürfe gemacht, dass ich dich habe laufen lassen.« *Wie zweideutig.* »Kjell war kurz davor, mich wieder zusammenzuschlagen, weil ich nicht darauf bestanden habe, dich abzuholen.«

»Na na, so schlimm wird es nicht gewesen sein.« Ich lachte, küsste ihn sacht auf die Wange und strich ihm beruhigend über den Rücken.

»Nicht so schlimm? Der Kerl ist gefährlich!« Paul quittierte meine Aussage mit einem versteinerten Gesichtsausdruck.

Ich wandte mich ab und verdrehte die Augen. *Ich bin hier nicht die Kindergärtnerin.* »So, jetzt gebt euch die Hand und vertragt euch«, huschte die Stimme meiner früheren Hortbetreuerin durch meinen Kopf. Meine trockene Kehle drängte mich vorwärts. Ich ließ Paul stehen und trottete in Richtung Küche.

Zögernd näherte ich mich der Türklinke. Von drinnen hörte ich das rhythmische Tackern eines Messers. Mein Magen schnürte sich zusammen. Der Stich eines schlechten Gewissens zog mir durch den Brustkorb. Meine Hand zitterte. Was würde Kjell in mir auslösen? *Ein Strohfeuer, Anni. Nichts für die Zukunft!*, ermahnte ich mich und versuchte eine emotionale Barriere aufzubauen. Ich atmete tief ein und öffnete mit klopfendem Herzen die Tür.

»Hey.« Kjell legte das Messer auf die Arbeitsfläche und wischte sich seine Hände an seiner Schürze ab. Er sah mich an und verzog keine Mine. Doch seine Augen durchdrangen meine innere Mauer, als wäre sie aus feinem Ostseesand.

Meine Knie wurden wackelig und ich hielt mich für einen Moment am Türrahmen fest.

»Hey Schlägertyp.« Ich ging zum Kühlschrank und zog mir ein Wasser heraus. Die eiskalte Flüssigkeit glitt meinen Hals hinunter. Ich trank fast die ganze Flasche aus. Während ich das tat, musste ich nicht mit Kjell reden.

Schließlich setzte ich das Gefäß ab.

»Lass mich mal sehen.« Kjell überwand die Distanz zwischen uns mit einem Schritt und stand direkt vor mir. Sein Rosmarin-Waffel-Duft umgab mich und löste ein wohliges Ziehen in meinem Bauch aus. Ich betrachtete seine Lippen und klammerte mich an meine Wasserflasche wie an einen Rettungsring. Seine Finger berührten mein Kinn und drehten meinen Kopf zur Seite. Er zog die Augenbrauen zusammen und presste die Lippen aufeinander. Dann wandte er sich von mir ab und starrte aus dem Fenster.

»Anni. Mensch. Das tut mir so leid. Ich weiß nicht, was mit mir los war. Ich wollte nicht dich … ich wollte gar nicht … ich war so wütend!« Er ballte eine Hand zur Faust. Seine Knöchel wurden weiß.

»Pass einfach auf, dass du nicht noch mal so durchdrehst. Das ist für alle besser.« Ich stellte meine Flasche ab und ging auf ihn zu. Er war wie ein Magnet und ich war ein Roboter ohne Verstand. Ich stellte mich hinter ihn und löste einzeln die verkrampften Finger seiner Hand. Dann strich ich über seinen Arm. Seine Haut war warm und die blonden Haare kitzelten an meinen Fingerspitzen. Mein Herzschlag beschleunigte sich.

»Geht klar, Anni.« Kjell drehte sich zu mir und wickelte eine Haarsträhne von mir um seine Finger. Er spielte mit der widerspenstigen Locke. Als er sie ein paar Mal um seinen

Finger gedreht hatte, klemmte er sie hinter mein Ohr. Ein prickelnder Schauer durchzuckte mich, als er meinen Hals dabei berührte. Seine dunklen Augen fixierten meine und ich konnte nicht wegsehen. Regungslos standen wir da.

Jemand drückte die Türklinke herunter. Wir schnellten auseinander, als hätten wir uns gegenseitig einen Stromschlag verpasst.

»Min Jung, wir brauchen mehr Obstsalat!« Hellen platzierte die große Schüssel auf der Arbeitsfläche. Sie sah von Kjell zu mir und zurück und runzelte die Stirn. Kjell hastete in die hinterste Ecke der Küche, wo die Äpfel gelagert waren. Dann kramte Hellen ihre Zigarette hervor und deutete mit der anderen Hand drauf.

Sie verschwand am Hinterausgang und ich schlich zurück ins Café. Mit zittrigen Fingern griff ich nach meinem mittlerweile kalten Espresso und kippte ihn in meinen Rachen.

»Ist nicht dein Ernst. Anni, du hast heute frei. Mach es dir gemütlich und ruh dich aus.« Paul strich mir über den Rücken. Ich blickte nach draußen und sah Pia von den Fahrradständern in Richtung Café eilen.

»Aber ich kann doch wenigstens an die Kasse. Solange Hellen eine Pause macht?« Ich wusste, dass ich damit nicht durchkommen würde, wollte aber nicht kampflos aufgeben. Ich fühlte mich verantwortlich für das Café. Paul verschränkte die Arme vor dem Körper und baute sich vor mir auf. Seine Augen verengten sich. Er hatte ja Recht. Ich sollte mich schonen. Ich schaute mich um. In diesem Moment waren alle Kunden versorgt und Pia würde gleich unterstützen. Außerdem würde Hellen mir die Hölle heiß machen, wenn sie mich heute hinter dem Tresen erwischte. Ich seufzte laut und nickte. Paul ließ seine Arme sinken.

»Möchtest du ein Eis?«, fragte er und wirbelte mit dem Portionierer über die verschiedenen Sorten.

»Nein. Kein Eis. Aber später vielleicht eine Eisschokolade. Ich mache mir die aber selber!« Ich tippte mir dabei zur Verdeutlichung mit dem Finger aufs Schlüsselbein. Er nickte.

»Du Paul, ich hau mich ein wenig aufs Ohr«, sagte ich und strich ihm durch seine akkurate Frisur. Seine Lippen berührten meine. Wir lösten uns voneinander und er ordnete seine Haare und prüfte den Sitz seiner verspiegelten Sonnenbrille auf dem Kopf.

Mit einem mulmigen Gefühl im Bauch verließ ich das Café und stieg die Treppen zur Wohnung hoch.

Das Schlafsofa war abgebaut. Der Knoten in meinem Magen wurde größer und der Hammerzwerg setzte die Arbeit hinter meiner Schädeldecke fort.

Du bist mit Paul zusammen, Anni! Freu dich!

Meine innere Stimme ermahnte mich. Ich hatte mich entschieden. Einfach aufzugeben, wenn einer einen Fehler machte, wäre kindisch. Paul und ich konnten an dieser Episode wachsen, wenn wir beide es wollten. Aber wenn die Entscheidung so richtig war, warum verschlug mir Kjell den Atem? Warum wurden meine Knie weich?

Ich öffnete die Tür zu meinem Zimmer und kickte die Schuhe in die Ecke. Dann ließ ich mich aufs Bett fallen und spürte das dumpfe Pochen in meinem Kopf. Ein wenig Schlaf konnte nicht schaden. Ich drehte mich auf die schmerzfreie Seite, schloss meine Augen und glitt in einen Dämmerzustand.

Die Geräusche der Strandbesucher und des klappernden Geschirrs drangen dumpf zu mir durch. Dazu hörte ich die

Stimme von Frau Novak in meinem Kopf: »Wer nur auf den Verstand hört, läuft Gefahr, sein Herz nicht mehr zu hören. Das Herz. Hör auf dein Herz!«

Dabei hörte sich *Herz* an wie *Cherz*. Plötzlich war Frau Novak verschwunden und Hellen erschien mir in einer dampfenden Mentholwolke. Sie flüsterte: »Erforsche deine Gefühle.« Die polternde Stimme meiner Mutter übertönte Hellen. »So eine gute Partie! Was er dir alles bieten kann! Und die Karriere! Und so gepflegt sieht er aus.« Ich spürte meine Beine zucken. Die Stimmen wurden leiser und ich driftete in traumlosen Schlaf.

Als ich aufwachte, schien die Sonne orangefarben durch das Fenster. Ein Blick auf den Wecker bestätigte: 18:23 Uhr. Ich setzte mich schwerfällig auf. Neben meinem Bett standen eine Flasche Wasser, eine Eisschokolade und eine Packung Kopfschmerztabletten.

Zuerst griff ich nach der Kalorienbombe. Ich hatte seit dem Frühstück nichts gegessen und mein Körper gierte nach Sahne und Zucker. Trotz Zimmertemperatur legte sich ein süßer, klebriger Film auf meine Zunge.

Auf die Tabletten verzichtete ich und suchte mir aus dem Kühlschrank in der Wohnung eine Scheibe Brot und Käse zusammen.

Ich betrachtete unsere Zwangs-WG. Sie war aufgeräumt und duftete frisch. Auf dem Weg zur Toilette überraschte mich ein penibel geputztes Badezimmer. War das Paul gewesen? Wohl kaum. Der hatte in seinem Leben noch nie selber putzen müssen. Vermutlich war es das schlechte Gewissen von Kjell, das für dieses Sauberkeitswunder verantwortlich war. Meine Finger strichen über die glatte Oberfläche des

Waschbeckens. *Gute Arbeit.* Ich nickte anerkennend und ein leichtes Kribbeln wanderte über meine Fingerspitzen zu meinem Herzen.

Ich kehrte in die Küche zurück und beseitigte die Spuren meiner Mahlzeit. Danach duschte ich ausgiebig. Meine Augen fielen auf das Lavendelduschgel von Tante Rieke. *Sie wird nichts dagegen haben, wenn ich es benutze.* Der frische Duft belebte mich, ermahnte mich jedoch auch, endlich Tante Rieke anzurufen.

Ich glitt die Treppen hinunter und hatte das Gefühl, zu schweben. Als wäre ich neu geboren.

Ich schnappte mir ein Matjesbrötchen aus der Auslage und setzte mich an einen freien Platz vor das Café.

»Hier, min Deern. Kaltes Wasser mit Gruß aus der Küche«, Hellen zwinkerte mir zu. »Gegen Kopfschmerzen hilft viel Wasser!«

»Gegen Kopfschmerzen hilft, nicht geschlagen zu werden. Das kannst du gerne in die Küche zurückmelden.« Ich zwinkerte zurück und zog dabei einen Mundwinkel hoch.

»Ach, min Deern …« Hellen lachte, schüttelte gleichzeitig den Kopf und verschwand wieder.

Ich sah zum Meer und kaute vor mich hin. Der Matjes war salzig. Ich trank einen großen Schluck von Kjells Wasser. Prickelnd rann es meine Kehle hinunter.

Bald darauf schloss das Café. Paul trat auf die Terrasse und stellte Stühle ineinander.

»Mensch, diese Kackstühle!« Zwei Stühle hatten sich ineinander verkeilt und Paul verpasste ihnen einen Tritt.

»Warte, ich helfe dir!«, rief ich und sprang auf.

»Anni, du sollst dich doch schonen, Mensch! Ich schaff das.« Er verpasste den Stühlen einen weiteren Tritt, doch der Obere hing weiter schräg auf dem Unteren.

»Verdammt, Paul! Es geht mir besser. Geht das in deinen Kopf rein, dass ich vielleicht selber entscheiden kann, ob ich helfe oder nicht?« Bevor er den Stühlen noch eins mitgab, schob ich ihn beiseite. Ich griff nach dem obersten Stuhl und zog ihn rüttelnd nach oben.

»Anni! Hör auf. Setz dich!« Paul pulte meine Finger von der Stuhllehne. Die Pulsschlagader trat an seinem Hals hervor und sein Mund bebte.

»Lass! Mich! Los!« Ich entriss ihm die Stühle. Durch den Ruck löste sich der untere Stuhl vom oberen und ich stellte beide ordnungsgemäß zusammen. Ich wandte mich zu Paul, der die Hände verschränkte und mich mit zusammengezogenen Augenbrauen anstarrte.

»Du bevormundest mich. Immer! Hör auf damit! Ich kann sehr gut für mich selber entscheiden!« Ich baute mich vor Paul auf und fuchtelte mit meinem Zeigefinger in der Luft. Dann drehte ich mich von ihm weg und stellte die nächsten Stühle ineinander. Ich spürte die Wut wie einen Lavaklumpen in meiner Brust. Ich ließ einen Stuhl in den anderen gleiten und schaute zu Paul, der seine Finger knetete.

»Du kannst mir helfen oder es sein lassen«, sagte ich und griff mir den nächstgelegenen Stuhl.

Paul blieb wie angewurzelt stehen. Er mahlte mit den Zähnen. Ich schob die Tische zusammen. Wortlos trat er neben mich und packte mit an. Ich atmete durch. Der Lavaklumpen war verglüht. Das Tischrücken erschöpfte mich, aber ich ließ mir nichts anmerken, bis wir fertig waren.

Mit dem Arm wischte ich mir den Schweiß aus dem Gesicht. »Geschafft! Danke fürs Helfen.«

Paul sah mich an. Er legte die Stirn in Falten, aber seine Mundwinkel zuckten nach oben. Ich konnte die Reaktion nicht deuten. War er noch sauer?

»Gern geschehen«, antwortete er. Seine Gesichtszüge wurden weicher.

»Mit mir ist heute nicht mehr viel los«, sagte ich. »Ich leg mich besser hin.« Die letzten Tage hingen mir in den Knochen.

Paul nickte. »Das ist eine gute Idee. Schon dich, Anni. Ich gehe noch schnell irgendwo was essen. Ich kann keine Fischbrötchen mehr sehen.« Paul verzog das Gesicht bei dem Wort *Fischbrötchen* zu einer schmerzverzerrten Grimasse. Ich lachte.

»Geh du nur. Wir sehen und später.« Ich ging auf ihn zu und tastete mich mit meinen Lippen zu seinen vor. Er roch vertraut nach seinem noblen Aftershave. Und nach Schweiß. Das war … irgendwie heiß. In meinem Bauch startete ein Schmetterling.

Er löste sich aus meiner Umarmung. »Ich versuche, dich nicht zu wecken, falls du schon schläfst«, versprach er und küsste meine Nasenspitze. Ein warmes Gefühl breitete sich in meinem Brustkorb aus.

»Okay«, antwortete ich und wandte mich um zum Café, um das Vorhängeschloss zu holen, mit dem ich die Stühle für die Nacht sicherte.

Ich vertrat mir die Beine am Strand. Die Abendluft war im Sommer herrlich dort. Die Seebrücke zog mich einladend an, sodass ich nicht anders konnte, als dem Meer einen guten

Abend zu wünschen. Die Sonne stand tief und die Bäume warfen lange Schatten auf den Sand. Ich schlenderte die Brücke entlang und betrachtete die Planken unter meinen Füßen. Das Wasser umspielte die Pfosten und am Ende angelangt schaute ich auf das Meer. Mein Blick streifte die Badeinsel, die ein paar Jugendliche mit ihren SUPs geentert hatten.

Die Badeinsel. Ein Prickeln durchfuhr mich. Ich strich über die Balustrade und meine Fingerspitzen erinnerten sich kribbelnd an die warme Haut von Kjells Arm. Gleichzeitig stach mich mein Gewissen.

Was würde passieren, wenn Kjell hier auftauchte? Diese kurzen Berührungen mit ihm machten mich wahnsinnig. Da war etwas zwischen uns, was ich nicht ignorieren konnte.

Die widersprüchlichen Gefühle verknoteten sich in meiner Magengegend. Ermahnend redete meine innere Stimme auf mich ein. Ich hatte eine Entscheidung getroffen.

Ich schloss die Augen und sah mich in einem dunkelblauen Businessanzug meine Aktentasche auf einen polierten Schreibtisch abstellen. Auf dem Tisch wartete ein Espresso auf mich. Eine weibliche Stimme startete einen Singsang: »Frau Baumann, um neun startet die Teamrunde, die Unterlagen liegen auf Ihrem Schreibtisch parat. Und um zwölf sind Sie mit Herrn Baumann zum Mittagessen verabredet. Sie treffen dort potenzielle Investitionspartner. Ich suche noch die notwendigen Informationen über die Herrschaften raus. Kann ich noch irgendetwas für Sie tun?« In meinem Tagtraum schüttelte ich den Kopf und bedankte mich. Dann ließ ich mich auf meinen federnden Schreibtischstuhl fallen und genoss den perfekten Espresso.

Ein ohrenbetäubendes Kreischen ließ mich zusammenzucken. Ich riss die Augen auf. Neben mir stürzte eine Möwe ins Wasser und flog mit ihrer Beute im Schnabel davon. Mein Blick folgte ihrer Flugbahn. Ein Hauch von Fischgeruch streifte meine Nase. Mit einem Finger wickelte ich eine lose Strähne auf und klemmte sie hinter meinem Ohr fest.

Mein Kopf bewegte sich auf und ab. Ich nickte mir selber zu. Leichtfertig würde ich mir meine Zukunft nicht verspielen. Nicht wegen einer kleinen Schwärmerei. Ich würde beweisen, dass ich mich im Griff hatte. Dass mir die Beziehung mit Paul wichtig war und würde niemanden zwischen uns lassen. Ich wandte mich um und schlenderte die Seebrücke zurück. Ein Sprung auf den Strand ließ meine Füße im Sand versinken. Meine Beine legten einen Zahn zu, als würden die kräftigen Schritte meine Entscheidung verdeutlichen.

Kapitel 13

NIEDERE SERVICETÄTIGKEITEN

Ich nahm zwei Stufen auf einmal, riss die Wohnungstür auf und polterte mit dem Kopf geradeaus in ein Hindernis. »Autsch! Was?!« *Vorhin war hier noch keine Wand!* Außerdem roch keine Wand nach Rosmarin. Ich verließ meinen Gedankentunnel und sah auf. Millimeter vor mir prangte die Brust von Kjell. Mein Herz machte einen Satz. Meine Vorsätze hielten von der Seebrücke bis zum Café. *Das klappt ja super.*

»Anni! Ist der Teufel hinter dir her?«

Ich schnappte nach Luft. »Nein. Ja. Vielleicht.« Seine Augen zogen mich in ihren Bann. Ein klarer Gedanke – unmöglich. »Schlafen. Kopfschmerzen.« Mehr brachte ich nicht raus. Das Blut rauschte in meinen Ohren. Ich stupste unbeholfen mit dem Finger gegen meine Schläfe. Der Schmerz erinnerte daran, warum ich ihm aus dem Weg gehen wollte. Weil er mich umhaute und ich entschieden hatte, das nicht zuzulassen. *Verdammt!*

»Ach so. Und deshalb rennst du, als wäre der Teufel hinter dir her?« Kjell runzelte die Stirn und lachte gepresst.

»Lachst du mich jetzt aus?«, sagte ich kraftlos und schaute ihn an.

»Nein. Natürlich nicht.« Er zog einen Mundwinkel hoch und durchdrang mich mit seinem Blick. Ich machte einen Schritt zur Seite, soweit wie der enge Flur es zuließ. Ich spähte an ihm vorbei in den Wohnbereich.

Er stemmte einen Arm an die Wand und machte sein Kreuz breit. Ich konnte nicht an ihm vorbei, ohne ihn zu streifen. »Hast du dich mit deinem Paul wieder vertragen?« Den Namen spuckte er aus wie ein fauliges Stück Apfel. Kjell fixierte mich weiter. »Ich meine, er ist in dein Zimmer gezogen – also nicht, dass mich das stört. So ist hier endlich etwas mehr Platz.« Er drehte seinen Kopf zur Seite und schaute in Richtung Wohnküche.

»Ja«, antwortete ich. »Ich gebe Paul und mir noch eine Chance. Immer gleich wegzulaufen und den Kopf in den Sand zu stecken, kann ja keine Lösung sein.« Ich sah Kjell in die Augen. Er presste die Lippen aufeinander, schaute auf den Boden und schwieg.

»Also keine wilden Küsse mehr. Ich bin eine fast verheiratete Frau!« Ich schmunzelte und schlüpfte unter seinem Arm hindurch. Er packte mich am Handgelenk und hielt mich fest. Ich erschrak. Das unvermeidbare Prickeln wanderte meinen Arm hinauf.

»Du hast *Ja* gesagt?«, knurrte er und seine Augen verengten sich zu schmalen Schlitzen.

»Nein.« Mein Herzschlag beschleunigte sich. Er ließ mich los. Ich machte drei hastige Schritte und ließ mich aufs Sofa fallen.

»Was denn nu, Anni?«

»Ich habe ihm gesagt, dass ich es nicht ausschließe, dass wir irgendwann mal heiraten. Jetzt ziehen wir in Berlin erst einmal zusammen.« Ich machte eine Pause und legte mir eines der blau geblümten Kissen auf den Schoß. »Aber selbst wenn ich ja gesagt hätte …«

»Ja. Selbst wenn …«, brummte Kjell und ging zum Kühlschrank. »Möchtest du auch ein Bier?«

Ich schüttelte den Kopf. Er ließ seines aufploppen und lehnte sich an die Arbeitsfläche.

»Hast du schon mal jemandem verziehen?«, fragte ich ihn. »Eine zweite Chance zugelassen?«

Kjell legte die Stirn in Falten, schüttelte den Kopf. »Ich habe mit zwanzig einmal einen krassen Fehler gemacht. Du hattest mich am Strand schon mal gefragt … weißt du?« Er zog einen Mundwinkel nach oben und zwinkerte mir zu. Mir wurde heiß und ich klammerte mich an das Kissen auf meinem Schoß, als wäre es ein Schutzschild.

»Da waren nicht mal Gefühle im Spiel.« Er trank einen kräftigen Schluck aus seiner Flasche. »Meine Freundin hat daraufhin mit mir Schluss gemacht und ich hab lange gebraucht, um darüber hinwegzukommen. Ich hatte keine zweite Chance.« Er starrte aus dem Fenster und ritzte mit dem Daumennagel Muster in das Etikett seiner Flasche. »Mittlerweile bin ich drüber hinweg.« Er seufzte. »Vor ein paar Jahren hätte ich alles für sie getan. Aber das bringt ja auch nichts. Also, sich festzuhalten an einer Beziehung, die nur noch in der Erinnerung gut läuft. Schon möglich, dass es besser so war.« Er machte eine lange Pause. »Vermutlich hat sie mich nicht wirklich geliebt. Ansonsten hätte sie mir eine zweite Chance gegeben. Ich meine … es war nur ein Kuss. Nicht mehr. Das war so bescheuert. Das hat mir nichts bedeutet.« Das Etikett lag abgepult auf der Küchenzeile. Ich erkannte die Klebereste auf dem braunen Glas.

»Wie lange ist das her? Hattest du seitdem schon wieder eine Beziehung?« Die Neugierde siegte über meine Vorsicht. Es war ja nichts dabei, sich zu unterhalten. Meine innere Stimme versuchte vergeblich, mich sofort in mein Zimmer zu schicken. Sie hatte den Tonfall meiner Mutter. Ich blieb auf dem Sofa sitzen und klammerte mich weiter an das Kissen.

»Das ist nun sieben Jahre her. Seitdem hatte ich keine richtige Beziehung. Mal was Unverbindliches mit 'ner Touristin oder ein bisschen tindern oder so. Nix Ernstes.«

»Tinder? Seitdem das in ist, bin ich in 'ner Beziehung.« Ich zog entschuldigend die Schultern hoch.

»Manchmal verführe ich auch betrunkene Märchenfiguren, bis sie mit ihren Schnittverletzungen die halbe Wohnung vollbluten. Das funktioniert auch ohne Tinder.« Er grinste und sah mich an. Unsere Blicke verhakten sich ineinander. Mein Herz trommelte und ich zog mir das Kissen vors Gesicht. »Wie ungeschickt von der Märchenfigur«, sagte ich durch meinen plüschigen Schutzschild. »Ich hoffe, sie ist nicht in einen hundertjährigen Schlaf gefallen, nachdem sie sich geschnitten hatte.« Ich ließ mich auf die Seite fallen und mimte ein schlafendes Dornröschen.

»Dann müsste sich ein Prinz zu ihr durchkämpfen und sie wachküssen.« Kjells Stimme brach ab. Ich schielte durch den Schlitz meiner Lider. Kjell klammerte sich an seine Bierflasche und strich mit dem Daumen über die Klebereste.

Pling. Mein Handy kündigte eine eingegangene Nachricht an. Ich nahm es aus der Hosentasche und drückte drauf rum.

»Hey Anni, ich geh noch was trinken. Warte nicht auf mich. Geht es dir gut? Gute Besserung und bis später«, dröhnte Pauls Stimme durch den Raum.

Ich hatte bis heute nicht gelernt, wie das mit dem lauten und leisen Abhören der Sprachnachrichten funktionierte.

»Ist ok«, sprach ich meine kurze Antwort in unseren Chat und legte das Handy weg.

»Na, eine Sprachnachricht scheint auszureichen, dich aus deinem Prinzessinnenschlaf zu holen«, sagte Kjell. »Manche Prinzen haben es leicht.«

Ich starrte Kjell mit offenem Mund an und suchte nach einer schlagfertigen Antwort. Mein Herz schlug so wild in meiner Brust, dass ich befürchtete, Kjell würde es hören können. Er stellte seine leere Flasche in den Kasten, machte einen Schritt auf mich zu und sah mich an. Er wuschelte sich durch seine blonde Mähne.

»Gute Nacht, Schneewittchen. Schlaf schön. Und noch mal sorry für den Schlag ins Gesicht. Es tut mir so unglaublich leid. Ich wünschte, ich könnte es wieder gutmachen.«

Er löste eine Gefühlslawine in mir aus. Mein Bauch kribbelte und gleichzeitig wurde mir schlecht. Ich nahm alle Willenskraft zusammen, löste meinen Blick von ihm und fixierte den Boden.

»Schon ok«, murmelte ich.

Ich legte das Kissen beiseite, stand auf und ging ins Bad. Bevor ich die Tür schloss, drehte ich mich um. Kjell stand wie angewurzelt da.

»Gute Nacht, Kjell«, sagte ich und sah ihm einen Atemzug lang in die Augen. »Schlaf du auch schön.« Ich schluckte. Dann drehte ich mich hastig um und schloss die Tür hinter mir.

Ich hatte einen Kloß im Hals und kämpfte mit den Tränen.

Kaltes Wasser im Gesicht und ein mahnendes Augenpaar im Spiegel kühlten meinen Puls runter. Ich hatte alles richtig gemacht, sagte mir die Stimme der Vernunft. *Aber warum verknotet es mir alle Eingeweide?*

Ich kuschelte mich in Tante Riekes gemütliches Bett und ließ das Fenster offen. Die gechillten Bässe des Burgerladens nebenan vermischten sich mit dem sanften Rauschen der Blätter. Der Wind frischte auf und hatte gedreht. Ich roch die Ostsee und hörte die behutsamen Wellen auf den Strand gluckern.

Ich schlief ein.

Irgendwann hörte ich es im Zimmer rumpeln. Eine Handytaschenlampe leuchtete hektisch durch den Raum. Paul fluchte zischend. »Wo ist meine verdammte Kulturtasche?«, redete er mit sich selbst. Ich ignorierte es und behielt meinen Dämmerzustand bei. *Er wird seine Zahnbürste schon finden.*

»Ah. Da!«, hörte ich ihn noch sagen, bevor ich in einen tiefen Schlaf sank.

Als ich am nächsten Morgen aufwachte, lag ich in Pauls Arm. Wir schliefen wie früher. Ich links, er auf der rechten Bettseite. Ich schob seine Hand von meiner Hüfte. Dann griff ich mir meine Klamotten und schlich mich aus dem Zimmer.

Wegen der Kopfverletzung ließ ich das Schwimmen aus. Der Strand wurde erst ab 10 Uhr bewacht und ich wollte nicht riskieren, ohnmächtig zu werden und jämmerlich zu ertrinken. Bei der Vorstellung lief mir ein kalter Schauer über den Rücken.

Trotzdem zog es mich zum Meer und ich spazierte in Richtung Strand.

Mein Kopf schmerzte nicht mehr. Der Ostwind ließ mich frösteln. Ich fasste an meine linke Schläfe. Es war erträglich.

Ich zog mir die Kapuze meines Pullis über die Ohren und hüpfte ausgelassen barfuß durch das flache Wasser. Ich freute mich, wusste gar nicht genau, wieso. Die Möwen um mich herum kreischten wild. Der so gut wie menschenleere Strand und das brausende Meer hatten etwas Freies.

Kjell kam aus dem Wasser gewatet. Er schüttelte sich die Wassertropfen aus seinen verstrubbelten Haaren und grinste mich an. Ich spürte, wie mir das Blut in den Kopf stieg. Mir wurde heiß.

»Moin Anni. Alles sauber bei dir? Ist das so ’ne Art Regentanz?«

»Das ist eine Art … wissenschaftliche Testreihe. Ob ich Kopfschmerzen bekomme, wenn ich hüpfe oder mich im Kreis drehe.« Ich biss die Zähne zusammen und gab mein Bestes, ernst zu gucken.

Kjell stellte meine Bewegungen nach und gluckste: »Wissen. Schaftliche. Test. Reihe?« Dabei tanzten die Lachfalten an seinen Augen. Wir prusteten gleichzeitig los.

»Da ist man voller Lebensfreude und wird dafür ausgelacht!« Ich tat verärgert und stampfte mit dem Fuß in den Sand, auch wenn ich mein Kichern nicht zurückhalten konnte.

»Das ist das Lebensrisiko. Die Gratwanderung zwischen Freude und Schmerz.« Kjell zwinkerte mir zu und drehte sich um in Richtung Stranddusche. Er lachte immer noch.

Gratwanderung. Pah! Dieser nordische Hüne versuchte sich als Philosoph.

Ich ließ mich in den Sand plumpsen und beobachtete ihn beim Duschen. Kjell hing sein Handtuch über eine Turnstange und drehte das Wasser auf. Die aufgewirbelten Wassertropfen ließen einen kleinen Regenbogen an seinem Rücken entstehen. Mit den Händen strich er über seinen Körper, als würde er das Meerwasser mit ihnen wegwischen können. Ich vergrub den Kopf zwischen meinen Knien und grinste dem Sand zu.

Rumalbern mit Kjell machte mir gute Laune. Durch meine Beine hindurch heftete ich den Blick an Kjell und beobachtete ihn, wie er sich das schmale Handtuch um die Hüfte wickelte und die Badehose darunter auszog. Er stellte sich dabei deutlich geschickter an als ich. Nur mit Handtuch bekleidet verschwand Kjell in Richtung Café. Ich beobachtete ihn, bis er nicht mehr zu sehen war und ein wohlig prickelndes Gefühl im Bauch weckte mein schlechtes Gewissen.

Es ist normal, in einer Beziehung auch andere Menschen attraktiv zu finden. Das ist sogar sehr erwachsen, sich das einzugestehen, rief ich meiner mahnenden, inneren Stimme zu.

Das schale Bauchgefühl wandelte sich zu einem stummen Schrei nach Kaffee. Ich erhob mich und klopfte mir den Sand von der Hose. Der feine Strand schmeichelte meinen Füßen.

Die Stühle vor dem Café schliefen noch in ihren Stapeln. Der grüne Kunstrasen fühlte sich Barfuß wie ein Flokati an.

Kjell wuchtete den Laubbläser an mir vorbei. Ein Hauch von Rosmarin kitzelte in meiner Nase.

»Ich dachte, das mit dem Außenbereich hätte Paul übernommen?« Ich sah ihn fragend an.

»Ja, ne. Ich mach das heute lieber mal selbst.« Er fummelte am Kabel der Maschine herum. »Von deinem Schnösel fehlt jede Spur.« Er zuckte mit den Schultern. »Und ab und zu muss sich mal jemand ordentlich um alles kümmern. Nicht nur so tun als ob.« Er hielt einen Moment inne und durchdrang mich mit seinen dunkelblauen Augen. Mein Herzschlag beschleunigte sich. Bevor ich etwas antworten konnte, steckte er den Stecker in die Steckdose und der Höllenlärm nahm seinen Anfang.

Ich folgte dem Ruf der Kaffeemaschine und stillte meinen Koffeinbedarf. Der Espresso lief heiß meine Kehle hinab. Was meinte Kjell damit? Tat Paul nur so, als würde er helfen? Oder versuchte er, mir Paul mies zu machen? Kjell konnte nicht einfach so in mein Leben platzen, meine Gefühle durchwirbeln und alle Pläne durchkreuzen. Ich ließ die Maschine erneut arbeiten und balancierte einen Cappuccino für Paul nach oben in die Wohnung. Aus unserem Zimmer drang ein Rascheln durch die Tür. Ich drückte die Klinke hinunter und schlich den Schlafraum.

»Guten Morgen. Cappuccino für dich«, säuselte ich und stellte ihm die dampfende Tasse auf den Nachttisch.

»Anni, du bist ein Engel.« Er zog mich an sich, küsste mich auf die Wange und wanderte hinunter zu meinem Hals. Seine Hände suchten ihren Weg unter mein Shirt.

Das überrumpelte mich. Ich war nicht in Stimmung. Jeder Muskel meines Körpers spannte sich an.

»Anni. Du bist so heiß. Ich brauche dich. Jetzt. Hier.« Seine Finger wanderten tiefer.

Ich versuchte, mich von ihm zu lösen, doch er zog mich näher an sich heran. »Paul. Nein! Nicht jetzt. Ich muss wieder ins Café«, sagte ich und presste meine Hand auf seine Brust. Ich spürte seinen beschleunigten Herzschlag. »Aber heute nach Feierabend können wir uns Zeit nehmen«, ergänzte ich.

Seine Hände erschlafften. Er löste sich von mir und ich strich ihm über die Wange.

»Weißt du«, begann ich, »vielleicht hält der Ostwind ein paar Besucher vom Strand fern und wir können heute früher Feierabend machen. Dann unternehmen wir was Schönes.« Ich sah ihn fragend an. Seine Augenbrauen zogen sich zusammen und er nickte.

»Ja. Das ist 'ne gute Idee. Lass uns ein wenig durch die Gegend cruisen.«

»Hört sich gut an!«, sagte ich. »Wir sehen uns bei der Arbeit.«

»Ja, bis gleich bei den niederen Servicetätigkeiten.« Paul gähnte und nahm den Cappuccino in beide Hände.

Niedere Servicetätigkeiten?!

»Ich würde es sommerliche Kundenbegeisterung nennen. Alles eine Frage der Perspektive.«

Paul verzog den Mund.

Ich drehte mich um und ließ die Tür mit Schwung hinter mir ins Schloss knallen. Ich ballte meine Hand zur Faust und kickte Pauls Schuhe unters Sofa. *Was liegen die auch im Weg herum! Kann sich Paul denn gar nicht ändern? Nicht mal ein wenig?*

Als ich ein paar Wochen mit ihm zusammen war, merkte ich, dass er sich ausschließlich Rührei selber zubereiten konnte. Sonst nichts. Nicht einmal Nudeln. Kochen hielt er für eine überflüssige, *niedere* Tätigkeit. Er ging davon aus, dass er immer ausreichend verdienen würde, um essen gehen zu können. Als ich seine Eltern kennenlernte, wusste ich, dass das nicht unbedingt Pauls eigene Meinung war. Er hatte jede Menge Verhaltensweisen von seinem Vater übernommen.

Das ist eine Erklärung, aber keine Entschuldigung.

Ich atmete tief durch, verkleinerte so den Lavaklumpen aus glühender Wut in meinem Bauch und stieg die Treppe hinunter zum Café.

Hellen hatte sich für heute abgemeldet. Sie wollte Tante Rieke in der Rehaklinik in Damp besuchen und später noch im Café vorbeischauen. Ich hatte Hellen liebe Grüße mitgegeben und das Versprechen, in den nächsten Tagen persönlich bei Tante Rieke vorbeizuschauen.

Mittlerweile hatte ich die Handgriffe verinnerlicht, die den Laden am Laufen hielten. Kasse und Kaffeeautomat jagten mir keine Angst mehr ein. Ich schloss die Tür auf und öffnete sie weit.

Es roch süß-salzig nach Seeluft. Der Ostwind pustete frisch über den Strand hinweg. Die Menschen am Meer störte es nicht. Sie richteten Strandkorbburgen und Strandzelte akribisch aus, um dem Wind zu trotzen und die Sonne nicht zu verprellen.

Kurz nachdem ich das Café geöffnet hatte, lag das herbe Aftershave in der Luft und Paul schlurfte ins Café.

»Hey, du …« Ich zögerte. »Schatz.« Ich füllte neue Zuckerstreusel nach. »Kannst du noch mal Kakao-Päckchen in den Kühlschrank nachlegen?«

Der Ostwind hatte den Wutklumpen im Bauch weggepustet. *Schatz* hatte ich Paul die letzten drei Jahre immer genannt. Es kam mir jedoch weniger selbstverständlich über die Lippen, als es sollte. Auf der anderen Seite waren wir ja auch bei einem Neuanfang. Da konnte es ja emotional nicht gleich nahtlos so weiter gehen wie vorher.

Paul gab mir einen Kuss auf die Wange. »Äh. Ja. Wo noch mal? Machst du mir noch einen Kaffee?«

Ich rollte mit den Augen und deutete mit dem Finger auf den Vorratsraum.

»Kaffee muss warten. Erst müssen wir hier alles fertig kriegen. Dann Kaffee. Ich möchte, dass alles perfekt ist für die Kunden.«

»Anni!« Paul stöhnte. Ich sah in an und zeigte stoisch in Richtung Lager. »Sonst bist du doch auch nicht …«, stammelte er und schlich in die Richtung, die mein Finger ihm gewiesen hatte.

Der Vormittag verlief geschäftig. Paul und ich verkauften Eis, Café, Shakes und Fischbrötchen. Kjell belieferte uns mit Nachschub aus der Küche. Ich achtete darauf, dass die beiden Männer möglichst wenig miteinander zu tun hatten. Heute wäre eine Prügelei wirklich ungünstig.

»Ein Bananensplit, einen Milchshake mit Vanille- und Mangoeis, eine Schlemmertüte und einen Cappuccino mit laktosefreier Milch«, gab ein grauhaariger Mann seine Bestellung bei mir auf. »Und noch ein Matjesbrötchen!«, rief ihm seine Frau über die Schulter. »Die sehen lecker aus!« »Ach ja«, setzte der Mann seine Bestellung fort, »… und noch eine Portion Waffeln mit Vanilleeis für Inge.«

Mein Kopf ratterte.

»Waffelteig. Aus der Küche. Bitte. Schnell.« Ich drückte Paul die leere Schüssel in die Hand.

»Vertragt euch!«, rief ich ihm hinterher. Dann beschäftigte ich mich mit den Bestellungen. Hoffentlich kam Pia bald. Der Laden brummte.

Paul kam mit einer Schüssel Waffelteig zurück und jonglierte eine Packung neue Eiswaffelbecher oben drauf.

»Sehen Sie, da kommt extra für Sie ein Waffelbecher angeflogen. Sie müssen auf nichts verzichten!«, ich lächelte die Dame an, die ich eben noch mit einem Pappbecher vertröstet hatte.

»Danke. Mein Retter!« Ich strahlte Paul an.

Paul sagte nichts, stand neben mir und rührte sich nicht. Ich stupste ihn an. »Nimm bitte die Bestellung der nächsten Kundin auf.«

Murrend wandte er sich der Dame mit den knallroten Haaren zu. »Und Sie. Was möchten Sie?«, knurrte Paul.

Die Kundin riss die Augen auf.

Was war los? Gab es doch Streit in der Küche? Ich machte Eisbecher, Kaffee, Shakes, starrte Paul streng an. Mein Blickfeld verengte sich. Er musste doch merken, dass er so nicht mit den Kunden reden konnte?

»Ich muss hier raus. Bis später.« Paul drehte sich um und drückte mir den Eisportionierer in die Hand. Dann sah ich ihn im Augenwinkel im Gang verschwinden.

»Bitte entschuldigen Sie«, wandte ich mich der verschreckten Kundin zu. »Ich nehme sofort Ihre Bestellung auf.« Mir stand der Schweiß auf der Stirn.

Nach einer Weile traf Pia zu ihrer Schicht ein. Als sie ihre Schürze umgebunden hatte, riss ich mich vom Kundensog los.

»Ich muss mal kurz in die Küche.« Ich ließ Pia im Café zurück und stattete Kjell einen Besuch ab.

»Was hast du Paul erzählt?«

»Moin Anni. Schön, dass du mich in der Küche besuchst.« Kjell zog einen Mundwinkel hoch und blickte mich schief an.

»Was hast du Paul erzählt?«, schrie ich ihn an.

»Er hat mir in der Küche geholfen und wir haben geschnackt. Er fing an, von dir zu erzählen … und ich sagte nur, dass du hammermäßig gut küsst.«

Mir stellten sich die Nackenhaare auf. Die kribbelnde Erinnerung an unsere Küsse vermischte sich mit der Wut, dass Kjell mit dieser gezielt platzierten Information den dritten Weltkrieg ins Café verlegt hatte.

»Du hast was!?« Ich kreischte schrill.

»Jo. Ich dachte, da wäre nichts dabei. Er hat dich ja schließlich sitzen lassen, Schneewittchen.«

Mein Herz klopfte und ich schüttelte mit dem Kopf.

»Ja. Nein. Die Sache geht dich gar nichts an! Und überhaupt! Was anderes ist dir über mich nicht eingefallen? Oder einfach das Wetter! Warum habt ihr nicht einfach über das Wetter geredet? Jetzt ist Paul abgehauen«, schmetterte ich ihm entgegen, schrie aber nicht mehr. »Weniger Informationen wären besser gewesen. Wir raufen uns doch gerade erst wieder zusammen, Paul und ich.«

»Hab nicht nachgedacht. Wusste nicht, was ich mit dem Schnösel reden sollte. Sorry.« Kjell zog seine Schultern nach oben, ließ seinen Blick umherwandern, bis er bei mir landete. Seine Augen durchbohrten mich. Er blinzelte kein einziges Mal. Ich bekam weiche Knie und drehte mich zügig in

Richtung Tür um. »Nicht noch mal sowas!« Meine Stimme zitterte.

»Das Erzählen oder das Küssen?«, rief mir Kjell hinterher.

Ich blieb stehen und drehte mich um. Kjell grinste von einem Ohr zum anderen.

Ich schnaubte und schüttelte den Kopf. Dann verließ ich die Küche und knallte die Tür zu.

»Männer!« Ich schimpfte hinter dem Tresen vor mich hin. *Hoffentlich sieht Paul ein, dass mein Kuss mit Kjell nichts mit unserem Neuanfang zu tun hat.* Gegen den mehrwöchigen Betrug mit Verlassenwerden war das Kinderkram. *Aber verletzte Gefühle sind verletzte Gefühle. Da kann der Verstand noch so klug daherreden.*

»Anni! Pass auf! Die Sahne!« Pia reichte mir einen Lappen.

»Danke. Ich war mit den Gedanken nicht ganz da.« Ich wischte die Sahne auf und versuchte den verkorksten Eisbecher zu retten.

»Mit kostenloser Extra-Sahne«, präsentierte ich den Becher der Kundin.

Am späten Nachmittag sah ich ein paar Kisten auf uns zu wanken. Dahinter erkannte ich Hellen. Ich vertröstete die nächsten Kunden mit einem Blick auf Pia und nahm Hellen einen Großteil ihrer Last ab.

Wir schleppten die Kartons in die Küche und fingen an, alles auszuräumen.

»Schöne Grüße von Tante Rieke, min Deern. Und an dich auch, min Jung!«

»Wie geht es ihr?«, fragten Kjell und ich synchron.

»Gut. Gut. Alles prima. Sie hat das erste Mal seit Jahrzehnten im Sommer frei – na ja, also fast frei. Bis auf das ganze Reha-Zeug. Die scheuchen sie ganz schön.« Hellen gluckste und fing dabei an zu husten. »Aber sie freut sich, dass der Laden so gut läuft. Sie ist euch so dankbar. Ehrlich. Wir zwei alten Schachteln sollten nu mal etwas kürzer treten …« Sie blickte in aller Seelenruhe von Kjell zu mir und zurück. Wollte sie uns damit etwas sagen?

»Sieht Rieke das auch so?« Kjell sah Hellen fragend an.

»Na joa. Sie findet dat schon kommodig, middachs im Halbschatten ein Buch zu lesen und dabei wech zu dösen. Dat geit ja nur im Sommer, wenn man nicht erfrieren will. Bis jetzt stand sie immer im Café.«

Das Café ohne Hellen und Rieke? Mir wurde ganz schwer ums Herz. Wer sollte mit vergleichbarer Hingabe um den »Seestern« kümmern? Ich schluckte schwer und fühlte mich wie eingeschnürt.

Kjell räumte die Beeren in den Kühlschrank und sagte nichts.

Hellen und ich gingen nach vorne.

»Hey Pia, hier kommt die Ablösung. Endlich kannst du Feierabend machen.« Ich lächelte sie dankbar an.

»Ach Anni. Kein Problem. Ich mache gerne mal länger. Obwohl – heute bin ich verabredet.« Sie schaute auf ihr Handy und tippte eine Nachricht.

»Viel Spaß und bis morgen!«, rief ich Pia hinterher.

Ich übernahm den Verkauf. Dafür, dass Hellen heute frei hatte, räumte sie emsig Geschirr auf den Wagen, buk Waffeln für eine umfangreiche Bestellung und wischte die Arbeitsfläche.

»Min Deern …« Hellen sah mich an und runzelte die Stirn, »Tante Rieke würde sich freuen, wenn du sie bald besuchen kommen würdest.«

»Au ja! Sehr gerne. Ich wollte bisher das Café nicht alleine lassen.« Ich dachte nach. Dann wandte ich mich an Hellen. »Aber vielleicht fahre ich morgens ganz früh mal hin. Was meinst du? Gleich morgen? Wie weit ist es bis Damp? Fährt da ein Zug?«

»Dat is hier nicht Berlin.« Hellen lachte laut. Dabei wippten alle Blumen auf ihrem Kleid. »Min Deern, wenn du nicht den ganzen Tach unterwegs sein möchtest, musst du mit dem Auto fahren. Warte mal. Was ist denn mit deinem Paul? Der hat doch so'n schicken Sportwagen.« Hellen wischte erneut über die saubere Arbeitsfläche. Langsam schüttelte sie den Kopf. »Dat wär mir ja zu fummelig da immer ein- und auszusteigen in den schnieken Flitzer … aber ihr seid ja noch jung.«

Sie lachte ihr rauchiges Hellen-Lachen, das so ansteckend war, dass ich mitlachen musste.

»Tja. Paul«, murmelte ich. »Wenn Paul wieder da ist, frage ich ihn, ob er mit mir dahin fährt.«

Der wird in seiner Wut schon nicht ohne seine Sachen nach Berlin gefahren sein. Oder doch? Der Gedanke versetzte mir einen Stich.

»Moak dat, min Deern.«

»Und Hellen?« Ich sah sie streng an und baute mich vor ihr auf. »Du hast heute frei. Also mach, dass du wegkommst. Geh dich amüsieren oder einfach mal die Füße hochlegen. Es ist schon mehr als genug, dass du dich mit den Einkäufen abgemüht hast. Danke dafür!« Ich drückte sie fest und versank seufzend in der hellen'schen Menthol-Weichspüler-Wolke. Wir lösten uns voneinander und sie sah mich an.

»Dafür nicht, min Deern. Aber wenn du mich hier vom Hof jagst, bin ich weg. Das Café könnte bei niemandem besser aufgehoben sein als bei dir, min Deern.« Sie zwinkerte mir lachend zu und verschwand mit einem überschwänglichen Winken in Richtung Parkplatz.

Kapitel 14

TANTE RIEKE

Der Motor vibrierte.

Paul schob den Wählhebel auf R und ließ seinen BMW aus der Parklücke kriechen.

»Neues Auto?«

Ich fokussierte mich auf ein neutrales Gespräch. Paul war gestern Abend spät in unser Zimmer gekommen, hatte sich wortlos ins Bett gelegt und mir einen Kuss auf die Haare gehaucht. Im Halbschlaf hatte ich ihn gebeten, mich heute früh zu Tante Rieke zu bringen.

»Ist ok, Anni«, hatte er gebrummt. »Weck mich einfach.«

Nun saßen wir im Auto.

»Ja. Dienstwagen. Dreier BMW. 184 Pferde. Mit Leder und Business Professional Paket. Guck mal das fette Display an! Cool, oder? Wenn du deinen Job bei uns anfängst, bekommst du auch einen. Ich kann dir bei der Konfiguration helfen.« Seine Augen leuchteten.

Mir fiel ein Stein vom Herzen. Ich hatte das richtige Thema erwischt. Ich wollte heute zu Tante Rieke. Trotzdem grollte mein Bauch noch, weil Paul mich gestern einfach so im Stich gelassen hatte, auch wenn Kjell ihn provoziert hatte.

»Ja, Hilfe brauche ich sicher.« Ich konzentrierte mich auf das Autogespräch. »Muss es ein BMW sein? Vielleicht wäre ein Volvo schön?«

»Nee, Anni, wirklich?« Paul verzerrte seinen Mund.

»Die finde ich total schön. Und sicher!«

»Ja. Sicher und lahm«, brummte Paul. »Sicher sind doch mittlerweile alle neuen Autos. Wenn wir noch Zeit haben, fahren wir auf dem Rückweg bei Mercedes vorbei. Dann zeige ich dir coolere, sichere Autos.«

»Aber nur, wenn es noch nicht so spät ist. Ich möchte Hellen nicht alleine dem Ansturm der sonnenverwöhnten Heißgetränk- und Kaltspeisenfreunde ausliefern.«

»Heiß-was?« Er lachte kurz auf. »Ja, ok. Du hast ja Recht.« Aus dem Augenwinkel sah ich, dass er mich anblickte. »Weißt du, warum ich dich liebe?«, fragte er und ließ mir keine Chance zu antworten. »Weil du immer pflichtbewusst bist. Und weil dir die Familie etwas bedeutet.«

»Du Romantiker«, brummte ich, was sich kaum vom Motorengeräusch des BMW unterschied. Seine Liebesbekundung erreichte mein Herz nicht.

Das Navi leitete uns sicher durch Eckernförde in Richtung Damp. Ich stützte meinen Kopf auf einen Arm und sah aus dem Fenster. Die Rapsfelder waren beinahe alle abgeerntet. Und der Mais war höher als das Auto. Zwischen sanften Hügel versteckten sich verschlafene Gutshöfe. Manche waren prachtvoll restauriert und andere warteten schon lange darauf, dass sich jemand mit Liebe und Geld um sie kümmerte.

»Anni! Mönsch! Kümm her!« Tante Rieke humpelte mir entgegen.

Sie drückte mich so fest, dass ich kaum Luft bekam. Sie roch wie immer. Lavendel mit einem Hauch von Ostseewind.

»Tante Rieke. Ich … es tut mir so leid! Ich wollte dich anrufen!« Ich schluckte.

»Ach Anni. Schwamm drüber. Das Café geht immer vor und nun bist du ja da!« Gemächlich lösten wir uns voneinander.

»Das ist Paul. Mein Freund«, sagte ich.

Meine Tante schüttelte ihm die Hand. »Mein Bruder hat schon von dir erzählt. Der schnieke Unternehmersohn.« Sie pfiff anerkennend durch ihre Schneidezähne.

»Mein guter Ruf eilt mir voraus.« Paul lachte.

Wir betraten einen großen, modernen Raum mit Glasfassade. Die altbacken gepolsterten Stühle passten nicht zu der Architektur. Auch die Spitzendecke auf dem Tisch brach mit der Kühle des Raums.

»Was machst du für Sachen! Hellen hat mir erzählt, was passiert ist. Geht es dir gut? Helfen die Maßnahmen der Reha?«

»Mönsch, Anni. Du fragst Sachen. Es geht mir gut, aber ich hab hier zu wenig zum Tun. Du kennst mich. Immer Hummeln im Mors.« Sie lachte, doch ihre Stirn legte sich in Falten. »Die Reha läuft passabel. Ich werde aber nicht mehr ackern können wie früher. Der Arzt hat mir klipp und klar vertellt, noch ’ne Sommersaison mit täglich zehn Stunden im Laden stehen, Kisten schleppen, machen und tun ohne Pause. Dann ist die Hüfte bald wieder in’n Dutt.«

»Ach, Tante Rieke.« Ich hielt ihre Hand. *Sind das Tränen in ihren Augenwinkeln?* Ich hatte meine Tante immer so stark in Erinnerung. Neben mir trällerte der Klingelton von Pauls Handy.

»Die Damen – bitte entschuldigen Sie mich«, sagte er gestelzt. »Paul Baumann, guten Morgen! – Ach du bist es.« Er verließ den Besuchsraum.

Tante Rieke wechselte sofort das Thema: »Und das ist der schnieke Bursche, den du mal heiraten möchtest? Deine Mudder hatte gar nicht mehr aufgehört, von ihm zu schwärmen.«

»Heiraten noch nicht sofort. Wir hatten ein paar Probleme und finden momentan wieder zueinander«, sagte ich. »Aber der Plan ist schon, dass wir irgendwann eine Familie gründen.«

Tante Rieke musterte mich mit gerunzelter Stirn. Dann lächelte sie und ihre Grübchen reichten fast an die Lachfalten an ihren Augen. Sie seufzte. »Mit Kinners und so? Ach das hört sich schön an.« Sie blickte in die Ferne, als würde sie dort irgendetwas suchen.

Ich erinnerte mich an die Worte von Hellen. »Du, Tante Rieke?«

Nach und nach wurde ihr glasiger Blick klar und sie sah mich an. »Ja, Anni?«

»Darf ich dich mal was fragen? Also was Persönliches?« Mein Magen schnürte sich zusammen, Tante Rieke so zu überfallen, aber die Neugierde siegte.

»Na kloar, Kindchen. Schieß los!« Tante Rieke ließ ihre fröhlichen Falten tanzen.

»Also …«, ich stockte. Dann setzte ich noch einmal an. »Also, Hellen hat mir gesagt, ich solle dich mal nach Ole fragen. Ich hoffe, das ist in Ordnung.«

Tante Rieke sah mich an und zog die Augenbrauen hoch. »Ole«, wiederholte sie. Ihre Stimme war sanft. »Tja, mit Ole war das so 'ne Geschichte.« Sie seufzte und ihre Brust bebte. Sie starrte mit leeren Augen aus dem Fenster und erzählte: »Ole ist nach Eckernförde gekommen, da habe ich gerade das Café aufgebaut. Ich war Mitte zwanzig. Weißt du, Anni. Früher war das noch nicht so mit Tourismus und so. Da war hier nichts los in Eckernförde. Damals war das Café noch ein richtiges Café. So mit Kuchen und Bedienung. Ole war bei der Straßenreinigung. Das hört sich jetzt erst einmal nicht so dolle an. Aber er kam jeden Morgen bei mir im Café vorbei und wir unterhielten uns. Nach Feierabend holte er mich ab und wir gingen spazieren. Mein Herz machte jedes Mal einen Sprung, wenn wir uns sahen. Er hatte so Augen, bei denen meine Knie weich wurden. Er konnte mich zum Lachen bringen. Und zum Weinen. Wenn wir uns berührten, war es, als hätte jemand eine Wunderkerze in meinem Brustkorb angezündet, so prickelnd und glitzernd, dass es fast schon weh tat.«

Tante Rieke machte eine Pause und sah aus dem Fenster.

»Was ist dann passiert?«, fragte ich. Mein Herz klopfte aufgeregt. Ich wollte unbedingt wissen, wie es weiter ging.

»Tja nun. Ich hatte mich zu der Zeit ab und zu mit Peter getroffen. Ein stattlicher Mann. Hübsch anzusehen. Er war der Sohn von den Hinrichsens. Die hatten in Rieseby ein Eisenwarengeschäft. Das lief gut. Wir kannten uns schon seit der Schulzeit. Zu der Zeit, als Ole nach Eckernförde kam, sind wir miteinander ausgegangen. Er versprach mir ein gutes Auskommen.«

»Du hast Ole sitzen lassen?« Ich sah Tante Rieke in die Augen und sah den Schmerz, den ich immer als Schatten ihres fröhlichen Wesens gespürt hatte.

»Nee. Joa. Nicht richtig sitzen lassen. Wir waren ja kein Paar. Aber ich habe mich für Peter entschieden. Zumindest machte er mir den Hof und wollte sich mit mir verloben …

Ole war trotzdem für mich da. Er wollte immer, dass ich glücklich bin. Irgendwann kam er nicht mehr wieder. Ich weiß nicht, wo er hingegangen ist. Das wusste keiner.«

»Und was ist aus dir und Peter geworden?« Ich hing an Tante Riekes Lippen. Papa hatte nie etwas über diese Geschichte gesagt. Ob er davon wusste?

»Wir waren verlobt. Ich richtete mich auf ein sicheres Leben ein. Wollte eine Familie und hätte das Café für ihn aufgegeben. Aber nach ein paar Monaten ließ er mich fallen. Ich hatte schon vorher das Gefühl, dass er das mit der Treue nicht ernst nahm. Was willste machen? Ist ja nicht das große Ding. Wir waren schließlich nicht verheiratet …« Sie stockte. »Doch dann erfuhr ich es – nicht von ihm –, sondern aus der Zeitung. Hochzeit mit Heike Paulsen. Nach nem halben Jahr war das erste Kind von den beiden da.« Ihr Mund wurde schmal. »Unsere Verlobung wäre nicht offiziell gewesen, hat er mir vertellt. Das war erniedrigend. Seit dem gilt meine Liebe meinem Café.«

»Und Ole?«

»Von Ole habe ich nie wieder etwas gehört. Er ist Wochen vorher weitergezogen. Es ist nicht auszuschließen, dass er mittlerweile eine Familie hat. Oder er ist ausgewandert? Möglicherweise ist er sogar tot. Ich habe keine Ahnung. Es vergeht kein Tag, an dem ich nicht an ihn denke.«

Ich hielt ihre Hand. Ihre Augen glitzerten feucht, aber es liefen keine Tränen. Sie hatte in ihrem Leben vermutlich genug über ihre Entscheidung vergossen. Ihre Hand zitterte in meiner.

»Anni?« Sie sah mich an und legte ihre Stirn in Falten. »Ich bin müde. Die letzten Jahre liefen gut. Ich habe ein wenig was auf die Seite geschafft, doch irgendwann muss ich mich von der Arbeit trennen.« Sie schluckte. Dann atmete sie tief ein und wischte sich mit dem Handrücken über das Gesicht. Sie zögerte. »Anni. Wenn du möchtest, schenke ich dir das Café. Überlege es dir. Hellen sagt, du machst das großartig und ich hätte auch nichts anderes erwartet.«

Mir stockte der Atem. Tante Rieke hielt meine Hand. Ein euphorisches Gefühl blitzte in meinem Bauch auf und wurde von einem großen Stein vertrieben, der sich mir in den Magen legte. Konzentriert atmete ich ein und aus. Riekes Lavendelduft beruhigte meinen Atem. »Tante Rieke, ich …«

Sie hob die Hand. »Du musst nicht jetzt gleich antworten. Lass es sacken, Anni.«

Ich stand auf, beugte mich zu ihr und nahm sie in den Arm. Ich drückte sie, so fest ich es aus dieser Position konnte. »Danke für dein Vertrauen«, flüsterte ich. »Ich lass es sacken.«

»Entschuldigt bitte. Es war unhöflich von mir, zum Telefonieren aufzuspringen.« Paul ließ sich neben mich in den ausgepolsterten Sessel fallen.

»Ist nicht schlimm.«

Wir tranken einen Kaffee und sprachen über die Reha-Maßnahmen.

»Es ist alles tadellos mit meiner Hüfte. Die Ärzte loben mich fleißig«, sagte Tante Rieke.

Mein Blick fiel auf eine tickende Standuhr. »Schon zehn. Ich glaube, wir sollten aufbrechen. Sonst verzweifelt Hellen.«

Ich reichte Tante Rieke meine Hand, um ihr das Aufstehen zu erleichtern, doch sie schüttelte mit dem Kopf und stemmte sich aus eigener Kraft hoch. Dann drückte sie mich erneut fest an sich.

»Schön, dass ihr hier wart, Kindchen.« Tante Rieke ließ mich nicht los. »Und denk in Ruhe über mein Angebot nach.« Sie flüsterte, als würde sie nicht wollen, dass Paul ihre Worte hörte.

Vielleicht hatte sie damals das Vertrauen in alle Männer verloren.

Paul und ich schlenderten in Richtung Parkplatz. Das Café übernehmen? Hier? An der Ostsee? Im letzten Moment wich ich einem Laternenpfahl aus. Der Schreck durchzog meine Glieder. Das war knapp. Meine Gedanken fuhren Achterbahn. Nach Ablenkung ringend zupfte ich Paul am Ärmel. »Darf ich vielleicht zurückfahren, den BMW?«

Er drehte sich zu mir um und weitete seine Augen. »Was? Du? Fahren?«

»Was soll das denn heißen? Ich möchte nicht immer nur Beifahrer sein.« Ich stemmte die Hände in meine Seiten. »Ja. Ah. Okay. Hier.« Paul hielt mir den Schlüssel vor die Nase.

Ich entriegelte das Auto und schlängelte mich in den Fahrersitz. Paul zeigte mir, wie ich ihn verstellen konnte. »Elektrisch. Sportsitze. Probier ruhig aus.« Er programmierte das Navi.

Mit sanftem Surren fuhr der Sitz auf Fingerdruck nach vorn. Ich betätigte den Startknopf und der Motor säuselte.

Den Wählhebel auf R gestellt, parkte ich aus. Die Displays und Leuchten ignorierte ich. Nach ein paar Metern entspannte ich meine Schultern und schmiegte mich in den Ledersitz. Ich sog den Neuwagengeruch bewusst in mich auf. Bald lenkte ich den Flitzer sicher durch das sommerliche Grün der Landschaft.

Paul klammerte sich an der Armauflage fest. Trat er in seinem Fußraum wirklich auf ein imaginäres Bremspedal?

»Na? Angst?« Ich lachte und ließ meinen Blick auf der kurvigen Straße.

»Ja. Nur ein wenig«, antwortete Paul. »Mach langsam, Anni. Wir kommen schon rechtzeitig zu Hellen.«

In Eckernförde hielt ich mich am Hafen links und folgte der Reeperbahn in Richtung Café Seestern.

»Mercedes muss warten«, erklärte ich Paul. »Ein anderes Mal, ok?«

»Meinetwegen«, brummte er. »Unter Umständen wird's ja eh ein BMW, so wie du fährst.«

Wir hatten Glück und fanden einen der letzten Parkplätze auf Höhe des Cafés.

Ich drückte den Motorknopf, und das leise Blubbern der Maschine verhallte. »Ein paar Minuten später und es wäre eng geworden mit dem Parken«, sagte ich und öffnete meine Tür. Die sommerliche Ostseeluft vermischte sich mit dem süßlichen Duft des Neuwagens. Ich stieg aus.

Paul blieb im Auto sitzen und zückte sein Handy. »Ich mach das mit dem Parkschein. Das geht hier in diesem Kaff tatsächlich per App.«

Das versetzte mir einen Stich. Ja, Eckernförde konnte man als »Kaff« bezeichnen, aber dann sollte man das Wort liebevoll aussprechen und nicht ausspucken, wie ein fad gewordenes Kaugummi.

Wir schlenderten zum Café.

Meine Gedanken kreisten um das Gespräch mit Tante Rieke. Ich musste darüber reden, um das alles zu verarbeiten und mir über meinen eigenen Standpunkt klar zu werden. Aber sollte ich wirklich Paul ins Vertrauen ziehen? Die Stimmung zwischen uns verknotete mir die Eingeweide. Ich gab mir einen Ruck. Unterkühlter als zu diesem Zeitpunkt konnte es zwischen uns nicht mehr werden.

»Du, Paul. Warte mal kurz.«

»Ja. Was ist? Wolltest du nicht so schnell wie möglich ins Café?« Er verdrehte die Augen.

Ich schluckte an einem dicken Kloß im Hals vorbei.

»Du, stell dir vor«, ich atmete tief ein und sah ihn mit festem Blick an. »Tante Rieke hat mir gerade das Café angeboten. Ich könne es übernehmen. Geschenkt.«

Kapitel 15

MITTAGSPAUSE

Paul riss die Augen auf. »Äh. Nee, oder? Sie hat was?« Er legte die Stirn in tiefe Falten.

»Tante Rieke hat mir das Café angeboten«, wiederholte ich.

Pauls Gesichtszüge entgleisten. »Äh. Ja. Die hat sie wohl nicht mehr alle!« Er stieß Luft aus seiner Nase. »Warum solltest du deine Karriere und dein Leben über den Haufen werfen und ein mittelmäßiges Café führen? Hier? In der Pampa?!« Er breitete seine Arme aus und ruderte mit ihnen in der Luft.

Seine Antwort traf mich mehr als der Schlag von Kjell vor ein paar Tagen. Meine Augen füllten sich mit Tränen und ich ballte meine Hände zu Fäusten.

»Ja«, presste ich zwischen den zitternden Lippen heraus. »Ja, möglicherweise ist es ein gutes Angebot, vielleicht auch nicht.« Ich machte einen tiefen Atemzug. »ABER! Egal, was du darüber denkst.« Meine Stimme vibrierte düster. »Ganz egal, wie DU es hier findest. Das hier …«, ich äffte ihn und seine fuchtelnden Arme nach. »Das hier ist ein Teil von mir und so wie du darüber redest, trittst du mich mit Füßen!« Eine einzelne Träne lief meine Wange hinunter. Ich wischte mir mit dem Handrücken über das Gesicht.

Paul guckte mich mit weit aufgerissenen Augen an. Sein Kinn klappte nach unten. Regungslos stand er mir gegenüber.

Ich setzte mich in Bewegung.

Er ging schweigend neben mir. Nach einer Weile räusperte er sich. »Ja. Anni. Sieh es doch mal so.« Er sprach mit einer so sanften Stimme, als würde er einem trotzigen Kleinkind die Welt erklären wollen. »Wenn Tante Rieke Unterstützung braucht, könnte sie jemanden einstellen, der den Laden für sie führt. Dann hätte sie weiterhin Erträge.«

»Im Winter hätte derjenige nichts zu tun«, pampte ich ihn an. »Das ist nicht leicht bei saisonalem Geschäft.«

Paul brummte in sich rein. »Ja. Oder einfach verkaufen. Der Laden läuft im Sommer doch gut. Warum verkauft sie ihn nicht? Dann kann sie ein entspanntes Leben führen und das Geld müsste reichen.«

»Verkaufen?«, rief ich schrill. »Spinnst du? Das Café Seestern zu verkaufen, würde Tante Rieke das Herz brechen. Niemals würde sie das machen. Auch wenn das hieße, dass sie bis zum Umfallen arbeiten müsste.«

Wir bogen um die Ecke der Promenade. Das Café strahlte mir entgegen, als hätte ich es die ganzen Jahre nicht richtig gesehen, als wäre mein Blick vernebelt gewesen.

Das eigenwillig rund geformte Dach, der Kunstrasen mit den Strandkörben und Tischgruppen und die gläsernen Türen zum Verkaufsraum. Sie standen heute weit offen, damit die Gäste die verschiedenen Eissorten in Ruhe betrachten konnten, bevor sie an der Reihe waren.

Das war Tante Riekes Leben. Sie liebte diesen Fleck Erde und nachdem sie mir die Geschichte von Ole und Peter erzählt hatte, begriff ich, wie stark ihre Bindung an dieses Häuschen an der Strandpromenade war.

Paul stellte sich mir in den Weg. Er strich mir eine Strähne aus dem Gesicht. »Ja, Anni. Du bist ja ganz aus dem Häuschen!« Er beugte sich zu mir und küsste eine Träne von meiner Wange. Ich presste meine Hände auf seinen Brustkorb und schob ihn von mir weg.

»Lass mich!«, keifte ich. Ich brauchte Zeit zum Nachdenken.

Paul sah mich einen kurzen Moment an, verengte seine Augen zu schlitzen und zischte: »Na dann halt nicht.«

Auch wenn wir weiter nebeneinander gingen, schienen wir Welten voneinander entfernt zu sein.

Als wir den Kunstrasen betraten, winkte Hellen uns zu. Ich schluckte meinen Kloß runter und trotz der eisigen Stimmung zwischen uns zog sich auch Paul eilig eine der karierten Schürzen über, um helfen zu können.

»Min Deern, schön, dass ihr da seid. Gifft viel zu tun heute. Wie war's bei Rieke?«

»Viele Grüße soll ich ausrichten. Und vielen Dank an alle.« Ich suchte im Kühlschrank nach dem Kakao. Als ich mich aufrichtete, sah Hellen mich an und runzelte die Stirn, bevor sie sich der Kaffeemaschine zuwandte.

Wir schufteten wie in den letzten Tagen. Eis, Kaffee, Shakes, Waffeln, Obst, Fischbrötchen. Ich kam mir vor wie ein Jongleur. Die Kunden waren mein Publikum. Ich verteilte schwungvoll Zuckerstreusel und erschuf wahre Eiskunstwerke. Die Arbeit im Café ließ mein Herz tanzen.

Die Schlange war mal länger, mal kürzer und es gab wie immer wenig Zeit zum Durchatmen. Paul portionierte Eis. Er zeigte keine Gefühlsregung. Ab und zu sah er mich für einen Augenblick lang an. Wir mussten unbedingt miteinander reden.

Die Sonne verließ den Zenit und die Massen genossen die Hitze im kühlen Wasser, als mein Magen nach Nahrung rief.

»Du, Hellen, können wir dich kurz alleine lassen?«, wandte ich mich leise an sie.

Hellen runzelte erneut die Stirn. Nach einem Augenblick nickte sie mir zu und tätschelte meinen Arm. »Na kloar, min Deern … aber nicht zu lang.« Sie lachte ihr rauchiges Hellen-Lachen, welches mir das Herz leicht werden ließ.

Ich trat an die Eistheke.

»Du, Paul?« Die Leichtigkeit war verflogen und ich spürte den Knoten in meinem Bauch.

»Ja?« Er drehte den Kopf zu mir.

»Mittagspause? Pommes?« Ich zog zaghaft einen Mundwinkel hoch als Zeichen, dass ich ihn nicht anschreien würde, sobald wir das Café verließen.

Schweigend stellten wir uns in die Pommesschlange der Burger-Bar nebenan.

Wir setzten uns auf eine Bank im nahegelegenen Kurpark. Großgewachsene Bäume warfen ihren Schatten über unseren Platz und raschelten leise. Ich atmete tief durch und stellte mir vor, wie ich die Wut auf Paul in eine kleine Truhe einsperrte. Sie half mir nicht, meine Gedanken zu ordnen.

Ohne ihn anzuschauen, brach ich das Schweigen. »Danke, dass du mich heute zu Tante Rieke gefahren hast.«

»Ja. Kein Problem, Anni.«

Wir kauten auf unseren Pommes und schauten in Richtung Ostsee. Ich beobachtete vier Möwen, die versuchten, arglosen Pommeskäufern ihr Mittagessen abzunehmen.

Ich drehte mich zu Paul um. »Ich hätte nie gedacht«, sagte ich, »dass du nach Eckernförde kommst. Und auch nicht, dass du dich in ein Café stellst und richtig mit anpackst. Danke dafür.« Ich beobachtete ihn. Die Wut in der Kiste polterte. Sie forderte eine Entschuldigung für sein herabwürdigendes Verhalten. Ich klammerte mich an die Tüte Pommes, die warm in meinen Fingern ruhte.

Paul brummte. »Schön, dass ich dich überraschen konnte.« Er versuchte eine einzelne Pommes aus der Tüte zu angeln, ohne seine Finger mit Ketchup zu beschmutzen.

»Wenn du wieder in Berlin bist, dann machen wir den Arbeitsvertrag für dich. Du bist ja quasi fertig mit dem Studium. Wie weit bist du mit der Masterarbeit?«

Ich ließ die Pommes in meiner Hand zurück in die Tüte gleiten und sackte in mich zusammen. Den Abschluss hatte ich in den letzten Tagen in die hinterste Ecke meines Bewusstseins verdrängt. »Noch'n paar Seiten, dann ist das Ding fertig«, antwortete ich und das war nicht gelogen. Aber meinen Ansprüchen genügte der Text noch lange nicht. Ich hatte mir fest vorgenommen, für eine gute Note noch einiges an Zeit hineinzustecken.

»Ich lese gerne drüber, bevor du sie abgibst«, sagte er.

»Okay«, nuschelte ich. *Wenn du wieder in Berlin bist.* Seine Worte spukten in meinem Kopf rum. In meiner Magengrube breitete sich grollend die Wut aus, die ich nicht länger eingesperrt halten konnte. *Nicht ein Wort der Entschuldigung!*

Für ihn war das Thema Eckernförde vermutlich erledigt. Ich spürte meinen Herzschlag im Hals.

Ich stand auf und sah von oben auf ihn hinab. »Und was ist, wenn ich hierbleibe?«

»Äh. Was?« Er kniff seine Augen zusammen. »Du spinnst doch!« Paul tippte sich mit dem Zeigefinger an die Stirn.

»Ich habe mich noch nicht entschieden!« Meine Stimme überschlug sich. Ich drehte mich auf der Stelle um und zerknüllte die Tüte Pommes. Meine Beine trugen mich eilig in Richtung Café.

Im Schatten der Bäume erblickte ich Pia, die ihr Fahrrad anschloss. Ich hob eine Hand zum Gruß. Keine Reaktion. Sie hatte mich wohl nicht gesehen.

Meine Wut hatte die Kiste in meinem Bauch gesprengt. Ich war so sauer, dass sich mein Blick vernebelte.

Ich rumpelte gegen einen Mann.

»Hey, Vorsicht junge Dame!«

»Oh, das tut mir sehr leid …«, stammelte ich, ohne mich umzudrehen, und hastete weiter. Das Pommestütenknäuel schmetterte ich in den großen Mülleimer vorm Café.

»Min Deern, was ist –?«

Ich schüttelte den Kopf, schnappte mir die leere Schüssel Waffelteig und marschierte in den Flur. Mein Verstand drehte sich im Kreis und ich folgte einer unsichtbaren Kraft, die mich in die Küche zog. Ich öffnete die Tür und rammte sie gegen einen Widerstand.

»Autsch!«, Kjell rieb sich den Ellenbogen. »Mensch, Schneewittchen, ist der Teufel wieder hinter dir her?« Er zwinkerte mir zu und grinste.

»Sorry. Nein. Sorry.« Ich huschte an ihm vorbei.

»Ich wollte gerade Mittagspause machen.« Er hing seine Schürze an einen Haken.

»Kein Problem. So dringend brauche ich dich im Moment nicht. Eine Schale mit Waffelteig ist noch vorne. Das reicht bestimmt.«

Ich stellte die Schüssel auf die Arbeitsfläche und drehte mich zu ihm um.

Kjell durchbohrte mich mit seinen dunklen Augen. »Alles in Ordnung, Schneewittchen?«

Ich klammerte mich an der Arbeitsfläche fest und nickte.

Er runzelte die Stirn. »Ruf mich, wenn du mich dringend brauchst, also für den Teig … oder so. Dann bin ich da.« Er strich sich mit der Hand durch die blonden Haare, die danach noch zerzauster aussahen als vorher.

»Das ist gut zu wissen.« Ich sah ihn an. Unsere Blicke trafen sich. Meine Wut verpuffte augenblicklich und der Herzschlag in meiner Brust schien aus dem Takt zu geraten.

»Ich kann dir einiges bieten«, sagte er.

Ich zog eine Augenbraue hoch. Mein Herz sandte mir hektische Morsezeichen. Unsicher starrte ich eilig auf den Boden. Meine Hände lösten sich von der Küchenzeile und ich knetete sie vor meinem Körper.

Es war alles zu viel heute. Riekes Angebot, Pauls beleidigende Reaktion, Kjell. Alles.

Er ging zum Tisch und drückte mir ein Tablett mit Fischbrötchen in die Hand. »Hier.«

Unsere Finger berührten sich für eine Sekunde und mein hoppelndes Herz setzte einen Moment aus. Ich sog die Luft ein und mein Atem stockte.

»Bring das ins Café.«

Ich nickte.

»Wirklich alles gut bei dir?«

Ich sah auf und nickte erneut. Kjell legte die Stirn in Falten, zog sein Handy aus der Tasche und zeigte mit dem Finger drauf. »Ich bin da, wenn was ist. Sofort.« Er verschwand aus der Küche. Die Tür glitt hinter ihm ins Schloss.

Ich war allein.

Der Zwiebeldunst stieg in meine Augen. Ich stellte das Tablett neben mich und kaute auf meinem Daumen herum. Dann vergrub ich das Gesicht in den Händen. Wie konnte Paul so verletzend sein? So ignorant? Hatte ich mich in ihm getäuscht? Hatte ich mich blenden lassen? Ich schaute mich um, schlurfte zu einem Stuhl und setzte mich. Aber er war noch hier? Warum? Und war es wirklich mein Wunsch, in der Firma seiner Eltern zu arbeiten? Oder wollte ich in Eckernförde bleiben? *Aber meinen Abschluss muss ich machen.* Und Kjell? Ich schüttelte den Kopf. Der saure Geruch von Matjes erreichte meine Nase. *Mist. Die Fischbrötchen!*

Rasch sprang ich auf und eilte mit dem Tablett zu Hellen.

»Min Deern, olln's kloar?«, sie nahm mir das Tablett aus der Hand und zog geräuschvoll Luft in ihre Nase. »Da läuft einem ja dat Wasser inne Schnute zusammen!«

Ich zog krampfhaft einen Mundwinkel hoch und machte mir einen Espresso. Einen Moment später tupfte ich die Crema von meiner Oberlippe und sah zum Strand. Die Kunden rollten wie eine Welle heran. Nach wenigen Sekunden versanken Hellen und ich im Verkaufsstrom.

»War Pia schon da?«, rief ich Hellen zu und portionierte eine Sahnehaube auf einen Eiskaffee.

»Nee, min Deern.« Hellen schüttelte den Kopf. »Kein Verlass auf die jungen Deerns!«

»Seltsam. Ich hatte sie vorhin schon gesehen«, murmelte ich mehr zu mir selber als zu Hellen.

»Eine Waffel mit Vanilleeis, zwei Cappuccino und den großen Eisbecher mit den Früchten da vorne.« Eine zierliche Frau zeigte auf einen üppigen Eisbecher auf der ausgehängten Karte.

»Kommt sofort. Sehr gerne.« Ich zauberte ihre Bestellung und drapierte alles auf einem Tablett.

»Bitteschön, Sie können da vorne bezahlen.« Ich deutete auf Hellen und wandte mich dem nächsten Kunden zu.

Schneller als ich angenommen hatte, ebbte die Welle an Kunden ab.

»Du, Hellen?«, fragte ich, um ihre Aufmerksamkeit zu bekommen. Dann flüsterte ich ihr zu: »Ich müsste mal kurz aufs Klo. Ich bin gleich wieder da.«

Hellen nickte mir zu und ich verschwand auf die Mitarbeitertoilette zwischen Küche und Hinterausgang.

Die Erleichterung und die Pause senkten meinen Herzschlag. Zu zweit war die Sommersaison nicht zu bewältigen. Tante Rieke brauchte dringend eine Lösung. Ich wusch meine Hände. Etwas donnerte hinter mir von der anderen Seite gegen die Wand und ich zuckte zusammen. Das Wasser spritze. *Mist! Was ist da los?* Mit tropfenden Fingern trat ich auf den Flur, doch Kjell stellte sich mir in den Weg, baute sich dicht vor mir auf.

»Was war das?«, fragte ich ihn.

»Anni …« Er war blass. So blass wie ein braungebrannter Surferboy es eben sein konnte. Etwas stimmte nicht.

»Aus dem Weg, Kjell!« Ich stemmte mich gegen seine Brust.

»Anni, nicht!«

Mein Herz raste. Ich sah hinauf, wollte ihn anfauchen, doch sein verzerrtes Gesicht ließ mich innehalten. Eine Sekunde rührte sich niemand. Ein Rascheln und Keuchen drang an meine Ohren. Der Groschen fiel.

Ich nutzte Kjells Starre und schob ihn beiseite. Mein Denken setzte aus, als wäre ein Zug hindurchgejagt. Gähnende Leere. Nur ein Piepen in meinen Ohren.

Am Ende des Gangs in der Nische für den Laubbläser und andere Gerätschaften sah ich sie. Pauls Hände hantierten unter Pias Shirt. Seine Hose hing auf halb acht. Pias Finger vergruben sich in Pauls blankem Hintern. Ein roter Spitzenslip hing schlaff an Pias Fuß. Die Geräusche ihrer Küsse brannten sich in mein Gehirn. Ich fühlte mich, als hätte mich jemand aus meinem Körper geschleudert. Einfach so. Meine Hände und Beine waren taub. Ich konnte mich nicht rühren. Ich spürte rein gar nichts mehr.

Wie paralysiert stand ich da und konnte meine Augen nicht abwenden, als würde ich überlegen, ob das eine Fata Morgana war.

Hatte ich heute genug getrunken? Mein Mund war staubtrocken. Ich würgte und registrierte, dass Kjell meine Hand hielt.

Paul und Pia waren so in ihren Akt vertieft, dass sie uns nicht bemerkten.

Das konnte nicht wahr sein! Er wollte mich zurückhaben! Und was tat er?! Konnte er nicht eine Woche ohne Sex auskommen?

Völlig versteinert wusste ich nicht, was ich tun sollte. Sollte ich ihm eine Szene machen? Ich ballte meine Hände. Jeder Muskel in meinem Körper war angespannt.

Kjell strich sanft über meine Schulter. Mit kräftigem Griff zog er mich in die Küche. Ich hätte meinen Blick aus eigener Kraft nicht lösen können. Ich hatte gelesen, es kommt bei Zeugen traumatisierender Verbrechen vor, dass sie nicht wegschauen konnten. Das war es. Ein Verbrechen. Ein Verbrechen an meinem Vertrauen. An mir!

Sobald die Küchentür hinter uns zufiel, zerbrach meine innere Wand, die ich zwischen mich und das Gesehene gestellt hatte.

Ich weinte, schluchzte erbärmlich und ließ mich auf einen Stuhl sinken. Ich bebte so sehr, dass ich vergaß, wo ich war und wer mir die Taschentücher reichte.

Meine Augen brannten und meine Nase fühlte sich geschwollen an. Oder umgekehrt. Oder beides.

Warum verdammt?!

Es ging ihm nie um mich! Erst letzte Woche stand er im Laden und hatte mir einen Heiratsantrag gemacht. Was wäre gewesen, wenn ich »Ja« gesagt hätte? Wäre er dann auch mit Pia im Hintereingang gelandet?

Ich schnäuzte kräftig aus und konzentrierte mich auf meinen Atem. Kjell holte eine Flasche aus dem Küchenschrank und schenkte eine klare Flüssigkeit in ein Schnapsglas.

»Köm. Hilft.« Mehr sagte er nicht.

Ich trank ihn in einem Schluck. Es schüttelte mich. »Mehr Hilfe.« Ich schob ihm am ganzen Leib zitternd mein leeres Glas rüber. »Kieler Korn« stand auf dem Etikett.

Er brannte in meiner Kehle. Ich konzentrierte mich darauf, wie der Schmerz über meine Zunge, durch meinen Hals bis in meinen Magen wanderte.

Allein. Ich war wieder allein. Wie konnte ich mich so täuschen? Wie konnte mich Paul so täuschen? Was war sein scheiß Problem?

Aus dem Brennen in meinem Magen wurde Übelkeit. *Verdammter Korn.*

Kjell schlug mit der Faust auf den Tisch. Ich zuckte zusammen. »Lass mich das Arschloch vermöbeln!« Seine Augen funkelten aus schmalen Schlitzen. »Ich hätte verdammt große Lust dazu!«

»Ich bin kurz davor, zuzustimmen, aber ich habe Angst, dass du aus Versehen jemand anderen erwischst.« Ich fasste an meine Schläfe.

»Egal. Ich mach' dem Theater da draußen jetzt ein Ende!«, polterte Kjell und verschwand im Flur.

»Verpisst euch!«, hörte ich ihn schreien. »Noch ganz bei Trost, ihr Spacken? Zieht euch an und helft Hellen im Café, verdammte Axt!«

Ich schenkte mir noch einen Korn ein. Nach einem Wimpernschlag nahm Kjell mir mit hochrotem Kopf die Flasche aus der Hand und goss sich selber einen Shot ein. Wir schwiegen.

Meine Tränen versiegten. Ich fühlte mich leer. Ich brauchte etwas zu tun. Nicht denken, nicht fühlen. Machen.

»Ich sollte im Café helfen«, sagte ich. »Es ist jede Menge los. Das Wetter ist der Wahnsinn. Wir sind in Norddeutschland. Warum scheint seit einer Woche die Sonne? Das ist doch nicht normal!«

»Das ist die globale Erwärmung.« Kjells Mundwinkel zuckten und er stellte die Flasche zurück in den Schrank. Gemächlich drehte er sich zu mir um. Er reichte mir noch ein Taschentuch. »Mensch, Schneewittchen. Bist du sicher, dass du wieder nach vorne ins Café möchtest? Da habe ich Paul und Pia gerade hingeschickt, damit sie sich wenigstens noch etwas nützlich machen.«

Ich nickte und schnäuzte lautstark. »Ist besser. Ich will mich nicht verkriechen.«

»Und was machst du mit Paul? Ich meine, wenn du ihn siehst?«

»Zusammenfalten und dann zum Teufel jagen.« Ich schluchzte. »Erst kommt er her und macht mir einen Antrag und dann vögelt er mit einer anderen rum. Der kann mich mal. Und ich hatte gedacht, wir könnten uns noch mal zusammenraufen.« Ich schüttelte den Kopf über mich selber.

»Pass auf dich auf, Schneewittchen.« Er nahm meinen Kopf in beide Hände und küsste mich auf die Stirn.

War es der Korn oder die seine weichen Lippen an meiner Haut, die in meinem Bauch ein warmes Kribbeln auslösten?

»Mein Angebot steht. Er hätte es mehr als verdient, dass er ordentlich auf den Pott gesetzt wird.« Kjells Hand verkrampfte zu einer zitternden Faust.

»Danke«. Ich schluchzte und versuchte, mich zu sammeln. *Du schaffst das, Anni!* Ich stand auf und setzte einen Fuß vor den anderen.

»Du weißt ja, wo du mich findest.« Er ging zur Spülmaschine, nahm das Besteck und schüttete es auf ein Küchenhandtuch.

Ich schwankte durch den schmalen Flur in Richtung Café.

Wie sollte ich mich verhalten? Ich wollte mir keine Blöße geben. Paul sollte nicht sehen, wie verletzt ich war.

Ich schob die Tür zum Café auf und sah, wie er einem Jungen ein Eis mit bunten Streuseln verkaufte. Pia bediente die Kaffeemaschine.

Kapitel 16

SCHLUSS MIT LUSTIG

»Was kann ich für sie tun?« Ich stellte mich neben Paul und bediente die nächste Kundin. Eine Mutter mit vier Kindern, die alle durcheinander riefen, was sie gerne hätten.

»Eine Kugel für jeden!«, ermahnte sie ihre Kinder zur Ordnung. »Leni, du fängst an.«

Ich zitterte, als ich das Eis über den Tresen reichte, ließ mir aber nichts weiter anmerken.

Wie ein ausgewrungener Feudel fühlte ich mich. Leer und kraftlos. Vermutlich sah ich genauso aus.

Paul reichte einen Eisbecher über die Theke. Sein Blick streifte meinen. Bemerkte er überhaupt, wie fertig ich war? Wie lange ging das schon mit Pia? Warum war er hier? Hatte er mich jemals richtig gesehen? Das passte alles nicht zusammen.

Kjells Angebot schoss durch meine Gedanken. Ich schüttelte den Kopf. Wenn jemand hier Paul vermöbelte, dann ganz allein ich! Meine Fäuste ballten sich und alles in mir schrie nach Vergeltung. Diesen Spaß sollte niemand anders haben. Aber was würde es bringen?

Ich wandte mich zu Pia um. »Kannst du heute eventuell länger bleiben?«

Sie zuckte zusammen, als ich sie ansprach und nickte. »Ja, klar. Ich kann bleiben, bis wir hier dicht machen. Ist heute kein Problem. Hab eh noch einen saumäßigen Muskelkater vom Beachen gestern.«

Ich biss die Zähne zusammen. *Vom Beachen. Na klar.* Meine Augen wollten sich einmal um die eigene Achse drehen. *Diese Scheinheiligkeit!* Aber um Pia würde ich mich später kümmern. Erst einmal wollte ich die Sache mit Paul aus der Welt schaffen. Nein, ich wollte Paul aus meiner Welt schaffen!

Ich konnte es keine Sekunde länger ertragen, hier neben ihm zu stehen. Mit Paul würde ich zwar den sicheren Job und alle Geldsorgen ebenfalls zum Teufel jagen, aber das war egal. Der Preis dafür war nicht tragbar. *Was nützten mir Wohlstand und Sicherheit, wenn mein Herz irgendwann nichts mehr fühlen kann?*

Trotzdem zögerte ich. Es würde endgültig sein. Dieser Abschied würde unumkehrbar sein. Das machte mir Angst. Ich band wie in Zeitlupe die Schleife von meiner Schürze auf, strich sie ordentlich glatt und hing sie an den Haken an der Wand.

Dann stellte ich mich meinem Endgegner. »Ich hab uns einen frühen Feierabend verschafft.«

Paul nickte und lächelte. Er nestelte an seiner Schürze rum und sah mich auffordernd an. Ich half ihm nicht. Er war auf sich gestellt. Die Schürze war nur der Anfang.

»Na, das ist ja mal eine Überraschung. Sonst bleibst du immer bis zum Schluss. Hast du endlich gemerkt, dass das Ackern im Eisladen dem Personal überlassen werden kann?«

Arschloch!

Er war so abgebrüht. Wie konnte er? Ich fühlte mich so benutzt. Als wäre ich nur die Vorzeigefrau für seine Eltern. Diejenige, die ihm Frühstück machte und seine Sachen hinterhertrug.

Schweigend ging ich nach draußen. Er folgte mir. Als wir das Café ein paar Meter hinter uns gelassen hatten, blieb ich stehen.

»Und? Was wollen wir machen?« Paul nahm meine Hand und zog mich herum. Er grinste verschmitzt.

Ich riss mich von ihm los, schnaufte und sah ihn mit festem Blick an.

»Paul. Es ist vorbei. *Wir* machen gar nichts mehr. Ein *wir* gibt es nicht mehr. Pack deine Sachen und hau ab. Ich will dich nie wieder sehen.«

»Annili, was ist …?«

»Nenn mich nicht Annili!«, kreischte ich. »Ich habe Pia und dich gesehen. Ich möchte nicht darüber reden. Ehrlich gesagt, möchte ich nie wieder mit dir reden!«

Er sah mich an, wie ein kleines Kind, das ich beim Klauen von Süßigkeiten erwischt hatte.

»Aber Annili, komm schon. Du willst alles aufgeben?«, er machte einen Schritt auf mich zu.

»ICH?«, schrie ich. Meine Hände prallten auf seinen Brustkorb und schubsten ihn nach hinten. Er taumelte.

Rasch zog ich meine Arme zurück. »Sag mal, hörst du dir eigentlich selber zu? Wir wollten neu anfangen! Es ging um Vertrauen!« Ich blickte auf den Boden und kickte einen Kiesel ins Gras. »Ach. Warum erzähle ich dir eigentlich was von Vertrauen.« Ich schüttelte den Kopf und sah ihn an. Er richtete die Sonnenbrille auf seiner Frisur neu aus und blickte hektisch um sich. Sein Mund öffnete sich, doch bevor er etwas sagen konnte, schwang ich mahnend einen Finger in die Luft. »Du steigst jetzt in deinen prolligen BMW und haust ab. Schöne Grüße an Deine Eltern. Ich werde ihnen erzählen, warum ich den Job leider nicht annehmen kann, den sie für mich vorgesehen haben. Vielleicht interessiert sie ja das triebgesteuerte Verhalten ihres ach so feinen Sohnes!«

Ich schrie mich in Rage. Meine Augen brannten wie Feuer, meine Kehle tat weh. Wir standen mitten auf der Promenade. Die Leute guckten uns an. Es war mir egal.

»Anni, bitte mach das nicht. Lass meine Eltern da raus!« Pauls Hände trafen sich vor seinem Körper, als würde er beten. Seine Stimme zitterte. »Sie. Ich. Sie wollten, dass ich dich wieder …« Er flüsterte. »Meine Mutter hätte sich so gefreut.«

Mein Kinn klappte nach unten. Einige lange Sekunden starrte ich Paul an. Er wich meinem Blick aus. Mein Magen bestand aus einem faustgroßen Bleiklumpen.

Ich holte tief Luft und sagte mit fester Stimme: »Pack deine Sachen und hau ab! In einer halben Stunde bin ich wieder da und möchte nichts mehr von dir sehen. Nie wieder!«

Ich drehte mich um. Ohne zurückzublicken, ging ich in Richtung Strand. Ich brauchte das Meer. Sofort. Ich kickte meine Schuhe in die Küstenschutz-Faschinen und ging barfuß auf den weichen Sand.

Auf der Seebrücke zählte ich die Bretter. Ich ließ den angestauten Tränen freien Lauf. Der Klumpen in meiner Magengrube bohrte sich in meine Eingeweide.

»… elf, zwölf, ARSCHLOCH, dreizehn …« Es waren 53 plus unzählige Arschloch-Bretter. Die Schimpfwörter nahmen Überhand, aber das Gehen beruhigte mich. Mit der Zeit ließ das Schluchzen nach. Tränen liefen mir das Gesicht hinunter. Ich stand am Ende der Brücke und schaute auf das Meer.

Anstatt ihn noch einmal in mein Leben zu lassen, hätte ich Paul gleich zum Teufel schicken sollen. *Verdammt!* Das ganze Schauspiel für seine Eltern! Mir wurde schlecht. Ich klammerte mich am Geländer fest. *Ach was! Ich werde nie wieder einen Mann in mein Herz lassen. Die denken doch alle nur mit ihrem Geschlechtsteil. Und an ihren eigenen Vorteil! Alles Arschlöcher!*

Ich wusste nicht, wie lange ich dort stand. Am Ende atmete ich ruhig und versuchte, an nichts zu denken – die Gedanken durchrauschen zu lassen, wie das Meer unter mir.

Ich hörte Menschen neben mir, die kamen und gingen. Wie in Watte gepackt stand ich am äußersten Zipfel der Seebrücke und wartete darauf, dass ich den Impuls bekommen würde, zurückzukehren. Zurück zum Ufer. Zurück in mein Leben, das erneut in einem emotionalen Scherbenhaufen vor mir lag. Ein Leben, für das ich mir einen neuen Plan machen musste. Einen eigenen Plan. Ohne mich auf jemand anderen zu verlassen. Ich zitterte am ganzen Körper.

»Min Deern?« Hellen trat neben mich und nahm mich in den Arm. Sie hielt mich fest und ich schluchzte an ihrer

Schulter. Meine Tränen durchtränkten ihr buntes Sommerkleid. Ihr Menthol-Blumenduft beruhigte mich. Sie streichelte meinen Kopf. Der Tränenfluss versiegte.

»Er ist weg«, sagte sie nach einer Weile.

Wir gingen schweigend nebeneinander in Richtung Strand.

Das Café hatte geschlossen. Kjell wartete auf uns. In der Hand hielt er den Korn und drei Gläser.

»Ist nicht der fancy Sommercocktail, wirkt aber besser.« Er zog entschuldigend die Schultern hoch.

»Ich hol' dir erst einmal ein Wasser, min Deern.« Hellen ging ins Café. Ich setzte mich in einen der roten Strandkörbe, lehnte mich an und schloss die Augen. *Wenn man es sich ganz doll wünscht, kann man dann verschwinden?* Ich hoffte wie ein kleines Kind, dass die Welt um mich herum nicht mehr da war.

»Schneewittchen, das bringt nix. Ich kann dich sehen.« Kjell schenkte den Korn in die drei Gläser.

»Verdammt. Für einen kurzen Moment dachte ich, ich sei unsichtbar.«

Kjell zog einen Mundwinkel hoch und grinste schief.

»Na, nun füll sie nicht noch ab, min Jung. Sie hat schon genuch anner Backe. Da brauch se nich noch so viel Köm inner Figur.« Hellen reichte mir eine Flasche Wasser und servierte mir ein Brötchen mit Butter und Käse.

»Das hab ich noch zusammengezaubert. Viel gifft euer Kühlschrank ja nicht her, da oben.« Sie zeigte auf die Sommerwohnung von Tante Rieke. Dann wandte sich Hellen zu mir: »Du musst was essen, min Deern. Wenigstens mal abbeißen.«

Mir war immer noch schlecht. Möglicherweise, weil die Pommes von heute Mittag die letzte Nahrung waren, die ich zu mir genommen hatte. Mit Paul. Auf einer Parkbank. Meine Augen füllten sich mit Tränen. Ich kippte mir das Glas Korn runter und biss einmal vom Brötchen ab. Den trockenen Klumpen im Hals spülte ich mit Wasser runter. Ich stellte mir vor, wie der Korn den Stein im Magen verbrannte.

»Zufrieden?«, fragte ich in die Runde.

Kapitel 17

IT'S A NEW DAY

Der Geruch von frischem Kaffee stieg in meine Nase und weckte mich sanft. Ich blinzelte. Das hieß, ich versuchte es. Meine Augen waren angeschwollen, sodass ich sie kaum aufbekam. Im Hintergrund pochten höflich ein paar Zwerge gegen meine Schädeldecke. Ich setzte mich auf und nahm die heiße Tasse Cappuccino in die Hand und nippte daran. *Autsch!* Wie immer verbrannte ich mich am ersten Schluck. *Ich werde es nie lernen. Ich bin ein hoffnungsloser Fall.*

Durch das halb geöffnete Fenster schwebte »It's a new day« von Avicii durch die Luft.

Wie bin ich gestern ins Bett gekommen? Ich linste an mir herunter und mein Herz blieb stehen. Die Zwerge auf meinem Schlafshirt grinsten mich an. Mit einem Finger weitete ich den Kragen und stellte erleichtert fest, dass ich einen BH trug. *Warum fühle ich mich so elend?*

Nach und nach sickerten die Ereignisse in mein Bewusstsein. Ich erinnerte mich an Paul, das Arschloch.

Die Bilder vom Hintereingang des Cafés liefen in meinem Kopf in Endlosschleife. *Anni! Reiß dich zusammen! Was ist dann passiert?* Mein Gedächtnis schickte mir die Kurzfassung. Ich hatte geweint, war in null Komma nichts sehr betrunken und mindestens genau so erschöpft gewesen. Ob es der Alkohol war oder ein psychischer Zusammenbruch oder beides – wer wusste das schon.

Ich erinnerte mich schemenhaft daran, dass Kjell mich in mein Bett trug. Vermutlich hatte er mir auch mein Schlafshirt angezogen.

Wie peinlich!

Hastig und ohne mein Getränk zu verschütten, kontrollierte ich, welche Unterhose ich anhatte. Ich hatte Glück. Es war nicht die alte mit den ausgefransten Beinausschnitten, die ich schon lange wegschmeißen wollte. Stattdessen war mein Hinterteil verpackt in einen schwarzen Slip ohne weitere Peinlichkeiten. Ich hatte gestern zumindest eine richtige Entscheidung getroffen.

Im Gegenteil dazu war es keine erwachsene oder kluge Idee, meine Probleme in Alkohol zu ertränken. *Als Schocküberwindung und Schmerzmittel aber durchaus legitim.*

Der Cappuccino war abgekühlt. Ich schüttete ihn meine Kehle hinunter. Er war stark. Mein Herzschlag beschleunigte sich nach jedem Schluck. Ich tippte auf einen dreifachen Espresso. Ich entschied, heute nur zu funktionieren. Keine Tränen. Keine Gefühle. Keine Gedanken. Keine Zusammenbrüche. Basta.

Hoffentlich war gutes Wetter. Sonne bedeutete jede Menge Arbeit. Und das hieß wenig Zeit, um mir den Kopf zu zerbrechen.

Das heiße Wasser der Dusche reinigte mich. Nicht nur äußerlich. Es war, als würde die Beziehung zu Paul abgewaschen werden. Meine Augen füllten sich mit Tränen. *Nein!* Ich schaltete ruckartig auf kalt. Meine Kopfhaut zog sich zusammen und die Kopfschmerzen ließen nach.

Ich kannte kein Ziel, nicht einmal eine Richtung. Aber ich wusste, dass ich heute Eis verkaufen würde. Dass ich Kaffee kochen würde und dass ich im Café Seestern ein besonderes Erlebnis für jeden einzelnen Kunden zaubern würde. Das war meine Mission für heute und das sollte keinen Platz für miese Gedanken lassen.

Angezogen und im Rahmen meiner Möglichkeiten frisiert, machte ich mich auf die Suche nach etwas zu essen. Ich hatte einen wahnsinnigen Hunger. Auf dem Herd fand ich eine große Portion Omelett mit Schnittlauch und zwei geschmierte Brötchenhälften mit Käse.

Der Hunger ließ nicht zu, dass ich das Omelett erwärmte. Hastig schlang ich die salzige Eierspeise hinunter. Der Schnittlauch knackte zwischen meinen Zähnen. Dann entdeckte ich den frischgepressten Orangensaft.

Wow!

Meine Lebensgeister machten einen Luftsprung.

Gestärkt tastete ich den Bereich unter meinen Augen ab. Mein Gefühl sagte mir, dass meine Lider völlig aufgequollen waren, sodass es ein Wunder war, wie ich überhaupt gucken konnte. Ich huschte zum Spiegel. Mein Anblick war zwar nicht sonderlich frisch, widerlegte aber die Vermutung. Ich wühlte in meiner Kulturtasche. Irgendwo hatte ich bestimmt einen Concealer.

Normalerweise schminkte ich mich nicht, hatte jedoch die Grundausstattung für ein dezentes Make-up dabei. Meistens unnötiger Ballast, an diesem Tag ein Erfolg, als die Schatten unter meinen Augen verschwanden. Ich trug ein zartes Lipgloss auf. So konnte ich mich sehen lassen, ohne die Kunden zu vergraulen.

Ich verharrte vor dem Spiegel und atmete durch. *Eine neue Anni.* Ich nahm mir vor, in Zukunft öfter ein wenig Farbe auf die Lippen aufzutragen.

Im Café traf ich Kjell. »Moin Schneewittchen, wie geht es dir? Du siehst besser aus, als erwartet.« Kjell zog seine Augenbrauen hoch und nickte mir zu.

»War das ein Kompliment? Oder nur eine freundliche Beschreibung dafür, dass ich schon mal deutlich bessere Tage hatte?«

»Ich meine nur …« Er machte eine Pause. »Gestern Abend waren bei dir die Lichter aus.«

Ich lief rot an.

»Habe ich? Haben wir? Ich kann mich an nichts erinnern.«

»Nee, Schneewittchen. Niemand hat irgendwas und wir schon gar nicht. Ich habe dich nach oben gehievt und dir dein Schlafshirt angezogen. Den BH habe ich angelassen. Damit du nicht denkst, ich hätte das ausgenutzt. Würde ich nie tun!« Kjell fuchtelte mit beiden Händen abwehrend vor seinem Körper herum. »Warst ganz schön sprittig. Aber war ja auch meine Schuld. Ich hätte dir nicht so viel Köm geben sollen. Ich dachte, das würde dir helfen. Wegen der ganzen Scheiße mit Paul. Du hättest mich ihn doch vermöbeln lassen sollen. Zumindest hätte ich darauf wirklich Lust gehabt. Das ging ja gar nicht, was er mit dir gemacht hat. Unterste Schublade. Vollspacko.«

Ich musste grinsen. »Danke für den Kaffee. Und das Frühstück. Und für den Korn und den Bettbringservice. Ich glaube, du hast mir das Leben gerettet.« Ich betrachtete Kjell. Ein warmes Gefühl durchströmte meinen Brustkorb.

Er nickte. »Ich hatte ein schlechtes Gewissen. Weil ich dich abgefüllt habe, weißt du? Da wollte ich wenigstens deinem Kater etwas entgegensetzen.«

»Danke auf jeden Fall. Danke für alles.« Ich hauchte ihm einen Kuss auf die Wange. Seine Bartstoppeln kratzten sanft an meinen Lippen und hinterließen ein prickelndes Gefühl.

Kjell hatte sich um alles gekümmert. Die Kaffeemaschine lief, die Auslage war vorbereitet und die Stühle standen draußen und warteten auf die ersten Gäste.

Ich schloss den Laden auf und schlenderte auf die Promenade. Die Sonne kitzelte mich im Gesicht. Es war warm und Eltern bevölkerten mit ihren Kindern den Strandspielplatz.

Die Rettungsschwimmer kamen mit ihrem Boot angefahren und steckten Markierungen in den Strand, die besagten, dass der Strandabschnitt von diesem Moment an bewacht werden würde.

Allmählich setzte der Besucherstrom in Richtung Förde ein. Die Parkplätze füllten sich.

Als Hellen ankam, nahm sie mich in den Arm. »Mensch, min Deern. Wedder auf'm Damm?«

»Nach dieser Umarmung geht's mir auf jeden Fall besser als vorher.« Ich tauchte aus ihrer Mentholwolke auf. »Aber sag mal, Hellen, ich würde Pia gerne kündigen nach der Aktion gestern.« Mein Magen verkrampfte sich.

Hellen nickte und fummelte einen Zettel aus ihrer riesigen Geldbörse mit Leopardenmuster.

»Da, min Deern, ihre Nummer. Sie wäre eh nur noch zwei Wochen geblieben. Wir haben schon ganz annere Sachen gewuppt!«

»Danke.« Ich nahm den Zettel in Empfang und zog mein Handy aus der Hosentasche.

Das Gespräch verlief kurz und sachlich. Ich legte auf und fühlte, wie mir ein Stein vom Herzen fiel. Ich schloss das Kapitel Paul für immer.

Mit einem lauten »So!« Betätigte ich meinen imaginären Start-Knopf und tat, was ich mir vorgenommen hatte: im Laden stehen und Eis und Kaffee verkaufen. Mein Herz machte einen Satz bei dem Gedanken, mit den Kunden zur leckersten Eissorte und zum angesagten Wetter zu philosophieren und ganz im Moment zu leben.

Im Café war ich etwas zittrig. Der Kater war noch nicht besiegt. Nach jedem Kunden nahm ich ein Schluck Wasser, um nicht zu dehydrieren.

Gegen Mittag gönnte ich mir eine kurze Pause. Hunger trieb mich in die Küche. So ein Kater forderte lautstark etwas zu essen.

»Probier mal, Schneewittchen. Meine neueste Idee fürs Café. Räucherfisch-Sushi. Das ist voll lecker.« Kjell fütterte mich mit einem Sushi-Röllchen. Er ließ seine Finger für eine lange Sekunde auf meinen Lippen. Ich spürte das Prickeln von meinem Mund in meinen Bauch wandern. Mein Herz klopfte verräterisch, aber der Verstand bremste es aus. *Was willst DU jetzt mit deinem Leben machen, Anni? Stürz dich nicht gleich in die nächsten starken Arme!*

»Hm, hm, lecker.« Ich nickte schmatzend. Prompt griff mir noch zwei Röllchen. Ich hatte einen Bärenhunger.

»Hab mir von ’nem Kumpel zeigen lassen, wie ich Sushi-Reis mache. Hier auf der Ecke gibt das ja nix außer Pommes, Burger und Eis. Was meinst du? Sollen wir das morgen anbieten? Dann besorg ich Schälchen, Sojasauce und Wasabi. Schreibst du die Preisliste? Was kann man denn nehmen für so'n paar Röllchen.« Kjell stand vor mir, blickte mich an und nickte wie wild mit dem Kopf. Fehlte nur, dass er vor mir auf und ab hüpfte.

»Schaffen wir das schon morgen?«, fragte ich kritisch. Vielleicht etwas zu kritisch, denn sein Gesicht versteinerte und er wandte den Blick von mir ab. »Also, ich meine, es ist saulecker und eine super Idee!« Ich ruderte zurück und lächelte ihn an. »Nur jetzt in der Hochsaison noch was Neues aufzuziehen? Schaffen wir das zusätzlich zum täglichen Wahnsinn? Und was sagt Tante Rieke dazu?«

»Wenn wir uns nicht wieder auf die falschen Typen einlassen und daraufhin betrinken, haben wir genug Energie, um was Neues auf die Beine zu stellen.« Seine Augen verengten sich.

Sein Kommentar traf mich direkt in die Magengrube. »Es gibt auf dieser Welt keine richtigen Typen!«, knallte ich ihm an den Kopf und stopfte mir noch ein Stück Sushi in den Mund. »Ich muss nach vorne und Hellen helfen. Die Sushis sind saulecker. Ich denke drüber nach«, schmatzte ich und stampfte aus der Küche.

Würde ich emotional fest im Sattel sitzen, hätte sich Kjell wegen seines miesen Spruchs auf was gefasst machen können! Eine professionelle Ebene war sicherer. Ansonsten wäre die Situation erneut in einen Streit übergegangen. Aktuell konzentrierte ich mich auf das Wohl der Kunden im Café und mein Überleben. Für große Pläne hatte ich noch keine Kraft. Die Zukunft blendete ich aus, genauso wie die Vergangenheit. Eine Stunde in die Zukunft, vielleicht auch zwei.

Mehr nicht. Dachte ich an morgen oder übermorgen, zog sich mein Inneres zusammen und bescherte mir einen dicken Kloß im Hals.

»Mit Krokant? Kommt sofort.« Die Arbeit war mir willkommen.

Der Laden war voll. Hellen und ich bewegten uns wie ein perfekt aufeinander abgestimmtes Tanzpaar durch den Verkaufsbereich. Mit einem Walzer von Chopin hinterlegt wäre es virtuos.

Dann fiel mir fast die Eistüte aus der Hand, denn hinten an der Promenade sah ich ein bekanntes Gesicht.

Nein. Das kann nicht wahr sein!

Kapitel 18

MAMA

»Anni!« Ich hörte sie von Weitem rufen. »Überraschung!«

»Mama. Was machst du denn hier? Warum hast du nicht vorher –?«

»Anni, ich wollte dich überraschen. Wir sind heute früh mit dem Kreuzfahrer in Kiel angekommen und dein Vater wollte sich ein altes U-Boot angucken. Da hab ich mir gedacht, schau ich doch mal bei Rieke im Café vorbei, was mein Kindchen treibt.«

Unbeeindruckt von der Menge an Kunden schob sich meine Mutter hinter den Tresen und drückte mich fest an sich.

Hellen nickte mir zu, dass sie alles im Griff hatte. Ihr Blick sagte: »Bring diese Frau aus dem Arbeitsbereich weg, sonst warten die Kunden noch hundert Jahre auf ihr Eis!«

Ich zog Mama in Richtung Promenade. Gerade wurde ein Strandkorb auf der Terrasse des Cafés frei und ich bugsierte sie hinein.

»Soll ich dir einen Kaffee bringen?« Ich räumte das alte Geschirr zusammen.

»Ach Anni, das wäre toll. Kannst du einen Cappuccino machen? So mit cremigem Milchschaum und ein wenig Kakao drauf? Weißt du, auf dem Schiff gab es so tollen Kaffee.« Sie sah mir zu, wie ich das Geschirr zum Wagen balancierte.

»Kommt gleich, Mama.«

Gut, dass die Maschine laut schäumte, sodass niemand hören konnte, dass ich die ganze Zeit fluchte.

»Voilà, Mama, dein Cappuccino. Mit Kakaopulver natürlich.« Ich übertrieb bei der Präsentation ihres stinknormalen Getränks.

»Danke, Anni. Das ist ja toll. Was trinkst du denn da Feines?«

»Heiße Schokolade.«

»Toll! Was du kannst!« Mama redete mit mir immer noch wie mit einem Kleinkind. Sie meinte das wirklich ernst. Aber sie hatte mich auch noch nie außerhalb von Schule oder Studium arbeiten sehen. Vermutlich dachte sie, meine Welt bestünde nur aus Büchern. Es ist ihr nicht zu verübeln. Bis vor ein paar Wochen bestand meine Welt wirklich nur aus Unikram.

»Wie geht es Paul?« Da war sie, die unausweichliche Frage.

»Wir haben uns endgültig getrennt. Es ist besser so.« Ich trank eilig einen Schluck von meinem Getränk, damit ich nichts mehr sagen musste.

»Anni, was hast du nun wieder gemacht? Er war so eine gute Partie! Und der Job bei der tollen Firma. Mit Dienstwagen! Du hättest einen schicken Mercedes fahren können. Davon habe ich Frau Siemsen neulich beim Bäcker erzählt.«

Ihr Blick traf mich wie früher, wenn ich zu Hause etwas verschüttet hatte. Ich spürte einen Kloß im Hals und meine Augen füllten sich mit Tränen. Ich wollte nicht weinen und biss mir auf die Lippen. *Und wer zum Henker ist Frau Siemsen?*

»Nun sag. Was hast du angestellt, dass dich dieser schicke, junge Mann in den Wind geschossen hat?« Sie tätschelte mir den Arm. Ihre Berührung brannte wie Feuer. Ich wünschte mich weit weg. *Warum ist sie so? Und warum ist Papa nicht da?* Wenn er dabei war, gab sich Mama mehr Mühe, einfühlsam zu sein.

»Ach, Mama! Manchmal geht eine Beziehung nicht weiter. Dann ist das Vertrauen verspielt. Das lässt sich nicht mehr retten«, murmelte ich in meinen Becher.

»Ihr jungen Dinger. Wollt immer die perfekte Beziehung. Manchmal muss man zurückstecken, damit am Ende alles gut wird.«

»Glaub mir, Mama. Ich habe zurückgesteckt, ich habe ihm eine zweite Chance gegeben«, presste ich hervor. »Er hat mich betrogen. Und das nicht nur einmal. Und du kommst hier an und machst mir Vorwürfe, nur weil ich keinen Mercedes fahren werde? Was soll das?« Mir liefen Tränen über das Gesicht. Ich hatte noch nie so mit ihr geredet.

»Ach. Papperlapapp und Schwamm drüber. Die Zeit heilt alle Wunden.« Sie reichte mir ein Taschentuch.

Papperlapapp, Schwamm drüber und ein Sinnspruch. Das war schon immer ihre Art gewesen, mit kleinen und großen Problemen umzugehen.

»Du bist ja bald eine fertig Studierte. Da wirst du sicher auch einen anderen gebildeten und gut situierten Mann finden.« Mama nickte mehrfach.

Warum sagt sie sowas? In mir brodelte es. »Jetzt hör mir mal zu, Mama. Ich werde meinen Weg gehen. Irgendwie. Alleine. Ich brauche keinen verdammten Mann dazu!« Ich schlug auf den Tisch. Die Tassen klirrten. Neugierige Blicke stierten in unsere Richtung.

Mama riss die Augen auf und hob die Hände. »Aber, aber. Kind! Musst ja nicht gleich so hochgehen.«

Synchron nahmen wir unsere Tassen in die Hand und tranken einen Schluck.

Ich atmete durch. Mein Puls beruhigte sich. »Wie war eure Reise?«, lenkte ich das Gespräch auf neutralen Grund.

»Ach, wie schön, dass du fragst! Es war herrlich. Riga ist so wundervoll. Das kannst du dir gar nicht vorstellen! Ich habe schon immer davon geträumt, mir das Baltikum mal in Echt anzusehen. Und das Essen an Bord. Deliziös! Ich habe Fotos vom Buffet gemacht. Willst du mal sehen?«

Ich nickte und bekam unzählige verschiedene Fotos von Essen präsentiert. Die meisten kannte ich schon aus ihrem WhatsApp-Status. Diese Meldungen waren mittlerweile sowas wie das Instagram der Ü50-Generation geworden. Mit dieser Überlegung beschäftigte ich mich, als ich das zwanzigste Bild der Essensauslage auf dem Kreuzfahrtschiff nickend zur Kenntnis nahm.

»Das Schiff, das musst du dir ansehen! Es fährt morgen Vormittag durch den Nord-Ostsee-Kanal, hat uns der Stewart erzählt. Das soll beeindruckend sein. Schade, dass unser Zug nach Hause schon morgen früh fährt. Bis dahin sind wir im Kieler Kaufmann untergebracht. Kennst du das? Exquisite Küche!«

Ich nickte und beobachtete zwei Möwen, die sich um eine weggeworfene Eistüte stritten.

»Kann ich dir noch einen Eisbecher anbieten? Waffeln? Oder ein Fischbrötchen?« Mein Magen knurrte.

»Ja, Matjesbrötchen. Das esse ich immer, wenn ich hier oben bin. Und danach eine Waffel mit Puderzucker. Nach der Kreuzfahrt habe ich ohnehin zu viel auf den Rippen. Ab morgen ist wieder Diät.«

Sie zupfte sich ihr geblümtes Sommerkleid an der Bauchregion zurecht und ich holte ihre Bestellung zweimal.

»Geht auf's Haus.« Ich zwinkerte ihr zu.

Wir aßen und ich hielt das Gesprächsthema weiter beim Essen und dem Wetter.

Mama warf einen flüchtigen Blick auf ihr Handy. Dann sprang sie auf. »Ach, verdammt. Ich muss los. Der Bus fährt in fünfzehn Minuten.« Sie wühlte hektisch in ihrer Tasche. »Da ist ja das Ticket …!«

»Ich bring dich zum Bahnhof, also zum Busbahnhof.«

Wir schlenderten durch den Park und ich betete, dass der Besuch bald vorbei sein mochte.

»Diese liebevoll angelegten Beete. Sehr pittoresk. Aber warum hat der Mann der Statue das Gesicht falsch herum?«

»Das ist Kunst«, antwortete ich kurz und pragmatisch.

Als wir an der Fußgängerampel an der Reeperbahn ankamen, verabschiedete ich mich von Mama.

»Grüß Papa ganz lieb!« Ich drückte sie zum Abschied. Sie roch ungewohnt. Benutzte sie ein neues Parfüm?

Ich bummelte durch den Kurpark, fühlte mich leer und abgekämpft. Als wäre ich gegen Paul in den Kampf gezogen und hätte dabei die letzte Schlacht gewonnen, aber den Krieg verloren.

Die Möwen am Strand kreisten. Vielleicht hatten sie Chips oder Kekse von badenden Touristen ins Visier genommen. Ich betrachtete sie einen Moment, dann fiel mir Kjell vor dem Kaffee auf. Er unterhielt sich mit einer jungen Frau mit kurzen, blonden Haaren. Die beiden lachten und sie legte dabei ihre Hand an seinen Arm. Das versetzte mir einen Stich. Unvermittelte ballten sich meine Hände zu Fäusten. War das seine Freundin? War er zu ihr gegangen, als er nach dem Abend am Strand verschwunden war?

Ich räumte das Geschirr von der Terrasse ab und stapelte es auf den Geschirrwagen. Gleich war der Abwasch fällig. Aus dem Augenwinkel beobachtete ich Kjell.

»Hey, warte mal, Schneewittchen!« Er sah mich an ihm vorbeilaufen und stellte sich mir in den Weg.

»Anni, das ist Laura. Laura, das ist Anni«, machte Kjell uns bekannt.

»Schön, dich kennenzulernen.« Sie schüttelte meine Hand und schaute grinsend von mir zu Kjell und zurück.

»Aber Laura wollte gerade gehen, nicht wahr?« Er grinste schief und zwinkerte Laura zu.

Sie lachte hell und umarmte ihn zum Abschied. Nach ein paar Metern drehte sie sich noch mal zu uns um: »Sach aber vorher Bescheid, wenn du dich wieder mitten in der Nacht auf meinem Sofa betrinken möchtest. Dann muss ich noch Schnaps kaufen. So groß sind meine Vorräte nicht!«

Kjell brummte. Seine Wangen röteten sich. »Wie war's mit deiner Mutter, Schneewittchen?« Er schob den Wagen in die Küche und ich folgte ihm.

»Frag nicht.« Ich schüttelte den Kopf.

»So schlimm?« Er half mir den Spülkorb einzuräumen.

»Schlimmer als schlimm. Sie hat mir die Schuld gegeben, dass das alles mit Paul zerbrochen ist. Und dass ich nun keinen Mercedes als Dienstwagen bekomme.«

»Ist nicht dein Ernst! Ruf ihn schnell an, mag sein, dass er dich zurücknimmt? Hättest du mir gesagt, dass du einen Mercedes in den Wind schießt!« Kjells Mundwinkel zuckten, als versuchte er, sie krampfhaft unten zu halten.

Dann prusteten wir beide los.

Wir kümmerten uns um das dreckige Geschirr und kicherten.

»Stell dir vor, womöglich entgeht mir eine teure Küchenmaschine!«

»Watt für 'ne blöde Entscheidung von dir! Was du damit alles hättest zubereiten können in deiner nigelnagelneuen Küche!« Kjell sprach wie ein Teleshop-Verkäufer. »Nimm den unehrlichen Mann, bekomme einen Mercedes gratis dazu! Nur heute im Angebot!« Er benutzte den Schneebesen als Mikrofon.

Ich musste mir den Bauch halten vor Lachen.

Als die Küche blitzte, schlenderten wir nach vorne ins Café.

»Hellen ist ein Engel!«, sagte ich zu Kjell. Meine Augen wanderten durch das Café Seestern, das für heute schlafen gegangen war, um am nächsten Tag frisch herausgeputzt Gäste zu empfangen.

Kjell nickte und ich folgte ihm nach draußen.

»Weißt du was, Schneewittchen, morgen früh sollten wir einen Ausflug machen, bevor hier der Punk abgeht. Du brauchst etwas Ablenkung!« Er blickte von mir zu Hellen. »Dat ist eine tolle Idee, min Jung! Bereitet mir einfach de

Kök und die Terrasse vor und ich mach hier die Frühschicht.« Hellen stand vorm Café in einer Mentholdampfwolke und nickte uns auffordernd zu.

»Darf ich auch noch mitreden?« Ich breitete die Hände aus, als würde ich ungelenk einen Ball fangen wollen.

»Nö. Ist entschieden.« Kjell zwinkerte mir zu und ließ seine Mundwinkel für mich tanzen. »Sei morgen um halb neun fertig, dann machen wir einen Ausflug. Können wir deine Karre ausleihen, Hellen?«

»Na kloar.« Hellen klimperte auf dem Weg aus dem Café mit ihrem Schlüsselbund. »Tschüssi ihr zwei. Bis morgen.«

Kjell grinste mich an. »Ich hoffe, du fährst mit einem alten Seat, der BMW und der Mercedes sind leider in der Werkstatt.«

»Ich fahre auch mit einem klapprigen Damenrad, aber jetzt bin ich hundemüde. Ich will nur noch in mein Bett.«

»Wer will da nicht hin.« Er lächelte breit und fing an die Strandkörbe zu verschieben.

Hitze schoss mir ins Gesicht. Ich ermahnte die startenden Schmetterlinge in meinem Bauch jedoch, auf keinen Fall auf so ein Machogehabe zu reagieren. Ich zog einen Mundwinkel hoch und murmelte: »Gute Nacht. Bis morgen.«

»Gute Nacht, Schneewittchen. Morgen um halb neun. Wir treffen uns pünktlich und ausnahmsweise mal ohne Kater.«

Ich wandte mich dem Café zu und sah mich nicht mehr um.

Kapitel 19

AM KANAL

»Wo fahren wir hin?« Ich schnallte mich an und spielte mit den solarbetriebenen Wackeltieren auf dem Armaturenbrett von Hellens Auto. Am Rückspiegel hing eine Kette mit einem Wunderbaum. Eine Blumenvase war an einer Lüftungsdüse montiert. Der ganze Kleinwagen war ein Krimskramsmagnet.

»Das ist eine Überraschung.« Kjell startete den Motor.

»Du weißt aber schon, dass wir rechtzeitig wieder zurück sein müssen?« Ich zog meine Augenbrauen zusammen und sah in an.

»Mensch, Schneewittchen. Entspann dich. Wir fahren nur zwanzig Minuten und das abseits des Touriverkehrs.« Das Auto ruckelte und röchelte fast wie Hellen, wenn sie zu flott in die Küche rannte. Dann riss es sich zusammen und brummte ruhig vor sich hin.

»Läuft«, sagte Kjell und parkte aus. Wir fuhren ins Landesinnere. Die Straße war kurvig und hügelig. Ich sah aus dem Fenster und ließ meinen Blick über die Felder wandern, sobald wir nicht mehr zwischen den hochgewachsenen Maisplantagen hindurchfuhren.

»Huch - dreißig!« Kjell bremste abrupt ab und ich krallte mich aus Reflex an der Armauflage fest.

»Keine Angst. Wir kommen sicher an. Das war doch nur ein Dreißigerschild.« Er lenkte den Wagen souverän weiter durch die Ortschaft.

»Ich habe keine Angst. Oder vielleicht doch. Ein wenig. Weißt du eigentlich, wie unsicher diese kleinen Autos sind?« Ich setzte zu meinem üblichen Kleinwagen-auf-Landstraße-Sicherheitsrisiko-Vortrag an.

»Ach, deshalb muss es Mercedes für dich sein. Wegen der Sicherheit, nicht um auf dicke Hose zu machen!« Kjell lachte.

»Lachst du mich etwa aus?« Ich fühlte mich ertappt. In der Beziehung zu Paul hatte ich eine Schwäche für Luxusmarken entwickelt.

»Nein, Schneewittchen. Das würde ich nie tun.« Er blieb verkrampft ernst und lachte dann aus vollem Halse.

»Konzentrier dich auf die Straße und bring uns sicher ans Ziel«, sagte ich. Ungeduldig pulte ich mit meinem Daumen an der Armauflage der Tür. Nur Passagier zu sein – ohne Mitbestimmungsrecht. Das passte mir nicht.

»Was könnte denn unser Ziel sein?« Kjell zwinkerte mir zu.

»Schau auf die Straße, oder willst du uns umbringen! Die Straße ist da vorne zu Ende! Bremsen!« Ich übertrieb maßlos. War der Ruf als ängstliche Beifahrerin erst einmal da, wollte ich ihm auch gerecht werden.

»Festhalten!«, rief er. »Wir biegen ab. Nicht, dass du aus lauter Panik die Handbremse ziehst.«

»Keine Sorge. Ich möchte ja kein unnötiges Risiko eingehen.«

»Du hast diesem Ausflug zugestimmt. Das reicht mir an Risikobereitschaft, Schneewittchen.«

»Nenn' mich nicht immer Schneewittchen!« Ich lachte. Wenn ich ehrlich zu mir war, mochte ich es, dass er mir einen Spitznamen gegeben hatte. Schneewittchen war die Schönste im ganzen Land. Das traf auf mich nun wirklich nicht zu. Schon gar nicht im übergroßen T-Shirt mit den sieben Zwergen. Trotzdem schmeichelte es mir.

Wir schwiegen. Ich beobachtete ihn beim Fahren. Er strich sich über seine zerzausten Haare. Das machte er häufig.

»Sind wir bald da-ha?«, quengelte ich wie ein kleines Kind, das seine Eltern mit ständigen Fragen nach dem Ende der Fahrt in den Wahnsinn trieb.

»Ja«, antwortete Kjell zu meiner Überraschung und bog links ab. Die Straße führte in einen Ort mit zahlreichen Reetdachhäusern und einem Gutshof. Die Blumen in den Beeten vor den Häusern leuchteten in allen Farben. Rosen rankten die Gartentorbögen hinauf. Wir ließen die malerischen Gebäude hinter uns und bogen auf einen gepflasterten Parkplatz mit Schnellladestation für Elektroautos. »Wir sind da.« Er stellte den Motor ab.

»Und wo ist *da*?« Ich sah ihn fragend an und betrachtete einen kantigen Bau aus Waschbeton.

»Am Nord-Ostsee-Kanal. Wir frühstücken hier. Ich gehe kurz einen Parkschein lösen.« Er stieg aus. Ich konnte kaum glauben, dass hier in der Pampa ein Automat stand, aber Kjell wedelte, als er wiederkam, mit einem Ticket und legte es auf das Armaturenbrett.

Wir betraten die Terrasse und passierten Holztische mit zusammengeklappten Sonnenschirmen.

»Was möchtest du frühstücken? Ich nehme zwei Brötchen, Käse, Marmelade und einen Pott Kaffee«, sagte er.

Ich studierte die Karte, die vor dem Verkaufsfenster aufgestellt war. »Hm«, überlegte ich. »Klingt gut. Für mich reicht ein Brötchen mit Käse. Dazu einen Kaffee und einen frischen Orangensaft.«

»Eine gute Wahl.« Die Lachfalten um seine Augen hüpften auf und ab. Kjell bestellte für uns. Wir balancierten unsere randvollen Kaffeebecher zu den Stühlen, die wie in einer Theaterloge an einer schmalen Mauer entlang aufgestellt waren. Den Kaffee platzierten wir auf ihr und setzten uns nebeneinander. Der Nord-Ostsee-Kanal lag einige Meter unter uns am Fuße eines grünen Hügels. Wir hatten einen Summer mitbekommen, der uns benachrichtigte, wenn das restliche Frühstück hergerichtet war. Auf dem Wasser fuhr die Autofähre stoisch hin und her.

»Schön ist es hier. So ruhig.« Ich betrachtete Kjell von der Seite her. Mein Blick folgte der Linie von seinen verwuschelten Haaren zu seiner Nasenspitze und seine Lippen hinab. Der Summer brummte und ich zuckte zusammen.

»Jetzt ist es nicht mehr so ruhig.« Kjell lachte. »Dafür gibt es aber was zu futtern.« Er stand auf und holte unser Frühstück. Ich fröstelte. Wir saßen zwar in der Sonne, aber die Pflastersteine unter uns trugen die Kälte der Nacht in sich.

Kjell stellte das Tablett mit den Brötchen und dem Saft zu unseren Bechern auf die Mauer.

»Hier, Schneewittchen, damit dir wieder warm wird.« Kjell legte mir die Fleecedecke um die Schultern, die über seinem Stuhl hing. Ich kuschelte mich in den Stoff und machte mich über mein Frühstück her. Mit einem tiefen Atemzug ließ die Morgenluft bewusst durch meine Lunge fließen. Das Brötchen war üppig mit Butter und Käse belegt. Den ersten Bissen spülte ich mit heißem Kaffee hinunter. Ich schloss die Augen und seufzte. Dankbarkeit für diesen ruhigen Moment breitete sich wie eine strahlende Sonne in mir aus.

Nach und nach füllte sich die Terrasse und mir fiel ein, was Mama gestern erzählt hatte. »Meine Mutter hat den Nord-Ostsee-Kanal erwähnt. Da soll ein Kreuzfahrtschiff fahren oder so. Aber das kann ja nicht hier sein. Das ist ja viel zu schmal hier für so ein Monstrum.« Ich schaute zu ihm rüber.

»Ja. Das muss Quatsch gewesen sein, was sie dir da erzählt hat. Ein Kreuzfahrtschiff auf dem Kanal.« Er schmunzelte und vertilgte ein Viertel seines Brötchens mit einem Bissen.

»Nimmst du mich jetzt auf den Arm?« Ich zweifelte an seiner Ernsthaftigkeit.

»Soll ich? Das wäre nicht das erste Mal.« Ein Spatz näherte sich seinem Teller und versuchte ein paar Krümel zu stibitzen. Kjell lächelte und fütterte ihn mit ein paar Brotkrumen von seinem Brötchen. Nun hatte er einen gefiederten Freund, der ihm nicht mehr von der Seite wich.

Neben mir zückte eine ältere Dame ein riesiges Tablet, um damit ein Foto zu machen. Ich sah in die Richtung des Suchers und mir klappte die Kinnlade runter.

»Krass!«, rief ich. »Ich habe dunkel geahnt, dass da gleich das Kreuzfahrtschiff um die Kehre kommt. Aber dass das so gigantisch aussieht!«

»Du kannst den Mund wieder zumachen, Anni.« Kjell legte seine Finger an mein Kinn und drückte es hoch. Mit seinem Daumen strich er dabei sanft über meine Lippen. Mir lief ein wohliger Schauer den Rücken hinunter.

Ich legte meine Hand auf seine und drückte sie an meine Wange. Unsere Blicke trafen sich und ich fiel in seine dunkelblauen Augen. Mein Herz machte einen Satz und die Schmetterlinge im Bauch flatterten wild durcheinander. *Oh mein Gott.* Meine Deckung war unten. Ich war hoffnungslos verknallt in Kjell. Mit klopfendem Herzen ließ ich meinen Arm sinken.

Das riesige Luxushotel, das sich vor uns durch den Kanal schob, erhaschte meine Aufmerksamkeit. Mit wackeligen Beinen stand ich auf, um besser sehen zu können. Dann kramte ich hektisch in meiner Tasche.

»Mist. Mein Handy ist zu Hause. Jetzt kann ich gar kein Foto machen. Dabei würde ich Mama so gerne ein Bild schicken.«

Kjell zückte seines und schoss ein Bild vom Schiff. »Und jetzt eins von dir und dem Dampfer.« Er brachte mich in Position.

»Ja, so ist gut. Oder. Warte!« Er strich mir behutsam eine Strähne aus dem Gesicht, wickelte sie zweimal um seinen Finger und klemmte sie hinter meinem Ohr fest. Mein Gesicht prickelte unter seiner Berührung. Ich konnte den Blick nicht von seinen Lippen abwenden. Sie riefen mir zu: »So ist gut. Lächeln!«

Das fiel mir nicht schwer. »So?«

»Ja. Genau so«, sagte er mit rauer Stimme. Seine Augen funkelten.

Kjell steckte sein Handy in seine Hosentasche und stellte sich neben mich. Ich wandte mich zum Kanal um und winkte den Menschen auf dem Schiff. Unsere Arme berührten sich flüchtig. Jedes Mal durchzuckte mich ein Funke, der die

Schmetterlinge in meinem Bauch noch wilder tanzen ließ. Mein Herz klopfte wie verrückt.

Nach ein paar Minuten verschwand das Schiff in Richtung Westen. Die ländliche Idylle kehrte zurück. Ich setzte mich und atmete tief durch. Mein Verstand lief mit einem Kescher durch meinen Körper, um alle Schmetterlinge einzusammeln, als sei er Gargamel auf Schlumpfjagd.

»Das war beeindruckend«, sagte ich, ohne Kjell anzusehen.

»Cool, oder?« Er trank seinen Becher Kaffee aus. »Ich habe das schon oft gesehen und ich finde es jedes Mal total irre. Die Fotos schicke ich dir, dann kannst du sie an deine Mutter weiterleiten. Möchtest du noch heißen Nachschub?«

»Bitte was?« Ich spürte, wie mir das Blut in den Kopf stieg. Zahlreiche Schmetterlinge befreiten sich und flatterten erneut durcheinander.

»Na noch'n Pott Kaffee - was meinst denn du?« Er zwinkerte mir zu und wuschelte sich durch die Haare.

Wortlos gab ich ihm meinen Becher.

Meine innere Stimme meldete sich in Kjells Abwesenheit lautstark zu Wort. *Anni, was ist los mit dir? Ja, er ist heiß und er küsst unglaublich gut. Aber er spielt doch nur mit dir. Er ist auch nur ein Mann.*

Ich seufzte, rutschte auf meinem Stuhl nach unten und legte meine Füße auf die Mauer vor mir.

Kjell kehrte zurück und reichte mir meinen Becher. »Vorsicht, heiß!«

»Danke«, ich nahm ihm das Getränk vorsichtig ab.

Einige lange Minuten saßen wir schweigend nebeneinander und pusteten auf die Oberfläche unserer dampfenden Kaffeebecher.

»Darf ich dich was fragen, Anni?«

»Hm, Hm«, brummte ich und nickte.

»Also …« Er räusperte sich. »Was hast du vor?«

»Was meinst du?«, fragte ich, ohne meinen Blick von der Kanalbiegung am Horizont abzuwenden. »Heute?«

»Nein«, er lachte leise. »Ich meine, so insgesamt. Wenn Rieke wieder das Café übernimmt.«

Ich starrte in meinen Kaffeebecher, als könnte ich die Antwort aus der braunen Flüssigkeit herauslesen. »Ich weiß es nicht. Eigentlich wollte ich mein Studium beenden und dann in der Firma von Pauls Vater anfangen, wie du weißt. Aber das mit dem sicheren Job ist ja geplatzt. Mittlerweile weiß ich nicht einmal, ob ich mein Studium abschließen möchte. Es kommt mir absurd vor. Internationales Management. Als ob man das in der Theorie lernen könnte. Ich stelle gerade alles in Frage, weißt du? Vielleicht habe ich damals nur diesen Studiengang gewählt, weil ich Paul nacheifern wollte. Er hatte mich beeindruckt. Bereits in der Schule. Mittlerweile denke ich, dass ich total naiv war.« Ich nippte an meinem Kaffee und schüttelte den Kopf. Leider hatte die Tasse kein Etikett zum Abpulen. Meine Gedanken wanderten zu Tante Rieke. »Weißt du, Kjell, Rieke hat mir das Café angeboten. Also, dass ich es übernehmen könnte von ihr.« Ich wandte meinen Kopf in seine Richtung.

Er sah mich an und weitete seine Augen. Dann runzelte er die Stirn. »Hast du abgelehnt?«

»Nein. Ich sollte es sacken lassen. Ehrlich gesagt. Ich weiß es nicht. Ich fühle mich vollkommen verloren.« Mir kamen die Tränen.

Kjell rückte seinen Stuhl dicht an meinen und zog mich in seinen Arm. Ich schluchzte an seiner Brust. Sein Herzschlag wummerte an meinem Ohr. Seine Finger spielten mit meinen Locken. Ich inhalierte seinen Rosmarinduft und brachte meinen Atem mit seinem Herzschlag in Einklang.

Zögernd löste ich mich von ihm und er tupfte mir die verbliebenen Tränen mit seiner Serviette von der Wange. Mir wurde warm.

»Mensch, Anni. Wenn ich das richtig verstanden habe, bist du fast feddich mit dem Studium, oder?«

Ich nickte.

»Na, dann bring das zu Ende. Wär doch Quatsch sonst, oder?« Er schaute in die Ferne.

»Ja, vermutlich hast du Recht.« Ich kramte ein Taschentuch aus meiner Hosentasche und schnäuzte. »Und dann?« Ich blickte ihn direkt an. Die Schmetterlinge erstarrten für einen Moment.

»Dann?« Kjells Augen verdunkelten sich und verhakten sich mit meinem Blick. Er atmete tief ein und leerte seinen Becher. »Was du dann machst, Anni«, murmelte er und fixierte die Mauer vor uns, »das musst du selber rausfinden. Ich könnte sagen: Bleib hier und wir wuppen zusammen das Café und schauen, wohin uns das führt …« Er nahm mir meinen Kaffeebecher ab und sah mich an. »Aber dann – weißt du – dann hätte ich das Gefühl, dass das nicht deine eigene Entscheidung wäre. *Du* musst das entscheiden, Anni. Alleine.« Er stand auf und verschwand mit unseren Bechern.

Ich schluckte. *Alleine.*

Kjell kehrte zurück und lächelte mich an. »Komm, wir fahren Fähre!« Ich stand auf und wir gingen die Treppen runter zum Kanal. Meine Gedanken wirbelten in meinem Kopf umher. *Alleine.* Ja, ich musste das alles alleine entscheiden. Was war mit meinem Studium? Sollte ich mir einen stinknormalen Job suchen oder mit Tante Rieke ins Geschäft kommen? Verdammt, war das alles kompliziert!

An der Fähre warteten eine Gruppe Fahrradfahrer, ein paar Autos und ein Trecker.

Wir gingen an Bord. Der Motor der Fähre brummte und die Fahrzeuge wurden in zwei Reihen angeordnet. Mit einem Ruck legte sie ab und setzte zum anderen Ufer über. Ich schaute auf die Weite des Kanals.

Hektisch blickte ich mich um und stieß Kjell an. »Wir haben gar nicht bezahlt!«

Kjell lachte. »Alle Kanalfähren sind kostenlos. Schon immer. Großes kaiserliches Versprechen.«

»Das ist aber nett vom Kaiser.« Ich lächelte und ließ meinen Blick über das Wasser wandern. Das tiefe Wummern des Schiffsmotors drang in mein Bewusstsein und der Geruch nach Treibstoff benebelte mich.

Es rumste und ich taumelte. Kjell umklammerte meinen Arm mit kräftigem Griff.

»Anni? Träumst du?« Er zog mich von der Fähre und wir spazierten am Ufer entlang. Es roch nach Gräsern, Wasser und Schweröl. Uns begleitete ein Frachter aus Panama, der gegen das Kreuzfahrtschiff vorhin unbedeutend wirkte.

Schweigend setzten wir einen Fuß vor den anderen. Ich dachte an das Café, ob ich etwas verändern würde, wenn ich es übernahm. Plötzlich erinnerte ich mich.

»Was ist mit dem Sushi?« Ich blieb stehen und drehte mich zu Kjell. »Sorry!«, ich fuchtelte ungelenk mit meinen Armen, »das habe ich ganz vergessen! Hast du welches vorbereitet? Sollen wir es heute versuchen, zu verkaufen, oder planen wir das langfristig, informieren die Presse und rühren die Werbetrommel?«

»Die Werbetrommel?« Er zwickte mir in die Seite. »Das klingt witzig.«

»Hey, lass das!« Ich pikste ihn ebenfalls. Unsere Hände hielten sich gegenseitig fest, damit wir uns nicht mehr ärgerten und wir verschlangen ganz selbstverständlich unsere Finger ineinander. Ein sanftes Kribbeln breitete sich über meinen Arm in Richtung Herz aus.

»Ich habe Sushireis vorbereitet und alles andere besorgt.« Kjell blieb stehen und sah mich an. Seine tiefblauen Augen strahlten. »Wir könnten heute einen Test starten«, sagte er. »Und wenn das funktioniert, darfst du trommeln.« Er zog meine Hand hoch und klopfte damit sanft auf seine Brust. Ich sah zu ihm hinauf. Mein Mund wurde staubtrocken. Seine Mundwinkel wanderten nach oben, was seine Lippen leicht öffnete. Mir stockte der Atem.

Sanft hauchte er einen Kuss auf meine Finger. Mein Herz pochte mit dem Schiffsdiesel des Frachters auf dem Kanal um die Wette.

Er löste sich von mir und drehte sich in Richtung Fähre. »Na dann lass uns mal zurück ans andere Ufer. Das Sushi ruft.«

Ich stand eine lange Sekunde regungslos da und versuchte, meine wackeligen Beine dazu zu überreden, sich in Bewegung zu setzen.

Kapitel 20

DAS GEWITTER

Wir berieten auf dem Rückweg, wie viele Röllchen wir für welchen Preis anbieten und wie wir das ganze Hellen beibringen würden.

Wie durch ein Wunder sprang der rote Seat beim ersten Versuch an und brachte uns durch die sommerlichen Hügel zurück in Richtung Förde. Kjell quetschte das Auto in die letzte Parklücke in der Nähe des Cafés und wir rannten los, um Hellen zu helfen. Bei dieser Masse an Strandbesuchern musste an der Eistheke die Hölle los sein!

Ich hielt mir die Seite. Joggen war wirklich nicht meine Disziplin. Am Café angekommen schoben wir uns durch den Hintereingang. Ich blieb paralysiert vor der Stelle stehen, an der Paul sich vergnügt hatte. In mir krampfte sich alles zusammen und mir wurde schlecht. Kjell zog mich weiter.

»Es ist vorbei, Anni. Er wird dir nicht mehr wehtun, weil *du* es nicht mehr zulässt.« Er nahm mein Gesicht in beide Hände und hauchte mir einen Kuss auf die Stirn.

Ich schmiegte meine Wange in seine Handfläche und genoss das Kribbeln. Energisch klopfte mein Pflichtbewusstsein an. Ich löste mich von ihm und schnappte mir eine Schürze. »Komm mit nach vorn, wir schauen, was fehlt. Dann kannst du gleich das Geschirr mitnehmen und für Nachschub sorgen. Das wäre klasse!«

»Na klar, Chefin!« Er schob mich mit seinem Oberkörper an meinem Rücken durch den schmalen Gang in Richtung Café. Ich spürte seine Nähe an meinem Rücken. Sein Atem prickelte mir im Nacken.

»Geht man denn so mit seiner Chefin um?« Ich lachte. Er legte mir die Hände auf die Hüfte und zog mich an sich. Sein Rosmarinduft umschmeichelte meine Nase.

Er flüsterte mir ins Ohr: »Mir würden noch jede Menge unanständigere Dinge einfallen, die ich meiner Chefin anbieten könnte.« Ein wohliger Schauer lief mir den Rücken hinunter. Abrupt löste er sich von meiner Taille. Das Prickeln hallte durch meinen Körper.

»Du siehst mich als deine Chefin?«, krächzte ich. »Dann hopp, an die Arbeit!«

Im nächsten Moment standen wir im Café.

»Anni und Kjell sind wedder an Bord. Wo brennt's denn am meisten?« Er nahm Hellen die leere Waffelteigschüssel ab.

»Ach, min Jung. Überall. Such dir was aus.« Sie lachte und ließ dadurch die Blumen auf ihrem Kleid tanzen. »Dass dat immer noch so heiß ist. Möglicherweise hammse doch recht mit der globalen Erwärmung«, murmelte sie, während sie einen Eiskaffee zubereitete und kunstvoll die Sahne darauf drapierte.

Ich verteilte bunte Streusel auf einer Kugel »Schlumpfeis« und gab es in die Hände eines Mädchens, dass sich bei mir mit einem Zahnlückenlächeln bedankte.

Wir schufteten gemeinsam, um die schwitzenden Menschen mit Eis und anderen Erfrischungen zu versorgen. In einer kurzen Pause huschte ich in die Küche.

»Dein Matjes-Sushi ist super angekommen! Das sollten wir größer aufziehen! Schlag ein!« Ich riss meine Hand nach oben.

»Yeah!«, seine Finger trafen meine und wir drehten uns einmal im Kreis. »Das Fischbrötchen der Japaner.« Ich lachte laut los.

»Und Köm ist unser Sake.« Kjell hob mich in die Luft und drehte sich mit mir im Kreis.

»He - lass mich runter! Ich muss Eis verkaufen.« Er ließ mich nach unten gleiten und jeder Quadratzentimeter meiner Vorderseite berührte Kjell. Das Prickeln durchströmte mich, sodass ich nach Luft schnappte.

»Auf geht's, Schneewittchen!« Er hauchte mir die Worte ins Ohr und entfernte sich von mir. Jede Zelle von mir rief nach seiner Nähe. Ich zwang mich, meinen Blick von Kjell zu lösen und eilte zurück ins Café.

»Holla! Min Deern. Ist der Teufel hinter dir her? Ich hätte fast den guten Kaffee verschüttet.«

»Hoppla, sorry. Das tut mir leid.« Mein Herz schlug auf hundertachtzig. »Vermutlich hast du Recht … der Teufel …«

Kjell.

Die Schmetterlinge in meinem Bauch waren nicht mehr zu stoppen. Meine Mundwinkel strengten sich an, meine Schläfen zu berühren.

Hellen musterte mich. »An die Arbeit, junger Padawan!« Sie zwinkerte mir zu und lachte in sich hinein, bis sie hustete.

Sonne brannte auf das Café. Heute war es nicht nur heiß, sondern schwül. Alle Plätze des Seesterns waren besetzt und wir bereiteten zu, verkauften, kassierten und alles wieder von vorn.

Es krachte. Eine Windböe hatte unser Werbeschild umgeworfen. Ich eilte hinaus und stellte es auf. Mein Blick richtete sich gen Himmel und ich sah die Wolkentürme, die sich in kleinen Schritten vor die Sonne schoben. Ein weiterer Windstoß zerrte an meinen Locken. Kurz darauf bewegte sich kein Lüftchen und das Kreischen der Kinder im Wasser war zu hören.

Die Wolken zogen aus Westen auf den Strand zu und ich erkannte mit bloßem Auge, wie rasch sie sich in unsere Richtung bewegten.

Ich zögerte und schleifte dann das Schild ins Café.

»Da zieht ein heftiges Sommergewitter auf!«, rief ich Hellen zu.

»Pladdert dat endlich bald? Dat ward ok Tied. Meine Beine sind schon so dick … ich fühle mich wie ein alter Elefant.«

Die Menschen in der Schlange vor der Eistheke murmelten durcheinander. Die Ansammlung löste sich von einem Moment auf den anderen auf. Die einzelnen Böen und die schwarze Wand hatten allen signalisiert, dass der Badetag zu Ende ging. Die Strandbesucher rafften ihre Sachen zusammen. Ein aufblasbares Einhorn suchte seine Freiheit auf der Förde und machet sich halb fliegend, halb schwimmend auf den Weg in Richtung Dänemark.

Ich vernahm ein Rauschen. Es war faszinierend, dass man den Platzregen erst hörte, bevor man ihn sah. Vom einen auf den anderen Moment war die Ostsee nicht mehr vom

Himmel zu unterscheiden. Der Wind peitschte den Regen waagerecht über die Promenade. Die Menschen hechteten zu ihren Autos. Wer mit dem Fahrrad da war, suchte Unterschlupf. Sie drängten sich in das Café, als hinge ihr Leben davon ab, nicht nass zu werden. Zwischen den zusammengepferchten Köpfen ragten zwei Poolnudeln in die Luft wie Fühler eines mehrköpfigen Tausendfüßlers.

Ich lief auf die Terrasse und sammelte das Geschirr ein. Sofort war ich nass bis auf die Unterwäsche. Der Regen lief mir über die Augen und meine Haare sogen sich voll mit Wasser.

Die Tür des Cafés löste sich aus der Arretierung und schlug kräftig gegen die Wand. Ich ließ sofort das Geschirr stehen und rannte zum Eingang, um sie zu fixieren. Ich versuchte, sie festzuhalten. Die nächste Windböe riss sie mir aus der Hand.

Verdammt! Was ist das für ein mieser Sturm!

Ich wischte mir das Wasser von den Augen. Im letzten Moment ergriff ich die Tür, bevor sie gegen die Glasfront des Cafés schlug. Ich hielt sie mit beiden Händen fest und setzte mein ganzes Gewicht ein. Der Wind zerrte an mir. Der Griff rutschte in meinen Fingern hin und her. Mit aller Kraft verhinderte ich, dass die Tür sich löste. Lange hielt ich das nicht mehr aus. Ich musste versuchen, sie zu schließen.

»Kann mir jemand helfen? Die Tür!«, schrie ich. Niemand regte sich. Der Regen prasselte laut auf das Dach. Sie hörten mich nicht. Meine Finger brannten und meine Kraft schwand.

Mein Rücken wurde warm und ein leises Prickeln wanderte meine Wirbelsäule nach oben. Ich spürte Kjell, bevor ich ihn sah. Mit kräftigem Griff schoben wir die Tür gegen den Wind. Ich stemmte mich mit dem Rücken gegen die Tür und er verriegelte sie. Meine nassen Haare versperrten mir die Sicht. Ich fühlte Kjells warmen Körper direkt vor mir. Er war wie ich klitschnass und ganz nah. Er rüttelte an der Tür und brummte etwas. Seine tiefe Stimme vibrierte in meiner Brust. Mir wurde heiß, obwohl das Gewitter die Luft abgekühlt hatte. Wir standen im Regen und Kjell strich mir eine triefende Strähne aus dem Gesicht.

Unsere Blicke trafen sich. Es war, als würde ich ihn das erste Mal wirklich ansehen. Sein Gesicht war wenige Zentimeter von meinem entfernt. Ich zitterte. Mein Herzschlag überschlug sich. Ich musste es tun, bevor er einen Rückzieher machte. Mit beiden Händen krallte ich mich in seine nassen Haare, zog seinen Kopf zu meinem und presste meine Lippen auf seine. Sie begannen einen sinnlichen Tanz, als wäre dieses Unwetter das Ende der Welt. Als könnten wir uns nur so aneinander festhalten, um nicht von der nächsten Windböe auseinandergerissen zu werden.

Er drückte mich an die Scheibe. Ich ließ es zu. Nein. Ich *wollte* es. Wollte *ihn*.

Mein nasses T-Shirt klebte an meiner Haut und ich spürte seinen Oberkörper an meinem, als wären wir nackt. Das Café war voller Menschen und die Tür war aus Glas. Es war mir alles egal. In diesem Moment gab es nur Kjell und mich.

Ich schnappte nach Luft. Wir waren wie unterschiedlich gepolte Magnetenden, die sich in rasender Geschwindigkeit aufeinander zubewegten. Lösten wir uns für einen Augenblick voneinander, sahen wir uns still an. Dann sogen die Magneten unsere Lippen in den nächsten fordernden Kuss.

Kjell zog seinen Kopf zurück und hob mich hoch. So rasch wie das Unwetter gekommen war, so schnell war es wieder vorübergezogen. Die Luft war kühl und klar. Das Regenwasser dampfte auf der Promenade. Es gab diesen ganz besonderen, berauschenden Geruch, den es nur nach einem lang erwarteten Sommerregen gab.

Es war menschenleer. Ich schaute mich um. Auch im Café waren keine Menschen mehr. Wie waren sie gegangen? Wann? Als ich Hellen ansah, blickte sie grinsend zur Seite und sortierte Kaffeetassen. Kjell trug mich zum Hintereingang des Cafés und ließ mich sanft auf den Boden gleiten.

Er nahm meine Hand und ich ließ mich von ihm in unsere Wohnung führen. Mein Herz überschlug sich. Hier waren wir schon einmal übereinander hergefallen.

Ich wackelte mit meinem linken Zeigefinger. »Ist wieder verheilt«, krächzte ich. Ich zitterte. Mein T-Shirt hing nass an mir runter und zeigte mehr, als mir normalerweise lieb war. Normalerweise. Heute war nichts normal.

Er schaute mich mit seinen tiefblauen Augen an und blieb mit seinem Blick an meinem frierenden Oberkörper hängen. Ich packte sein klebendes T-Shirt und zog ihn zu mir.

Die harte Wand gab meinem Rücken Halt. Kjell küsste mich. Seine Lippen bebten. Ich schaltete alle Gedanken aus und ließ mich fallen. Meine Beine waren wackelig.

Er löste seine Lippen von meinen und sagte mit belegter Stimme: »Die nassen Sachen. Wir müssen da raus. Wir holen uns den Tod.« Ob er zitterte, weil er erregt war oder weil ihm kalt war, wusste ich nicht. Er legte seinen Arm um meine Hüfte und zog mich in sein Zimmer.

Es war, als würde die ganze Spannung des Sommergewitters noch einmal durch unsere Körper fließen. Die nassen Sachen lagen auf dem Boden und wir in Kjells Bett. Wir ließen uns keine Zeit. Wir waren nicht romantisch und erkundeten nicht jeden Zentimeter. Wir waren wie ausgehungerte Tiere, die übereinander herfielen. Wir waren wie das Gewitter.

Als sich unsere elektrisierten Körper entladen hatten, war ich außer Atem. Auch Kjell schnaufte. Unsicher, wie ich mich verhalten sollte, hob ich meinen Kopf von seinem Oberkörper.

»Hey.« Kjell schaute mich durch halb geöffnete Lider an und legte den Kopf schief. Er brummte wie ein zufriedener Kater.

»Hey?« Ich lächelte.

»Ich musste dir helfen.« Seine Mundwinkel zuckten.

»Wobei?«, fragte ich und fuhr mit einem Finger durch seine verwirbelten Haare.

»Mit der Tür … natürlich.« Er grinste breit.

»Ah so. Damit ich nicht mit der Tür ins Haus falle?«, stichelte ich.

»Ja, so ungefähr. Es war sehr stürmisch«, lachte er.

Die beiden Grübchen über seinen Mundwinkeln tanzten. Ich löste mich aus seinem muskulösen Arm und setzte mich auf.

»Meinst du, wir sollten unten nach dem Rechten sehen?«

»Hellen hat alles im Griff«, brummte Kjell und zog mich zurück. Seine Augen verdunkelten sich und seine Lippen wanderten meinen Hals entlang. Ich seufzte. Unsere nackten Körper schmiegten sich aneinander. Ich schloss die Lider und sog seinen Rosmarinduft ein, als bräuchte ich ihn zum Überleben.

Unzählige Minuten verstrichen, in denen ich mich in seine Arme schmiegte und im warmen Schauer meines

Bauchkribbelns badete. Doch dann wanderten meine Gedanken erneut zum Café.

»Ich schau mal runter zu Hellen«, sagte ich und seufzte.

Widerwillig löste ich mich von meinem Mitbewohner und setzte mich auf die Bettkante. Ich angelte meine Unterwäsche mit dem großen Zeh vom Boden. Nass. *Verdammt.*

Ich stieg in meine kalte Unterhose und raffte die restlichen, triefenden Sachen zusammen.

Kjell seufzte. »Das Café bedeutet dir viel, nicht wahr?«

»Du meinst, ich würde ansonsten nicht auf deine Gesellschaft verzichten?«

»Vermutlich.« Er wuschelte sich mit der Hand durchs Haar. Nach den letzten Tagen in Eckernförde war mir diese Geste angenehm vertraut.

»Auf geht's! Lass uns Hellen unterstützen! Ich hol mir nur noch schnell was Trockenes zum Anziehen.« Ich zog ihm die Decke weg. Dabei verlor ich fast meine nassen Sachen aus dem Arm.

»Hey, was fällt dir ein?« Kjell warf sein nasses T-Shirt nach mir. Ich floh kichernd aus seinem Zimmer und schwebte lachend in meins.

Mit meinem Hintern gab ich der Tür einen Schubs. Sie fiel ins Schloss und ich lehnte mich für einen Moment mit dem Rücken an das kühle Holz.

Wow! Eine Gänsehaut zog sich von den Fußspitzen bis zu meinem Scheitel.

Ich wuselte wie ein aufgeschrecktes Huhn durch mein Zimmer und zerwühlte meine Klamotten. Hier musste doch irgendwo noch etwas zum Anziehen rumliegen, das nicht dreckig oder nass war. *Da! Endlich.*

Im trockenen und angezogenen Zustand kehrte mein Verstand zurück.

Ich sollte nicht hier oben sein. Ich sollte unten sein. Ich sollte Hellen helfen. Ich sollte mich um's Café kümmern.

Mein Hirn fuhr Karussell. Vielleicht hatte Kjell Recht. Das Café bedeutete mir nicht nur etwas. Es bedeutete mir viel. Mehr, als ich mir eingestand.

»Erster!« Ich eilte an Kjells Tür vorbei und hüpfte die Treppe hinunter. Unten nahm mir ein warmer, kräftiger Oberkörper den Schwung.

»Nix da!« Kjell lachte und zog mich an sich.

»Okay, du hast gewonnen.« Ich gab mich geschlagen. Er hielt mich fest und die Zeit blieb stehen. Ich legte meinen Kopf an seine Schulter, sog seinen Duft nach Rosmarin und frischen Waffeln ein.

Mein Unterleib kribbelte und zog sich lustvoll zusammen. Trotzdem riss ich mich von ihm los und ging den schmalen Gang ins Café. Kjell folgte mir.

»Mensch, min Deern, deine Mundwinkel stoßen fast an die Decke.« Hellen saß hinter dem Tresen vor einer großen Tasse Kaffee mit Sahnehaube.

»Alles in Ordnung bei dir? Ist die Tür heil geblieben? Es tut mir so leid, wir …« Ich stockte und spürte, wie mir das Blut in die Wangen schoss. »Danke auf jeden Fall, dass du die Stellung gehalten hast!«

»Dafür nicht, min Deern. Dafür nicht.« Sie grinste erst mich an, dann Kjell.

»Auf den Regen erst einmal eine tote Tante, Hellen?«, witzelte er, zwinkerte ihr zu und stellte die Flasche mit Rum ins Regal.

»Wat mutt, dat mutt, min Jung.«

Kjell verschwand lachend in Richtung Küche.

Die ersten Sonnenstrahlen schoben sich zwischen die Wolken. Die Luft dampfte. Auf der Promenade schrumpften die Pfützen. Der Nachsommerregengeruch stieg mir in die Nase. Leicht muffig, süßlich aber trotzdem frisch. Ich schloss die Augen und konnte nicht genug von diesem Duft einatmen.

Zögernd öffnete ich die Lider. Der Inhalt des Mülleimers lag auf dem Kunstrasen und der Promenade, Stühle standen durcheinander und ein Sonnenschirm war umgefallen. Ich sammelte den Müll ein.

Die Auswirkungen des Unwetters auf das Café waren zügig beseitigt. Die Auswirkungen auf mich und mein Leben waren gravierender.

Nach dem Sturm waren die Tagesbesucher abgereist und die Urlauber hatten sich in ihre Ferienwohnungen zurückgezogen. Nur wenige Menschen waren auf der Promenade unterwegs. Der Strand war feucht.

Ich betrat das Café. »Du kannst gerne früh Feierabend machen, Hellen«, sagte ich. Ich blickte auf den Boden und knetete meine Finger. Das schlechte Gewissen zwickte mich in den Magen. Kjell und ich hatten Hellen während des Unwetters alleine gelassen. »Wir sind ja eh hier«, schob ich hinterher. Mir stieg erneut das Blut ins Gesicht.

»Gute Idee, min Deern. Ich feudel hier noch kurz durch, dann mach ich mich auf den Weg.«

»Danke! Du bist ein Schatz!« Ich küsste Hellen auf die Wange. Sie war wirklich ein Geschenk für das Café. Für uns alle.

»Ach, min Deern, Rieke hat mich angerufen. Ich kann sie morgen abholen. Sie ist wieder auf den Beinen, ist das nicht herrlich?«

»Na das ging aber schnell!« Ich nickte.

Natürlich freute ich mich für Tante Rieke. Ihre Rückkehr bedeute aber für mich, dass ich bald ein Gespräch führen und eine Entscheidung treffen musste – eine Entscheidung, für die sich Kopf und Bauch einigen sollten.

Mein Magen zog sich zusammen.

Hellen war fort. Ich stand hinter der Eistheke und starrte auf's Wasser. Es war so friedlich hier.

Ich spürte, wie Kjell sich dicht hinter mich stellte. Er schlang seine Arme um meinen Bauch und küsste meinen Nacken. Eine Gänsehaut breitete sich auf meinem Rücken aus. Keine, die man bekam, wenn einem kalt war, sondern eine, wenn das Verlangen so groß war, dass es über jede Pore an die Oberfläche kam.

Ich sollte mir in Ruhe Gedanken machen. Über das Angebot von Tante Rieke und über meine eigenen Pläne. Darüber, dass ich im Moment keine Ahnung hatte, wie mein Leben in den nächsten Jahren verlaufen sollte. Vor ein paar Wochen war alles klar. Aber wie sollte ich gedankliche Neutralität bewahren, wenn mein Körper die ganze Zeit vor Gefühlen für Kjell zu zerspringen drohte?

Seine Küsse wanderten an meinem Hals entlang. Mein Verstand zog sich zurück.

Ich drehte mich um und vergrub meine Nase an der Stelle zwischen Schulter und Schlüsselbein. Meine Hände wanderten seinen Rücken hinunter und unter sein Shirt. Ich spürte seine warme Haut unter den Fingerspitzen. »Du riechst gut«, raunte ich ihm zu. Sein Duft nach Rosmarin und frischen Waffeln berauschte mich.

»Mhm, du auch«, antwortete er. »Ich könnte dich sofort noch mal vernaschen!« Er hob mich auf den Tresen. Dabei stieß ich die bunten Streusel vom oberen Regal und war komplett voller Zuckerzeug. »Jetzt bist du sogar noch süßer!« Er kicherte und knabberte mir die bunten Krümel aus dem Ausschnitt.

»Erst die Arbeit, dann das Vergnügen.« Ich zog Kjells Kopf an seinen Haaren nach oben und hauchte ihm einen Kuss auf die Lippen. Dann schlängelte ich mich an ihm vorbei und drückte ihm einen Besen in die Hand.

»Ich kümmere mich um den Tresen, du um den Boden.«

»Aye, Schneewittchen!«

»Nicht, dass Tante Rieke morgen einen Schock bekommt, wenn sie ins Café kommt.«

»Sie kommt morgen wieder?« Kjell schaute mich an, ich konnte seinen Gesichtsausdruck jedoch nicht deuten.

»Ja. Hellen holt sie morgen ab.«

»Oh. Schön.« Er betrachtete den Besen in seiner Hand.

»Sie kann auch schon wieder mit anpacken, sagt Hellen. An der Kasse sitzen ist kein Problem. Und die nächsten Tage ist Schietwetter angesagt. Dann kann ich meine Abschlussarbeit in Berlin fertig schreiben.«

Kjell sagte nichts. Er fegte die bunte Streuselexplosion auf die Schaufel und ging nach draußen, um die Stühle zusammenzustellen.

Ich bekam erneut eine Gänsehaut. Mir war plötzlich sehr kalt.

Kapitel 21

BERLIN

Draußen hupte ein Auto. Ich schreckte hoch. War ich wieder über meinem Laptop eingeschlafen?

»Zielgerichtete Managementqualifikation in mittelständischen Betrieben« war das Thema, welches mich zur Zeit nicht interessierte. Als ich es ausgesucht hatte, hatte ich vor, mich im Rahmen der Arbeit zu informieren, wie ich im Betrieb von Pauls Familie eine strukturierte Weiterbildung etablieren konnte.

Das war nun irrelevant und ich wusste nicht, ob ich überhaupt jemals meine Zeit in einem Büro verbringen wollte.

Ich schloss die Augen und träumte weiter. Gerade war ich an der Ostsee gewesen. Meine Gedanken trugen mich immer wieder dorthin. Zum Café. Zu Kjell. Jedes Mal tauchte er in meinem Kopf auf. Ich konnte es nicht ändern.

Der Gedanke an den Abschied von Eckernförde ließ mich nicht los. Er umkrallte mein Herz und belegte es mit Traurigkeit. Ich hatte mich davor gedrückt, eine endgültige Entscheidung zu treffen, also hatte ich Tante Rieke um mehr Zeit gebeten - zumindest bis ich die Abschlussarbeit abgegeben hatte. Das war ein geringer Aufschub und bewahrte mich nicht vor dem endgültigen Entschluss. Ich spielte auf Zeit. Wie ein Fußballspieler, der kurz vor Ende der Partie kein Risiko mehr einging, das Spiel zu verlieren.

Den letzten Abend hatte ich mit Kjell verbracht. Wir waren an der Promenade entlang gegangen und hatten geschwiegen. Wir hatten uns festgehalten. Meine Entscheidung hatte festgestanden: Ich würde zurück nach Berlin gehen.

Wir hatten nur diesen einen Tag gehabt. Ich konnte mein Studium wegen ihm nicht hinschmeißen. Nicht so kurz vor dem Ziel.

Er hatte mich zum Bahnhof gebracht.

»Ich warte auf dich, Schneewittchen«, hatte er mir zum Abschied ins Ohr geflüstert. »Ich warte auf dich – aber nicht für immer.«

Mir liefen die Tränen über das Gesicht und Kjell hatte sie mir weggeküsst. In seinen Augen hatte ich ebenfalls einen nassen Schleier bemerkt. Er hatte seine Tränen festgehalten, während sie bei mir hemmungslos gelaufen waren. Als ich ihm Zug gesessen hatte, hatte ich ihn regungslos am Gleis stehen sehen. Er hatte vermutlich versucht, mich durch die spiegelnden Fenster zu erkennen. Ich hatte matt gewunken. Mehr war mir nicht eingefallen. Er hatte es nicht gesehen.

Ich öffnete meine Lider und die Tränen rannen über meine Wangen. Ich nippte an meinem Tee. Schluchzte. Er war kalt. Alles war so kalt. Dabei war es doch noch Sommer.

Seit meiner Rückkehr aus Eckernförde war eine Woche vergangen. Ich war in meine WG zurückgekehrt. Jule war aus ihrem Urlaub zurück.

Ich schlurfte durch die Wohnung. Die alten Dielen knarzten.

»Hey Anni. Soll ich uns noch einen Tee kochen?« Jule kam mir im Flur entgegen.

»Ja, das wäre lieb. Danke.« Ich musste mich räuspern. Meine Stimme war durch den dicken Kloß im Hals blockiert. Ich folgte Jules feuerrotem Haarschopf in die Küche.

»Oh, guck mal. Wir haben noch Wahre-Liebe-Tee.« Jule kicherte. »Den mache ich uns. Wahre Liebe kann man immer gebrauchen.«

Ich setzte mich an den Küchentisch und zog die Beine an meinen Körper. Geistesabwesend schaukelte ich mich hin und her.

»Nun erzähl mir endlich, was wirklich los ist, Anni. Es kann doch nicht sein, dass das alles durch die Trennung von Paul ist.« Sie machte bei *das alles* eine Handbewegung in meine Richtung von unten nach oben und zurück. Sie legte ihre Hände auf meine Knie und stoppte meine Bewegungen. »Ja klar, er hat dich ein zweites Mal hintergangen. Das ist scheiße. Aber …« Sie machte eine lange Pause. »Da warst du letztes Mal anders drauf. Wütend und traurig. Mit mehr Energie. Im Moment läufst du durch die Wohnung wie ein Gespenst. Würde ich dich nicht mit Nahrung versorgen, wärst du schon verhungert. Ich mache mir Sorgen!«

»Es ist …«, druckste ich rum, wusste nicht, wo ich anfangen sollte. Ich hatte Jule von Eckernförde und Pauls Auftritt dort erzählt. Auch von der erneuten Trennung. Was ich komplett ausgelassen hatte, war Kjell. Wie er mich k.o. geschlagen hatte auf so vielen Ebenen. Wenn ich die Geschichte erzählte, würden alle eingeschlossenen Gefühle befreit werden. Mir wurde schlecht.

Jule setzte sich zu mir. Sie zerbrach eine Tafel Schokolade, indem sie sie kräftig auf den Tisch schlug. Danach öffnete sie die Verpackung und stellte sie zwischen uns.

Ohne darüber nachzudenken, nahm ich meinen Tee und trank einen Schluck. »Autsch. Heiß!«

»Nicht ablenken. Was ist los, Anni?« Jule trommelte demonstrativ mit ihren Fingerkuppen auf der Holzplatte.

»Also«, sagte ich, »es nützt ja nichts. Du wirst nicht lockerlassen, oder?«

Jule lachte.

»Nein. Natürlich nicht. Wenn du nicht bei Schokolade und Tee mit der Wahrheit rausrückst, folgt als nächste Eskalationsstufe die Folterkammer.« Sie lachte und zog anschaulich an ihren Fingernägeln.

»Okay. Na dann.« Ich nippte schlürfend an meiner Tasse. »Habe ich dir von Kjell erzählt?«

Jule schüttelte mit dem Kopf und grinste schräg. »Jetzt wird's interessant!«

Ich fing an zu erzählen. Schwärmte vom Café, von der Ruhe morgens am Meer, von den kreischenden Möwen und Kjell. Wie die Spannung zwischen uns untertäglich wurde und wir uns geliebt hatten. Ich erzählte ihr alles. Es tat so gut, mit jemandem darüber zu sprechen. Manchmal braucht es Tee, eine Freundin und einen Küchentisch.

»… und weißt du, was mich zusätzlich fertig macht?«, fragte ich aufgewühlt durch die erneut durchlebten Tage in Eckernförde.

Jule schüttelte den Kopf.

»Tante Rieke hat mir angeboten, das Café zu übernehmen. Ich könnte die Wohnung und das Café haben. Einfach so.«

»Aber das ist doch großartig!« Jule strahlte mich an.

»Ja, schon …« Ich zuckte kraftlos mit den Schultern. »Weißt du, Jule, wozu dann alles? Ich habe doch nicht Internationales Management studiert, um in Eckernförde ein Café zu führen! Weißt du, wo Eckernförde liegt? Da ist nicht einmal ein Flughafen in der Nähe.«

»Anni, du hörst dich an wie Paul!« Jule schlug auf den Tisch.

»Ja, ich weiß. Deshalb möchte ich auch nichts anderes, als zurück nach Eckernförde. Aber wie soll ich das anstellen? Ich bin irgendwie gefangen in meinen Denkmustern.« Ich seufzte.

»Und was ist mit Kjell? Warum habt ihr euch getrennt, bevor es richtig angefangen hat?«

»Na ja … wir haben uns nicht richtig getrennt. Er wartet auf mich. Aber nicht für immer.« Ich betrachtete die Spitzen einer Haarsträhne. »Kitschig, oder?« Ich blickte Jule an.

»Nein. Wunderschön!« Sie trank einen Schluck von ihrem Getränk. »Aber Anni, wenn ihr nichts geklärt habt, was habt ihr gemacht? Wart ihr die ganze Zeit im Bett?« Jule prustete in ihren Tee.

»Nee«, bei dem Gedanken an Kjells warme Haut spürte ich ein sehnsüchtiges Ziehen im Bauch. Ich seufzte. »Nachdem ich ihm erzählt habe, dass ich noch nicht entschieden habe, ob ich bleiben und das Café übernehmen werde, stand etwas zwischen uns. Wir waren uns nah, aber da lag ein Abschiedsschmerz in der Luft. Und das, obwohl wir uns am selben Tag doch erst richtig gefunden hatten.« Ich schüttelte den Kopf und vergrub ihn zwischen meinen Knien.

»Und nun verkriechst du dich hier in Berlin und tust so, als sei es das Beste gewesen, es so enden zu lassen?«

Ich schluchzte ein »Ja« zwischen meinen Beinen hindurch.

»Anni, du spinnst doch!«

Ich hob meinen Kopf und sah Jule an.

»Mensch Anni. Es ist nicht zu übersehen, dass du unglücklich bist. So unglücklich, wie du noch nie vorher gewesen bist. Kann das sein?«

Ich antwortete nicht, widersprach aber auch nicht.

»Ruf ihn an. Sag ihm, dass du ihn vermisst.«

»Was mache ich, wenn er nicht mit mir sprechen möchte?«

»Dann fährst du hin.« Jule sah mich aufmunternd an. Aus ihrem Mund klang das so einfach. »Warum hältst du an den alten Plänen fest, wenn sich neue Möglichkeiten ergeben? Tricks dich selber aus. Du brauchst eine pseudorationale Entscheidungsmatrix? Na dann mach eine Aufstellung, was dafür und dagegen spricht. Das machst du doch sonst auch mit jedem Scheiß!« Sie knallte ihren Becher auf den Tisch.

Ich wurde immer kleiner und versteckte mich hinter meinen Knien. »Ich habe keine Zeit. Meine Abschlussarbeit …«

»Anni Möller. Du machst dir jetzt Gedanken darüber, ob du in Eckernförde ein Café führen möchtest oder was du ansonsten nach dem Abschluss als möglichen Lebensweg siehst. Dann kannst du immer noch ausrechnen, ob du eine gute Abschlussarbeit benötigst oder eine mittelmäßige Arbeit ausreicht, dein Studium mit einer angemessenen Note zu beenden. Bei deinen Leistungen reicht bestimmt eine vier Komma null und du hast in der Gesamtnote immer noch eine eins Komma irgendwas. Entspann dich mal und lenke deine Energie auf die Dinge, die dir wirklich wichtig sind.« Geräuschvoll schob Jule ihren Stuhl nach hinten und stand auf. Sie stellte ihre Tasse auf die Spüle, kam zu mir und legte ihre Hand auf meine Schulter. »Na, dann lass ich dich mal mit dir selber alleine. Mach deine Liste, ruf Kjell an. Bekomm dein Leben in den Griff.«

Ich schaute ihr hinterher. Das war eine ordentliche Standpauke. Aber sie hatte mit jedem einzelnen Wort recht. Also gab ich ihr nach und schlurfte mit Tee und Schokolade in mein Zimmer.

Zuerst nahm ich mir meine Notenübersicht und tippte alles in den Taschenrechner meines Handys. Ich schüttelte den Kopf und tippte alle Zahlen erneut ein. Die Zahl änderte sich nicht. Jule hatte Recht. Ich musste die Abschlussarbeit nur bestehen. Die Eitelkeit eines Abschlusses mit Auszeichnung schüttelte ich von mir ab. Ein Knoten löste sich in meiner Brust.

Schleppend blätterte ich nach einer freien Seite in meinem College Block. Ich schrieb:

Überschrift: Eckernförde.

Dann »Pro« und mit etwas Abstand »Con«.

Con: Studium für die Katz.

Con: Eckernförde ist ein Kaff am Arsch der Welt.

Con: Das Café ist ein Saisonbetrieb. Ein halbes Jahr lang ist tote Hose.

Con: Der Verdienst ist geringer als wenn ich in einer guten Firma anfange.

Con: Ich trage das unternehmerische Risiko.

Die Liste mit den Gegenargumenten auf der rechten Seite des Blattes wurde immer länger. Ich musste mich mit der anderen auseinandersetzen.

Pro: Kjell.

Mir liefen die Tränen über das Gesicht. Ich spürte, dass egal, was auf der rechten Seite für Argumente stehen würden, keines so schwer wiegen konnte, dass es gegen Kjell ankam.

Zitternd nahm ich mein Telefon in die Hand und wählte Kjells Nummer.

»Moin.« Das tiefe Brummen traf mich mit voller Wucht mitten ins Herz.

»Hi Kjell.« Ich schluckte. »Hier ist Anni.«

Stille.

Ich hörte ein Rascheln am anderen Ende der Verbindung.

»Moin Schneewittchen. Alles klar bei dir in Berlin?« Seine Stimme zitterte.

»Ja.« Ich räusperte mich. »Ich wollte deine Stimme hören.«

»Ja. Hm. Da ist sie.« Mehr sagte er nicht.

»Wie läuft es im Café?«, fragte ich zögernd, um das Schweigen zu durchbrechen.

»Dich interessiert das Café?« Er machte eine Pause und sprach weiter: »Läuft. Rieke ist wieder da. Alles wie immer. Also fast so wie vorher. Vor dir.« Er atmete tief ein und aus, als versuchte er, ein Seufzen zu unterdrücken. »Wie läuft dein Abschlusszeug?«

»Ganz ok. Die Arbeit ist fast fertig. Zumindest der erste Entwurf.« Ich hörte Kjell durchs Telefon brummen. Danach kam mir die Stille ewig vor.

»Anni?« Er hielt inne. »Wie geiht di dat wirklich? Bist du glücklich?«

»Ich? Glücklich?«

»Ja. Du, Schneewittchen! Machst du das, was du machen möchtest? Bist du dort, wo du hingehörst?«

Ich atmete durch und blickte auf meine Liste. »Nein. Seitdem ich wieder in Berlin bin, geht es mir nicht besonders gut.« Meine Stimme wurde zu einem Flüstern.

»Dir fehlen meine Fischbrötchen, oder?«

Ich lachte. Das erste Mal seit einer gefühlten Ewigkeit.

»Wie lange brauchst du denn für deine Uni-Arbeit noch?«, fragte er.

»Es kommt drauf an. Ich habe gerechnet. Wenn mir eine gute Abschlussnote reicht, könnte ich sie in zwei bis drei Tagen abgeben. Wenn ich einen Abschluss mit Auszeichnung möchte, sollte ich das Manuskript noch mehrfach überarbeiten. Dann würde ich bestimmt noch drei Wochen dran sitzen.«

»Und?«, raunte er.

Ich schwieg.

»Und wenn du dabei vor die Hunde gehst. Du wirst weiterschreiben, bis alles perfekt ist, oder? Pflichtbewusst wie Schneewittchen bei der Versorgung der sieben Zwerge«, setzte Kjell nach. Er lachte, aber sein Lachen klang hart und verbittert.

Ich sah Bilder von ihm in meinem Kopf. Von Kjell und mir. Vom Café, von der Ostsee. Ein warmes Gefühl breitete sich von meinem Bauch auf meinen kompletten Körper aus.

»Kjell?«

»Ja?«

»Warte. Ich … ich muss dringend etwas klären. Und was erledigen.«

»Ich warte nicht für immer.«

»Aber zumindest auf meinen Anruf … morgen?«

»Morgen?« Er seufzte. »Okay.«

»Danke. Du bist …« Ich stockte. »Vertrau mir. Danke. Bis morgen. Ich melde mich. Versprochen!« Ich legte auf.

Mein Blick fiel auf die Tabelle mit den Vor- und Nachteilen. Ich riss die Seite aus dem Block und warf sie in den Papierkorb. Ich grinste und fühlte mich unbeschwert glücklich wie ein Kind, das am Geburtstagsmorgen aufwachte. Ich wusste auf einmal genau, was zu tun war, und ich war aufgeregt, was mich erwartete.

Plötzlich war ich voller Energie. Ich schrieb mir eine To-do-Liste und fing an, sie abzuarbeiten. Ich telefonierte. Ich schrieb E-Mails.

Dann ging ich rüber zu Jule.

»Endlich! Du lebst!« Sie lachte mich an und nahm mich in den Arm.

Ich erklärte ihr, was ich vorhatte.

»Klar. Das bekommen wir hin. Das ist Berlin. Da kann man sogar eine Besenkammer innerhalb von einem Tag vermieten.«

»Und du bist nicht sauer?«

»Anni! Ich wäre sauer gewesen, hättest du dich anders entschieden oder – was noch schlimmer gewesen wäre – so weiter gemacht wie in den letzten Tagen!«

»Danke.« Mein Herz klopfte wie wild und ich musste mir erneut Tränen von der Wange wischen. Es waren andere Tränen. Ich fühlte mich frei. Die Anspannung der letzten Jahre fiel von mir ab, als würde ich aus meinem Kokon schlüpfen und bunte Flügel ausbreiten.

»Du weinst ja schon wieder …« Jule reichte mir ein Taschentuch.

»Keine Sorge. Das sind Hoffnungstränen!«

»Hoffnungstränen?« Sie lachte. »Und du bist sicher, dass du nicht doch den Verstand verloren hast?«

»Wer weiß das schon«, antwortete ich, gab ihr einen Kuss auf die Wange und eilte in mein Zimmer. Den Listenpunkt »mit Jule sprechen« hakte ich ab.

Am späten Nachmittag schickte Kjell mir ein Bild von sich und einem Matjesbrötchen. Ich antwortete mit einem

Selfie, wie ich fleißig an meiner Abschlussarbeit schrieb und schickte ein »Morgen« und einen Kussmund-Smiley dazu. Ich wollte unbedingt meine Liste abgearbeitet haben, bevor ich Kjell in meine Pläne einweihte.

Mit neuem Schwung haute ich in die Tasten. Ich betrachtete meinen Text mit anderen Augen. Er musste mich nicht mehr repräsentieren. *Er ist nur noch ein Mittel zum Zweck und nichts, worüber ich mich selbst definiere. Und dafür ist er ziemlich gut.*

Es dauerte noch bis spät in die Nacht. Mit zittrigen Händen und klopfendem Herzen kopierte ich die Arbeit auf einen USB-Stick und fiel ins Bett.

Am nächsten Morgen führte mich meine Liste über einen Besuch beim Copy-Shop zur Uni.

Berlin war wie immer. Laut, voller Menschen und auf den Treppen runter zur Bahn waberte der beißende Gestank nach Urin und Müll zwischen den alten Mauern.

Als ich alles erledigt hatte, schlenderte ich durch unsere Straße zurück. Ich fummelte mein Handy aus der Hosentasche und wählte Kjells Nummer. Das Blut rauschte in meinen Ohren. Mailbox. Ich seufzte. Hatte ich ihn zu lange hingehalten? Ein Stich durchbohrte mein Herz. »Vermisse deine Stimme«, tippte ich ihm eine Nachricht und steckte mein Handy wieder ein.

An unserem Haus angekommen, erklomm ich die Treppen in den fünften Stock. Heute nervte mich das nicht. Ich fühlte mich wie auf einer Abschiedstour.

»Ich bin wieder da, Schatz!«, sang ich. Das war die übliche Begrüßung von Jule und mir, wenn jemand von uns nach Hause kam. Meine Schuhe kickte ich in die Ecke und der Rucksack flog hinterher.

Die Tür von meinem Zimmer stand offen. Ich erstarrte.

»Wie war dein Tag, Schneewittchen?« Kjell stand im Rahmen und grinste.

Ich zuckte zusammen. Mein Herz machte einen Satz und ein buntes Feuerwerk explodierte in meiner Brust. Ich taumelte auf ihn zu.

»Was machst du …?!« Weiter kam ich nicht. Er zog mich an sich. Sein Rosmarinduft umschmeichelte meine Nase. Ich legte die Stirn an seine Brust und umklammerte ihn. Er umschloss mich mit seinen Armen und küsste meinen Scheitel. Ich hob meinen Kopf und rieb meine Wange an seinem Dreitagebart. Meine Mundwinkel waren auf Höhe der Ohren festgetackert. Ich sah ihn an. »Woher weißt du, wo ich wohne?«

»Rieke.« Er löste sich von mir und wühlte in einer Papiertüte. Es roch nach Essig und Zwiebeln. Mein Magen knurrte. »Warte. Ich habe was für dich.« Kjell zauberte mit einem »Tataa« ein Matjesbrötchen hervor. »Habe ich heute früh für dich gemacht. Im Café.«

Ich hatte einen Bärenhunger und biss vom Brötchen ab. Salzigsauer verteilte sich der Geschmack auf meiner Zunge.

»*Das* hatte ich vermisst!«, sagte ich mit vollem Mund.

»Muss ich eifersüchtig auf das Fischbrötchen sein?« Er lachte. Seine Augen verfolgten meine. Ich stopfte das Fischbrötchen zurück in die Tüte und nahm seine Hand. Er folgte mir in mein Zimmer.

Ich strahlte ihn an: »Das ist ja mal ne Überraschung. Schön, dass du da bist! Aber …«

»Aber was?« Seine Stirn legte sich in Falten und er spannte seine Muskeln an.

»Aber ich wollte doch *dich* überraschen!«, antwortete ich. »Und jetzt bist du hier? Warum …?«

»Ehrlich?« Kjell machte eine kurze Pause und strich mir mit dem Handrücken über die Wange. Er beugte sich zu mir und flüsterte in mein Ohr: »Du hast mir gefehlt.«

Mein Bauch kribbelte. Ich nahm seine Hand und spielte mit seinen Fingern.

Er erklärte: »Gestern Abend, da hab ich mit Rieke gesprochen. Sie hat es mir erzählt. Weißt du? Von Dir und dem Café. Dass du dich entschieden hast. Da konnt ich nicht anners. Da musste ich mir Hellens Auto leihen und habe mich heute Vormittag auf den Weg gemacht. Ich dachte … möglicherweise brauchst du jemanden, der dir beim Packen hilft?« Kjell legte seine Arme um mich und küsste meine Stirn. Seine Lippen wanderten sachte zu meinem Hals.

Da war sie wieder. Diese Energie zwischen uns. Ein prickelnder Blitz schoss bei jeder Berührung durch meinen Körper. Dieses Mal nahmen wir uns Zeit. Wir sanken auf mein Bett. Seine Küsse liebkosten meinen Mund. Er sah mich an und ich fiel in seine Augen. Ich seufzte, erkundete die warme Haut unter seinem T-Shirt und verlor das Gefühl für die Welt. Es gab nur noch uns.

Ich lachte kehlig. Pures Glück wanderte durch meine Venen mitten ins Herz. Meine Finger durchkämmten seine Surfermähne und ich sog den Rosmarinduft von jedem Quadratzentimeter seiner Haut. Kjell atmete schwer und ich spürte seinen beschleunigten Puls. Wir vergruben uns ineinander und mein Bett verschluckte uns.

Ich ließ mich fallen. Wir ließen uns fallen.

Schleichend sickerte die Wirklichkeit zu mir durch. »Du bist nicht besonders hilfreich«, bemerkte ich lachend.

»Was meinst du? Ich bin immer hilfreich!« Kjell grinste.

»Du wolltest mir beim Packen helfen! Und was habe ich in den letzten drei Stunden gemacht?«

»Das war die körperliche und geistige Vorbereitung auf das Packen. Eine Art Motivationsbekundung.«

Ich rollte mich kichernd aus dem Bett, zog mich an und sah mich um.

»Mit Hellens Auto …?«, überlegte ich laut. »Die Möbel lasse ich bei Jule. Dann kann sie möbliert untervermieten.« Mein Zimmer war spärlich eingerichtet. Schreibtisch, Bett, Schrank. Nachttisch. Es sah aus, als wäre ich erst vor Kurzem eingezogen. Dabei wohnte ich das vierte Jahr hier.

Wir packten meine Sachen gemeinsam. Mein Studentenleben passte in einen Koffer, eine Reisetasche und drei blaue Ikeatüten.

Jule wünschte sich zum Abschied Lieferpizza und Rotwein.

»*Du* bist also der Grund dafür, dass Anni die letzten Tage ein emotionales Wrack war?« Jule nahm kein Blatt vor den Mund und zeigte mit ihrem triefenden Pizzastück auf Kjell.

Er schaute mich an und zog die Augenbrauen hoch. »Stimmt das? Verdammt, du hast mich ganz schön hingehalten.« Kjell nahm meine Hand in seine. »Warum hast du dich nicht gemeldet? Ich dachte, du regelst in Berlin professionell das, was du halt regeln wolltest.«

»So war der Plan.« Ich schaute in mein Weinglas. »Aber bereits im Bus fühlte ich mich elend. Ich wusste, dass ich zurück zu dir musste. Aber ich wollte auch mein Studium beenden. Ich war so blockiert! Erst Jule hat mir den Kopf gewaschen.«

»Das war ja auch nicht mehr mit anzusehen!« Jule lachte und hob ihr Glas.

»Auf Eckernförde. Auf euch.«

Epilog

Schietwetter!« Kjell zog sich die Kapuze tiefer ins Gesicht. Der Wind pfiff uns erbarmungslos um die Ohren. Die Ostsee bäumte sich auf, als sei sie über Nacht zur Nordsee geworden.

»Halt mal!« Kjell reichte mir ein Seil. Er hatte vor, damit die Eingangstür festzubinden. Das Café hatten wir diese Woche nicht aufgemacht. Es war Anfang November und die letzten Herbstferien waren rum. Die Tage wurden kürzer und die Geschäfte hatten sonntags wieder geschlossen.

Ohrenbetäubend pfiff der Wind um die Ecken des Häuschens.

»Diese verdammte Tür! Das ganze Café ist so schrottig. Abreißen und neu bauen!«, schimpfte Kjell vor sich hin.

Ich hielt das Seil und meinen Mund. In den letzten Wochen hatte ich gelernt, ihn murren zu lassen, wenn er sich aufregte. Ich fand ihn dabei sogar sehr niedlich. Er bekam dann Falten auf der Stirn und seine Augen wurden zu Schlitzen.

Kunstvoll knotete er das Seil um die Türgriffe.

»Danke.« Ich küsste ihn flüchtig auf den Mund, doch er hielt mich fest.

»Weißt du, woran mich das hier erinnert?«, fragte er.

»Ja.« Ich sah ihn an und schob meine Hand in seine Kapuze. »In dem Moment habe ich mein Herz komplett an dich verloren. Da war alles entschieden. Ich konnte es nur noch nicht richtig einordnen«, sagte ich.

Ich sah uns im Sommergewitter stehen. Hier an dieser Tür. Nass bis auf die Knochen.

»Alles entschieden? Ich musste dich erst holen kommen und ins schrecklich hektische Berlin fahren! Ohne mich wärst du hier nie angekommen!« Kjell lachte.

»Hauptsache, *du* glaubst dran.« Ich knuffte ihm in die Seite. Seine Regenjacke dämmte meinen Angriff zu einer bemitleidenswerten Attacke. »Du bist doch erst nach Berlin gefahren, als ich Tante Rieke schon zugesagt hatte!« Ich lachte ihn an.

Kjell grinste zurück und schob mich an die Cafétür. Ich tauchte in die Erinnerung des schicksalhaften Sommergewitters ein. Dieses Mal mit Regenjacke und Gummistiefeln. Im Augenwinkel sah ich zwei Hundebesitzer an uns vorbei schlendern.

»Lass uns reingehen. Mir kriecht die Nässe unter die Regenjacke«, holte ich uns aus den Erinnerungen. Kjell legte den Arm um mich und wir eilten durch den Hintereingang zurück ins Trockene.

In die Paul-Gedächtnis-Nische – wie sie Kjell nannte – hatte ich ein Regal gestellt, in dem ich meine Strandfundstücke sammelte. Muscheln, Steine und Meerglas lagen da und bestätigten mich darin, die richtige Entscheidung getroffen zu haben.

»Gehen wir zu mir oder zu dir?« Kjell lachte und zog mich in unser gemeinsames Schlafzimmer.

»Zu mir«, murmelte ich. »Aber später planen wir die Karte für nächste Saison.«

»Mit Matjes-Sushi?« Er zog die Augenbrauen hoch.

»Na klar!«, meine Hände wanderten an seinem Nacken entlang. »Matjes-Sushi, Fischbrötchen und Zuckerstreusel.«

DIE FÖRDELIEBE-REIHE
VON JANE HELL

Als E-Book, Taschenbuch und Hörbuch

Fischbrötchen und Zuckerstreusel
ISBN: 978-3-947738-87-8

Fischbrötchen und Salzkaramell
Demnächst

Liebe Leserin, lieber Leser,

hat dir die Geschichte von Anni gefallen und du möchtest noch mehr romantische Leseausflüge nach Eckernförde ans Meer unternehmen? Du kannst mir dabei helfen: Bewerte das Buch auf den gängigen Online-Buchplattformen, verteile Sterne, empfehle es deinen Freund*innen.
Außerdem freue ich mich riesig über Feedback via jane@janehell.de

Du möchtest keinen Band der Fördeliebe verpassen? Abonniere meinen Newsletter auf janehell.de

Bis bald an der Ostsee,
Deine Jane

KAMPENWAND
VERLAG

Das könnte dir auch gefallen

Layla: Heldin auf vier Pfoten

Uwe Krauser

Vom Autor des tierischen Überraschungserfolges „Phoebe – Eine Straßenhündin checkt ein“
Erlebe eine lustige, herzzerreißende und spannende Zeitreise mit Streunerin Layla, die das Leben ihrer neuen Familie für immer verändert. Zusammen mit der aufgeweckten Erzählerin Phoebe geht sie durch dick und dünn.